U0599378

浙商院文库

地域文化与新时期湖北文学

黄道友　著

武汉大学出版社

WUHAN UNIVERSITY PRESS

本书的出版得到浙江商业职业技术学院
学术专著出版资金资助

研究湖北当代文学的可喜收获

——序黄道友博士论文《地域文化与
新时期湖北文学》

樊　星

　　黄道友的博士论文《地域文化与新时期湖北文学》即将出版，他希望我为他的书作序，我当然乐意。这本书使我想起了他在武汉大学攻读博士学位期间勤奋用功的往事——记得那时他常常因为在图书馆借不到他渴望读到的作品而求助于我，我就把作家们送我的书借给他研究，他拎着一袋书如获至宝离去；过了一段时间见面，他会就那些书提出自己的看法，和我一起讨论……一切，好像就发生在昨天一样。

　　也许，这是第一部以新时期湖北文学（主要是小说）为研究对象的博士学位论文。因此，它无疑具有重要的学术价值。当代湖北文学的崛起已经成为文坛有目共睹的一道风景：从徐迟的报告文学作品《哥德巴赫猜想》产生的轰动效应到祖慰的报告文学《线》、《审丑者》、《快乐学院》连夺三届全国优秀报告文学奖的奇迹，从白桦的话剧《曙光》、电影《今夜星光灿烂》、《苦恋》的影响巨大、聚讼纷纭到刘富道的《眼镜》、《南湖月》、王振武的《最后一篓春茶》、喻杉的《女大学生宿舍》、李叔德的《赔你一只金凤凰》、姜天民的《第九个售货亭》、楚良的《抢劫即将发生……》、映泉的《同船过渡》接连荣获全国优秀短篇小说奖，从姚雪垠的长篇历史小说《李自成》带动了新时期以来长篇历史小说的空前繁荣到方方、池莉的小说成为文坛长期关注的"热点"，从刘继明的小说被《上海文学》

冠以"文化关怀小说"而引人瞩目到邓一光的《父亲是个兵》、《我是太阳》在 20 世纪 90 年代(都说那是世俗化浪潮高涨的年代)掀起一股"重温革命史"的热风,从陈应松的一系列作品在 21 世纪成为"底层关怀"的代表作到姚鄂梅的一系列小说在"60 后作家群"中脱颖而出,从李传锋的"动物小说"(如《最后一只白虎》)到叶梅的"恩施文化小说"(如《撒忧的龙船河》、《花树花树》等)的别具浪漫异彩、王雄的"汉水文化小说"(如长篇小说《传世古》、《阴阳碑》)的深厚文化底蕴,再到何祚欢的《养命的儿子》、《失踪的儿子》、《舍命的儿子》及彭建新的《孕城》、《招魂》、《娩世》那样韵味地道的"汉味文化小说",从胡发云富有思想冲击力的《老海失踪》、《如焉》到吕志青别出心裁、富有哲理的《南京在哪里》,从曾卓、绿原、白桦、熊召政、叶文福那些富有政治反思色彩或燃烧着干预政治激情的抒情诗到管用和、刘益善、饶庆年、田禾的"乡土诗"在诗坛几度产生不俗的影响再到武汉大学、华中师范大学代有人出的"校园诗歌",还有董宏猷、童喜喜颇有影响的儿童文学创作,还有任蒙、席星荃、王芸那些意味隽永的散文作品……一代又一代的湖北作家以辉煌的创作实绩在当代文学史上谱写出"惟楚有才"的新篇章。因此,我常常说,湖北不仅是当代大众文化的重镇(《今古传奇》、《知音》、《特别关注》都从这里走向了全国),而且也是当代精英文化的一个重要阵地。研究当代湖北文学的独特成就及其文化意义就成为了当代文学研究的一个重要课题。已经有许多评论家就此展开过卓有成效的探索。然而,由于湖北文学的成果十分丰富,色彩也相当驳杂,所以,有待深入展开的研究空间还相当大。

黄道友的博士论文从地域文化的角度切入,分析新时期湖北文学的地域特色,在前辈学人已有研究成果的基础上,锐意求新。他将新时期湖北文学放在鄂西、武汉、鄂东三个亚文化圈中进行具体考察,通过对大量作品的深入解读,揭示了湖北各地文化对于当地文学特色的塑造之功,同时也时时留意发现具有不同个性的作家在描绘地域文化方面的独到建树,这样就比较好地还原了地域文化的丰富性与作家文学风格的独特性之间的复杂关系。由于文中涉及了许多不那么知名但却不应被忽略的作品,因此,本书对于想深入了解湖北文学的读者,具有不可替代的参考意义。另一方面,此书行文明白晓畅,也不同于时下颇为流行的晦涩文风,这也折射出黄道友求实的个性。

应该指出的是,本书也留下了遗憾,如:缺少了荆州作家群,显然是一个不小的空白。荆州曾经是楚文化的中心。鱼米之乡的自然条件培育了荆州的灿烂文化。那里的三国故事、公安派、竟陵派遗风都影响巨大。在现代革命史上,洪湖也曾经是红军、赤卫队的根据地之一。因此,这里有鄂西、鄂东都不能取代的文化传统,也自然会产生具有独特风采的文学。陈应松早期的"公安水乡小说"的成就并不亚于他后来蜚声文坛的"神农架系列小说"。再加上池莉的《你是一条河》、《怀念声名狼藉的日子》,方方的《闲聊宦子塌》,还有近年崭露头角的文学新人那些描绘荆楚文化(像王芸散文集《穿越历史的楚风》)、荆楚市井生活(如王君的小说《枸叶树》等)的作品,应该说就颇有些阵势了。补上这一段,才能显示出当代湖北文学的全景图。

湖北的地域文化文学还在继续发展。湖北文学还有许多独具的风采有待研究。愿关心湖北文学发展的朋友共同努力,一起去推动它的进一步发展!

目　　录

绪　论

第一节　当代地域文化与文学研究回眸

　　地域文化与文学的关系是一个古老而又带有普遍意义的话题。说它古老是因为文学研究者很早就已经注意到了这个问题，我们在古籍文献中可以经常看到关于这个问题的论述。"江左宫商发越，贵于清绮；河朔词义贞刚，重乎气质。气质则理胜其词，清绮则文过其意。理深者便于时用，文华者便于咏歌。此其南北词人得失之大较也。"①这是唐代魏徵编纂在《隋书》中的话，早在一千多年前，人们就注意到不同地域对词人语言、词风以及对诗词效用的直接影响。

　　对于这种南北文学的差异，古人进一步从地气与民风的关系上阐明原因。地气不同，则民风有异。古人云："南方谓荆扬之南，其地多阳。阳气舒散，人情宽缓和柔。""北方沙漠之地，其地多阴，阴气坚急，故人刚猛，恒好斗争。"②民风有异，则文风也迥异。近代学人刘师培在《南北文学不同论》一文中对地气、民风与文风之间的关系作了进一步的阐发，他说："南方之文，亦与北方迥别。大抵北方之地，土厚水深，民生其间，多尚实际；南方之

---

　　①　魏徵：《隋书》卷 76 列传第 41 文学刘臻，转引自中国基本古籍库。
　　②　孔颖达：《十三经注疏》之《礼记注疏》附释音卷第 52，转引自中国基本古籍库。

地，水势浩洋，民生其间，多尚虚无。民崇实际，故所著之文，不外记事、析理二端；民尚虚无，故所作之文，或为言志、抒情之体。"①

　　地域与民风、与文学的关系不仅为中国的学者所关注，也被外国的思想家和文学家留意。法国思想家孟德斯鸠就认为："南方感受性敏锐……在北方的国家，人们的体格健康魁伟，但是迟笨……你将在北方气候之下看到邪恶少、品德多、极诚恳而坦白的人民。当你走近南方国家的时候，你便将感到自己已完全离开了道德的边界；在那里，最强烈的情欲产生犯罪……在气候温暖的国家，你将看到风尚不定的人民，邪恶的品德也一样地无常。"②文学思想家斯达尔夫人则是从"地域与文学"的角度去论述"南方文学"与"北方文学"的差异的。她说："存在着两种完全不同的文学，一种来自南方，一种源出北方"，"南方的诗人不断把清新的空气、繁茂的树林、清澈的溪流这样一些形象和人的情操结合起来"，而"北方各民族萦怀于心的不是逸乐而是痛苦，他们的想象却因而更加丰富"。③

　　文学思想家泰纳进而提出了文学创作与发展的"三要素(种族、环境、时代)论"，他认为："作品的产生取决于时代精神和周围的风俗。"他比较了两大拉丁民族的想象力："一个是法国民族，更北方式，更实际，更重社交，拿手杰作是处理纯粹的思想，就是推理的方法和谈话的艺术；另外一个是意大利民族，更南方式，更富于艺术家气息，更善于掌握形象，拿手杰作是处理那些诉之于感觉的

---

　　① 刘师培：《南北文学不同论》，转引自郭绍虞，罗根泽主编：《中国近代文论选》(下)，人民文学出版社 1959 年版，第 206 页。

　　② [法]孟德斯鸠著，张雁深译：《论法的精神》(上)，商务印书馆 1961 年版，第 230 页。

　　③ [法]斯达尔夫人著，徐继曾译：《论文学》，人民文学出版社 1986 年版，第 145~147 页。

形式，就是音乐绘画。"①

　　美国小说家兼批评家赫姆林·加兰曾指出："显然，艺术的地方色彩是文学的生命力的源泉，是文学一向独具的特点。地方色彩可以比作一个人无穷地、不断涌现出来的魅力。我们首先对差别发生兴趣；雷同从来不能吸引我们，不能像差别那样有刺激性，那样令人鼓舞。如果文学只是或主要是雷同，文学就要毁灭了。""今天在每种重大的、正在发展着的文学中，地方色彩都是很浓郁的。"他甚至还认为："应当为地方色彩而地方色彩，地方色彩一定要出现在作品中，而且必然出现，因为作家通常是不自觉地把它捎带出来的；他只知道一点：这种色彩对他是非常重要和有趣的。"②

　　这样关于地域与文化风貌、地域与文学风格关系的论述还能举出许多，不同的表述所要表达的基本内容都是一致的：地域影响了民性民风和民情，影响了生长、生活于这个地域的作家的精神面貌，最终促成了某一地域文学风格的形成。

　　人是大地的生灵，人的一切思想行为、生活方式、观念形态、物质精神生活，包括人本身，都是诞生于某一地域，并在最初与这一地域的自然环境、人文环境发生关系。地域决定了人生存的可能性，同时也塑造了人的外在形态和内在特征。因为地形地貌、气候环境等因素的不同影响，人们的居住、饮食、出行、婚嫁、生死等生活方式和观念形态也各有不同，甚至人们在生理意义上也有着种属的差异。地域的不同，决定了民风民气的不同，决定了文化的不同。文学作为文化这一复杂的物质精神综合体的上层建筑之一，它是文化最深刻、最丰富、最复杂的体现者，它必然也会因为地域的不同而显现出不同的特征。

　　大量的中外文学实践也充分地印证了上述文学研究者对地域与

---

　　①　[法]泰纳著，傅雷译：《艺术哲学》，人民文学出版社 1981 年版，第 32、78 页。

　　②　[美]赫姆林·加兰著，刘宝瑞等译：《破碎的偶像》，《美国作家论文学》，三联书店 1984 年版，第 85 页。

文学关系的认识。巴尔扎克的《人间喜剧》正因其对以巴黎为中心的法国社会政治、经济、建筑、服饰、风俗人情的精笔细描而为人所称道，从而奠定了其在世界文学史上的不朽地位。哈代充满阴郁情绪的叙述很少离开威塞克斯，我们很难不为他笔下优美的乡村生活所打动，那种异域乡村的风土人情带给人的审美惊异是在中国作家的作品中很难感受到的。福克纳将他的"文学故乡"安置在"邮票大小"的约克纳帕塔法，为读者展示了一个别样的"喧哗与骚动"的文学世界。马尔克斯用魔幻现实主义的手法将拉丁美洲这一不同人种生活的不同地域的诡异和神奇，展现在世界面前，写出了一个以《百年孤独》为代表的"文学的拉丁美洲"。我们几乎可以说，世界上杰出的小说家都是地域文化小说作家，因为一切时代主题、深刻的文化内涵，常常是通过具体的综合了政治经济、自然环境、人文景观、历史文化、民族心理等丰富内容的地域风俗人情，才能体现出来。

　　考察现当代的中国文学史，地域文化小说同样是其中最引人注目的部分。绝大部分重要作家的代表作品正是因为鲜明的地域文化色彩而平添了审美力量。五四时期以鲁迅为首开创的"乡土小说派"，是中国现代文学史上第一个地域文化色彩突出的小说流派。对人性的弘扬，对弱者深表同情的人道主义立场，对封建思想的深刻批判，是这些小说共同的文化主题。同样的主题表现在来自不同地域作家的笔下，便呈现出不同的光彩。闰土、祥林嫂、阿Q和许钦文笔下的人物是浙东乡民的面目和神情。彭家煌的《怂恿》、《喜期》、《活鬼》等作品，有着活泼诙谐的带着方言土语的对话和紧张的人物动作，彭家煌当时便被认为毫不逊色于欧洲各小国的风土作家。① 塞先艾的《水葬》、《贵州道上》，将同样的时代主题融入到穷乡僻壤独特风俗的描摹之中，沉郁冷峭。而被鲁迅给予极高赞誉的台静农，在《结婚》这篇小说中，通过对一种地方风俗的细

---

　　① 黎锦明：《纪念彭家煌君》，转引自丁帆：《20 世纪中国地域文化小说简论》，《学术月刊》1997 年第 9 期。

致描绘，以乐景写哀情，在风俗人情的背后显露出深刻的时代文化内涵。

现代文学时期，另一个擅写乡土而不以"乡土文学"命名的文学流派是"京派"。"京派"的代表作家之一废名出生成长于素有"禅宗圣地"之称的黄梅县。禅宗文化氛围的濡染，影响了废名的气质性情，他笔下的人物也多了一层禅气。与人物的气韵相配，出现在废名小说中的常是一片冲淡祥和、温馨宁谧的田园氛围。而作为传统小说常见的戏剧冲突在他的笔下也近于无，小说的诗化和散文化在他笔下也不只是一种技巧，而是一种文学表达的内在需求，是一种生命的呈现方式。"京派"的另一代表作家沈从文借对故乡风物人情的书写，雕刻供奉人性的"希腊小庙"。他作为一个永远的"乡下人"的朴实坚韧，他对人性中善与美的痴情，与他作品中众多故乡人的精神气质，与那缓缓流淌的沅水辰河，与边城古镇，与月华塔影，在内在气韵上是一致的。此外，师陀的《果园城记》、萧乾的"皇城根下"，各以自己独到的地域风物人情描写，寄寓着对生命不倦的追问和思考，从而使作品具有深远的艺术感染力。

与"京派"对立的便是所谓"海派"。"海派"的出现之于当时的整个中国文坛，是一种新异的存在，它是上海大都市文化中全新的产物。如同废名创作的根在故乡黄梅，沈从文创作的根在湘西古城的山山水水之间，"海派文学"的根系只能在上海等大都市。刘纳鸥、穆木天、施蛰存笔下的都市风景线，他们笔下人物的肉欲、变态心理，既是对大都市人们生活的反映，也是只有大都市的人们才能真正体会得到的。

"京派"与"海派"的差别可能表现在许多方面，但根本的还是文化的差异，是由地域文化面貌的不同而形成的文学表现内容、表现手法和审美形态的不同。"社会剖析派"的主将茅盾，通常不被归在"海派"作家之中，但他的创作与其他真正"海派"作家的创作一样，弥漫着现代都市的喧哗氛围。《子夜》开篇就给读者展示了一幅声光电交织、灯红酒绿、车水马龙的上海都市景象，吴荪甫等主要人物活动的场所是工厂和证券市场，从事的是现代大工业生产和金融投机等最现代的行业。如果抽掉了对上海城市文化和风情的描写,《子夜》所要表现的社会主题便无所依附。

茅盾本人对于文学作品的地域文化色彩是有自觉认识的。他在论及文学的地方色彩时曾说:"地方色就是地方的特色。一处的风俗习惯不相同,就一处有一处底特色,一处有一处底性格,即个性。"①后来他又对"地方色"作了更详尽的诠释:"我们决不可误会'地方色彩'即是某地的风景之谓。风景只可算是造成地方色彩的表面而不重要的一部分。地方色彩是一地方的自然背景与社会背景之'错综相',不但有特殊的色,而且有特殊的味。"②风景或自然背景当然可以写,但它们只是提供了人物活动的一个场域,对于作品中的人物而言,更重要的是与自然背景有着关联的社会背景、社会环境。茅盾在写江南农村的《春蚕》、《秋收》、《残冬》和《林家铺子》等作品时,正是注意到了江南农村因为靠近上海等大中城市,迅速感受到外国经济侵略的恶果这一社会背景,而生动地表现了彼时的江南农村风貌,于具体地域民情风俗的细微变动处剖析时代的风云变幻。与茅盾的创作有着异曲同工之妙的另两位"社会剖析派"作家是沙汀和吴组缃。沙汀的《在其香居茶馆》以其对场面描写的鲜活生动,充满浓郁川味的方言和对乡村势力消长的刻画,于人情风俗的表现中寄寓着对社会的批判和嘲讽,成为小说中的精品。吴组缃的《菉竹山房》、《一千八百担》和《樊家铺》,这些为人熟知的作品,其中的地域文化色彩同样十分浓厚。

东北大地向来以其林莽、雪原和千里沃野而独异于中原和江南。出生于东北的现代作家无论是萧红、萧军还是端木蕻良,其东北地域文化色彩都十分醇厚。呼兰河边小城中的悲喜人生,《生死场》中刚烈的东北女子,都是东北地域文化的特产。而《科尔沁旗草原》的粗犷、豪迈和诗情,就像那无边的草原一样,将读者引入对异域风情的无限神往之中。

① 茅盾:《民国日报》1921 年 5 月 31 日副刊《觉悟》。
② 茅盾:《小说研究 ABC》,上海世界书局 1929 年版,第 102 页。

新中国成立后，即便在文学成为了政策的传声筒，成为了论证现政权存在合法性和神圣性的一种工具的特殊时期，在充满了"高大全式"人物和"假大空"论调的文学作品中，依然显露着地域文化色彩的鳞光片羽。许多作品甚至正是凭着这一点，多少冲淡了主题苍白带给读者的遗憾，而在当时和后来获得了较高的评价。周立波的《山乡巨变》，在对新时代山村风俗人情变化的细致描摹中，透露出浓厚的生活气息。同时期柳青的《创业史》，"文革"时期浩然的《金光大道》，同样是由于对有着地域文化色彩的乡村日常生活细节的描写，才让读者从僵死的政策概念中看到了"活"的人。曲波的《林海雪原》之所以吸引了一代又一代读者，除了借用传统的故事讲述模式和人物描写方法之外，东北独有的"胡子"文化，一望无际的林海，任解放军战士踩着滑板自由奔驰的茫茫雪原，都给作品平添了一种异域文化的光彩。新时期以前的当代文学，流派特征最为鲜明的要数"山药蛋派"。以赵树理为首，包括马烽、西戎等在内的这批作家，与后来被确认的以孙犁为首，包括刘绍棠等人在内的"荷花淀派"作家，同样多以表现农村生活为主，但在小说语言、结构和整体风格上却有很大区别。这其中的原因固然十分复杂，但这两批作家，尤其是赵树理和孙犁所处的不同地域文化对他们的不同影响，是其中的重要原因之一。

改革开放以来，文学创作从单一的政治轨道上挣脱开来，文学的审美性越来越被人们所重视，文学尤其是小说创作中的地域文化风味越来越为作家所关注。对于新时期的地域文化小说，樊星按照其发展的时间顺序曾作过三个阶段的具体划分。他将20世纪70年代末至20世纪80年代初作为第一阶段。此间，李準发表了《黄河东流去》上卷，在热情讴歌黄泛区人民顽强生命力的同时，表现了河南民间的淳朴民风。汪曾祺先后发表《受戒》、《大淖记事》，上承沈从文，不仅在笔法，而且在精神气质风骨上再现了"京派"的神韵，向读者展示了一个淡雅静美、诗情浓郁的"高邮世界"。与此同时，张承志在《黑骏马》、《骑手为什么歌唱母亲》中吟唱出一曲曲苍凉的草原悲歌；陆文夫写出了《美食家》等苏州"市井小说"；

贾平凹营造了"商州世界";本是"河花淀派"中一员的刘绍棠,写出《蒲柳人家》,再现了北京郊外古运河边人民的古道热肠;还有李杭育的《最后一个渔佬儿》等"葛川江文化小说"。这一阶段地域文化小说在各地的纷纷出现为"寻根文学"理论的出场和创作的勃兴作了充分的铺垫。

第二阶段是"寻根"热潮中的1985年和1986年。"寻根"就是寻传统文化之根,寻地域文化之根。韩少功、郑义、阿城等作家还以宣言的形式发起"寻根"的倡议,这表明了他们已有以文学表现地域文化的自觉意识。短短两年,涌现的地域文化小说有:韩少功的《爸爸爸》、《归去来》,郑万隆的《狗头金》,郑义的《老井》,王安忆的《小鲍庄》,阿城的《棋王》、《孩子王》、《树王》,莫言的《红高粱》……文学中的"寻根"热潮甚至影响到电影创作。

第三阶段是"寻根"潮后,一些作家仍然致力于对地域文化的表现,或者借助地域文化来表现其对人生世界的新思考。代表性的作家及创作有:苏童的"枫杨树故乡系列",叶兆言的"夜泊秦淮系列",刘恒的"洪水峪系列",阎连科的"瑶沟系列",周大新的"南阳小盆地系列",方方、池莉的"汉味小说",范小青的"苏州文化小说",王安忆的"新海派故事",等等。①

樊星的文章写在1996年,十几年过去了,地域文化小说又有了新的发展。一些小说创作中地域文化特色浓厚的老作家,在这一领域继续探索,新作迭出,像贾平凹的《秦腔》,张承志的《心灵史》,韩少功的《马桥词典》,王安忆的《长恨歌》,周大新的《青山绿水》,阎连科的"耙耧山区系列";一些后起之秀也在地域文化小说创作中结出了硕果,像阿来的《尘埃落定》,毕飞宇的"淮北平原系列",迟子建的"大兴安岭传奇",何顿的"长沙故事",红柯的"天山故事"等。

文学创作与文学研究是相辅相成、互相促进的,地域文化小说同样也不例外。从20世纪80年代中期开始,伴随着文学创作中

---

① 参见樊星:《当代文学与地域文化》,《文学评论》1996年第4期。

"寻根"的热潮,文学研究的思维空间开始向传统文化和地域文化的方向扩展。阿城的《文化制约着人类》、郑万隆的《我们的根》、郑义的《跨越文化断裂带》、季红真的《文明与愚昧的冲突——论新时期小说的基本主题》、冯黎明等人的《新时期文学与民族文化心理结构》、雷达的《民族灵魂的发现与重铸》等文章和著作是这方面的重要成果。这些作家或学者大多从社会文化冲突、文化反思和文化嬗变的角度来审视文学,探索文学在社会文化历史发展中的意义。与此同时,对鲁迅、郭沫若、老舍、巴金、沈从文、张爱玲、赵树理等一些经典作家的研究,也从单一的政治视角转向了文化的视角,取得了丰硕的成果。杨义的专著《二十世纪中国小说与文化》则从小说文本考察文化心理,又从文化的角度考察 20 世纪小说审美的历史,将 20 世纪中国小说的研究引向了一个新的高度。

自 20 世纪 90 年代起,随着经济全球化与文化全球化的日益加剧,文学研究的地域视角意义似乎更加突出。在许多研究者看来,这个时候的地域文化还承担着反抗西方文化霸权入侵的责任,而不只是意味着自己心中的温暖家园。在对文学的文化研究中寄寓着从本土地域文化中汲取营养以抵抗全球化,为人类寻求更加和谐、更加丰富多彩的精神家园的文化冲动。这方面研究的代表成果大致可分两类,一类是对地域文化与文学关系的理论研究,像陈庆元的《文学:地域的观照》,靳明全的《区域文化与文学》,冷成金的《文学与文化的张力》,陶东风的《社会理论视野中的文学与文化》,邓晓芒的《文学与文化三论》,樊星的《当代文学与地域文化》,丁帆的《20 世纪中国地域文化小说简论》等。一类是从地域文化的角度考察某一地域的文学现象,或编写地域文学史著作。像严家炎主编的《20 世纪中国文学与地域文化丛书》(这一丛书包括刘洪涛的《湖南乡土文学与湘楚文化》,魏建、贾振勇的《齐鲁文化与山东新文学》,逄增玉的《黑土地文化与东北作家群》,朱晓进的《山药蛋派与三晋文化》,费振钟的《江南士风与江苏文学》,马丽华的《雪域文化与西藏文学》,李怡的《现代四川文学的巴蜀文化诠释》,李继凯的《秦地小说与三秦文化》,彭晓丰、舒建华的《"S"会馆与五四新文学的起源》等专著），肖云儒的《中国西部文学论》，陈庆元的《福建文学发展史》，王齐洲、王泽龙的《湖北文学史》，马清福的《东北文学史》，陈书良主编的《湖南文学史》，王嘉良主编的《浙江20世纪文学史》，陈伯海主编的《上海近代文学史》，王文英主编的《上海现代文学史》，崔洪勋、傅如一主编的《山西文学史》等。

　　从地域文化的视角研究文学，到目前为止，已经取得了不少成果，其学术价值是显而易见的。要而言之，可以概括为三个方面：第一，拓宽了中国文学的研究思路，弥补了既往研究中对边缘地区文化及其文学的忽视；第二，矫正了既往对文学作品作纯技术性分析的弊端，让文学研究重新回到对文学性的重视上来；第三，在文学史写作上突破了以往通史、断代史及分体史的既有体例，从地域的角度进行观照，在限定研究对象空间范围的前提下重新认识文学分布状态及发展的格局。这种文学史的写作方式有助于揭示不同地域自然地理和人文地理对作家创作的影响，揭示各区域文学的内在特质。

第二节　地域文化与文学关系研究中存在的问题

1. 当前地域文化与文学关系研究中存在的问题

　　如前所述，从地域文化的角度研究文学，其意义是不言而喻的。但长期以来，这类研究陷入一种程式化、模式化当中，疏阔无当。而且文化的地域性随着全球化、城市化的快速推进，的确存在着日益淡化和变异的可能。在这样的新语境中，如果文学的地域研究仍然仅仅满足于通过对一地域文化的宏观扫描，概括出几个似是而非的特征，进而考证出这些地域文化特征在文学中的多方面呈现，那么，这样的研究显然有些简单化，它没有注意到地域文化的丰富多样性。譬如同属中原，孙犁的笔下是柔情和秀美，赵树理的笔下却是质朴和诙谐；同在湖南，沈从文笔下流淌的是温厚隽美的诗情，韩少功笔下刻画的是诡异和冷峭；相对于中原而言，湖北属于南方，明丽和清新是自古以来人们对南方文学的固有看法，可即使在方方、池莉这样的女作家笔下，我们哪里能够寻到半点清新明丽的影子？这就是地域文化的复杂性。

古人在论及文学的地域性时，虽多以南北相区分，但许多人在这种大致的区分之下，已经注意到了地域文化特征的丰富和复杂。很多研究地域文化与文学关系的论文引用过清代的刘熙载在《艺概·书概》中的话"南书温雅，北书雄健……北书以骨胜，南书以韵胜"，但常常有意无意地忽视了接下来的一句话"然北有北之韵，南有南之骨也"。刘熙载并没有否定地域对文学风貌的影响，而是指出在南北文学的总体区别之下，还需对具体作品做具体分析，不能以偏概全走极端。钱锺书先生也表达过同样的意思："顾燕人款曲，自有其和声软语，刚中之柔也，而吴人怒骂，复自有其厉声疾语，又柔中之刚矣。"①一个区域的文化因为这个区域复杂的地形地貌、人文历史等因素呈现出复杂的状态，而呈现在文学中的地域文化也同样复杂，任何简单化的硬性划分都是不科学的。

地域文化与文学研究存在的第二个问题是，许多研究者由于看到了这种研究方法种种不如意的地方而对其采取轻视和排斥的态度。没有一种方法是万能的，我们不能因为地域文化研究存在着弊端，或者因为文学的文化研究热潮已经过去，就贬斥甚至完全摒弃这种研究方法，甚至拿当今全球物质生活表面上的趋于同一，来质疑执著于地域文化差异性探究的研究者。那种建立在"趋新"认识基础之上的轻率态度是经不起学理分析的。首先，时至今日，全球化仍只是一种趋势和乌托邦梦想而已，作为研究者不能把梦想当成现实来谈。其次，即使这一梦想能够如某些人感觉的一样，在全世界实现，它也更多的只是物质生活层面上和一些生活方式上的相同，并不等于全球文化的完全无差异性。我们须知，就是在纽约、东京这样高度现代化的城市，也因为来自不同地域的移民，而形成了各种层次的亚文化圈。可以说无论全球化发展到何种程度，无论

---

① 钱锺书：《管锥编》第 1 册，中华书局 1979 年版，第 61 页。

地域文化在"全球化浪潮"中发生何种变异，因为地域文化的不同而形成的差异永远存在，而且它只是导致差异永恒存在的所有原因中的一种。当然，彼时地域文化的差异可能再也不如百年前一样鲜明，但作为对表现人的文学的研究工作，不能对这种差异视而不见。最后，与全球化趋势日益加剧一样明显的是，人们对于全球化的焦虑也在与日俱增：全球同一化是以何者为主导的同一化？全球化潮流中，大到民族国家，小至族群、个人，其自我身份如何确立？还有全球化迅速发展导致的日益严重的环境破坏、疾病的迅速传播等诸多问题。人类生活方式的日益一体化和模式化导致的文化多样性的破坏，就像旧的物种不断消失一样，正慢慢地威胁到人类的生存。面对全球化带来的种种恶果，文学研究在梳理既有文学创作与地域文化的关系之外，还有责任通过自己的研究引导作家和读者去关注和阐扬地域文化中有价值的东西，为现代人精神家园的建构起到应有的作用。

2. 民间视角能否取代地域视角

针对从地域视角研究文学的局限，20 世纪末文学研究中出现了从地域视角向民间视角转换的趋势。① 民间视角的提出与告别革命、质疑启蒙、解构本质的世界文化思潮不无关系，这一理论视角提出的积极意义是不言自明的。但这一视角将民间与精英和庙堂对立起来，仍然还是一种整体性的描述。而整体性、均质化是现代性发展过程中越来越遭到人们质疑的特征，何况，在中国社会近三十年的剧变中，民间也是一个暧昧不清的概念，民间、精英与庙堂之间的关系错综复杂，有时甚至很难区分。

自从民间视角提出以后，应和者众，许多研究者直接借用，将其运用于对一些地域文化小说作家的解读之中。比如对迟子建的小说文本研究，有一篇题为《民间叙事的魅力——以〈额尔古纳河右

---

① 参见姚晓雷：《从地域视角到民间视角——关于 20 世纪末文学话语范式转变的一种思索》，《当代文坛》2006 年第 5 期。

岸〉为例》的文章。这篇文章的作者认为，迟子建在小说中充分展示了鄂温克族文化的丰富性、神秘性和多样性，比如各种神话传说（作者详细叙述了火神与山神的神话、拉穆湖的传说、鹿食草的传说等），历史故事（西口子金矿的发现、漠河金矿的历史、海兰察的故事等），各种民谣（书中的神歌、民谣多达几十首），多种民俗（跳神仪式、风葬仪式、祭神仪式等），丰富的文化（宗教文化、狩猎文化、建筑文化、迁居文化、节庆文化、桦树皮文化、路标文化、火神崇拜、熊图腾等），以及篝火舞、斗熊舞、岩画、谚语、谜语等。这些是典型的民间叙事，是民间叙事的外在表征。① 对于迟子建《额尔古纳河右岸》这个小说文本以及其他类似文本中的民族地域文化书写，我们认为与其将之称为民间叙事，还不如说是地域文化叙事。这不仅因为其在文化形态上的独特性，而且对于具体地域的人们而言，这些内容既是他们的生活，也是他们的灵魂。何者为庙堂、何者为精英、何者又为民间？在那个神奇的地方，这三者是合一的。而且如果一定要将《额尔古纳河右岸》归入民间叙事，那么它之所以广受欢迎并获得中国文学最高奖项，正是由于它与精英叙事、与庙堂叙事在本质上的相契。譬如对昔日狩猎文明和农耕文明的回望，对环境保护、生态平衡的重视，对天地人神合一的中国传统哲学的提倡。这样，三种叙事视角的殊途同归反过来解构了它们自身存在的合理性。

　　迟子建说过："我喜欢神话和传说，因为它们与想象力有着肌肤之亲……神话和传说如此广泛而经久不息地存在于世界的每一个角落，它激活了无数的生命，它拓展了想象的空间。"②迟子建神奇的想象力、优美的语言、她的文字中透露出的温情和诗意、她笔下如此众多的让人感到亲切的"非正常人"和她对于这些人的无差异的爱，这些特征的显现，只有在她诞生并生活的那片土地上，才能

----

　　① 周引莉：《民间叙事的魅力——以〈额尔古纳河右岸〉为例》，《商丘师范学院学报》2011年第1期。

　　② 迟子建：《女人的手》，明天出版社2000年版，第133页。

找到最好的答案。同样是在民间，我们假设迟子建成长生活在中原或者南国，她恐怕难以写出如《额尔古纳河右岸》这样风格的作品。

民间并非铁板一块，不同地域的民间文化和民间生活也有很多不同的地方。民间是相对于庙堂和精英的，这是考察文学的一个维度；地域的差异性相对于整体的均质性，这是考察文学的另一个维度。角度不同，不能简单地说谁优于谁，谁应该取代谁，也许正确的方法是让这两种研究视角共存。

3. 继续加强和深化文学与地域文化关系的研究

地域性或地域文化不只是一个空间意义上的概念，它是一种在时间的历史中形成的空间形态，是通过不断的文化积累逐渐形成的。地域文化包含了表层空间和深层时间两种维度，它在本质上是一种历史文化。以现代总体性来取消地域差异性是对文化延续性的一种践踏。当今全球化的盲目性和种种弊端，很大程度上正是由于其中某一方的强势地位和另几方的话语缺失造成的。要扭转这一局面，必须加强对地域文化的研究。具体到文学创作和研究领域，重视地域文化便是必然的选择。造成当代文学创作危机的原因有多种，其中之一便与忽略地域传统文化经验有关。无论是早期众多书写集体经验和宏大话语的创作，还是 20 世纪 80 年代以后，众多书写个人感受、紧跟时代潮流、跟着感觉走的作品，因为对地域文化的忽视而多少减损了其审美力量。

在坚持地域文化传统独特性的同时，应该看到地域文化传统的动态发展。地域文学创作和研究中对地域文化传统的认识和理解也应关注传统自身演进和延续的方式，这种传统的延续正像一位人类学家曾经引用过的故事那样：

> 当犹太教哈西德派的高士，善名宗（GOOD NAME）的首领巴尔·谢姆·托维遇到难题时，他习惯于到森林的某个地方，在那儿点上一堆火，念着祷词以求智慧。过了三十年后，其门徒的一个儿子也遇到了难题，于是他再次来到了森林中的同一

14

个地方，点上一堆火，但却记不起祷词了，他祈求智慧而且也奏效了。他得到了他所需的。又过了三十年，他的儿子也像其他人一样遇到了难题，于是他又到森林中，但这次甚至连火都点不着，"主啊"，他祈祷："我记不得祷文，也点不着火，但我现在在森林中，这已经足够了吧。"他也得到了满足。现在，拉比·本·勒韦坐在芝加哥的书房中，手托着头祈祷道："主啊！您看，我们已经忘记了祷文，火也熄灭了，我们甚至不能找到回森林的路，我们只记得在森林的某个地方有一堆火，有一个祷告的人。主啊，这已经足够了吧！"①

传统的生活、仪式，随着时间的流逝，只成为了纸上的一段文字或头脑中根据文字拼凑而成的模糊碎片，但我们不能因此就说传统已经消亡了，不能因此而更加激进地投身于现代性的格式化、同一化生活之中。文学创作和研究应该留意地域传统文化在发展变化中的新样态，努力寻求不同地域文化之间相互影响、相互生成，以及现代总体性与地域差异性之间规驯与反抗的复杂关系。

第三节　湖北地域文化与文学研究综述及本书的写作思路

1. 湖北地域文化与文学关系研究现状

20 世纪 80 年代以来，随着地域文化研究热潮的兴起，从地域文化的角度研究湖北文学的学者多了起来。在学者们的研究之中，最初是将湖北文学归入楚文学的大类之中，从地域文化的角度加以观照。蔡靖泉先生的《楚文学史》是这方面较早的专著之一，该书作为大型丛书《楚学文库》之一种，纵论楚地文学，自先秦楚地神

---

①　[美]约翰·R. 霍尔、玛丽·乔·尼兹著，周晓虹、徐彬译：《文化：社会学的视野》，商务印书馆 2002 年版，第 96~97 页。

话始，至西汉前期诗文止，资料详实，对楚地文学源头有很好的梳理，是研究湖北地域文学不可多得的参考书。与《楚文学史》类似，不将文学局限于湖北这一具体的行政区域，但又是从荆楚地域文化的具体角度加以研究的专著还有罗昌智的《二十世纪中国作家与荆楚文化》、刘保昌的《荆楚文化哲学与中国现代文学》。这两部专著都涉及的湖北作家有两位，一为闻一多，一为废名。真正的湖北文学专史写作始于1995年出版的由王齐洲和王泽龙合著的《湖北文学史》，该书对湖北文学的研究上自湖北神话，下至新中国成立之时，其研究方法是当时十分盛行的，即先归纳出湖北文化的若干特点，然后以历代的湖北文学印证之。对新时期湖北文学的地域文化特征关注较多的是樊星，他先后以地域文化的视角着重研究的新时期湖北作家有方方、池莉、陈应松、魏光焰等人，较早提出了"汉味小说"这一称谓。於可训也就新时期湖北文学对湖北地域文化资源的开掘和利用写过专题论文，梁艳萍、王文初等人从地域文化的宏观视野寻找新时期湖北文学缺失的文化之因，霍晶晶等年轻学者对池莉等作家的"汉味"风格也有专题研究。

　　值得注意的是由湖北大学文学院推出的国内第一套区域性作家研究丛书——《当代湖北作家研究丛书》中，一些著者在专论自己的研究对象时也部分涉及地域文化与作品风格间的相互关系，注意到了一些作品中所包含的丰富的地域文化内容。吴道毅在《南方民族作家文学创作论》一书中，对叶梅、李传锋等湖北作家创作的地域特色和民族特色，也有细致的分析。

　　到目前为止，综合可以见到的这方面研究，我们发现研究者更多的是选取湖北地域文化精神的某一特质，联系某一位作家的一些作品进行解读。有些研究者在单个作家的研究上是很有创见的，但缺乏对整个新时期湖北文学地域特色的观照；有的研究者善于提炼出关于湖北文化的几个特点进行一般性的描述，缺乏细致深入的探讨。尤其值得注意的是，人们常常将历史文化传统当成一种静态的东西，而没有发掘其在历史发展中的不断丰富流变的特征，对其在现当代湖北文学中从作家主体精神建构到作品内容和审美形态的多方面呈现关注不够。相对于湖南、四川等省份文学的地域文化研究，从荆楚地域文化的视野对湖北文学进行的研究还开展得不够充分。

2. 湖北地域文化的特征及本书的写作思路

要说清湖北地域文化的特征是一个困难的问题。我们可以肯定的是要谈文化特征必然离不开历史，因为一种文化风貌只有在长期的历史积淀中才能形成。湖北古属楚地，楚地、楚民族、楚文化也是不断发展变化的。何为楚？最初之楚，地不过五十里。楚之地域，楚之国民，楚之文化都是在不断地征战中，在与周边部落、族群、国家的交流沟通之中扩大和形成的。楚国坚持"抚有蛮夷，奄征南海，以属诸夏"的国策，在自身的发展过程中，楚文化与周边的中原华夏文化、与三苗遗裔(荆蛮)文化、与巴文化、与吴越文化、与淮夷文化，都有着千丝万缕的联系。对周边文化的借鉴吸收，多元交融，才最终形成了楚文化的多彩面貌。即使是这样一种多元交融的楚文化在楚国灭亡后，也渐渐消融到华夏文明的总体发展进程之中。

如果说既往对巴蜀、关中、东北黑土地文化与文学关系的系统研究，还因为这些地域文化相对独立统一的特质可以作比较精炼的概括的话(虽然这种概括不尽如人意，但大体上还是可行的)，那么这种方法用之于湖北新时期文学的研究则显得力犹不逮。湖北地域文化的多元混杂特征决定了它不可能是一种特征明显的单一样态。面对这样的文化生态和湖北新时期文学的创作实践，本书将新时期湖北文学放在三个亚文化圈中进行具体观照，细致辨析各地域文学创作与当地文化的相互关系。这三个亚文化圈分别是鄂西文化圈、鄂东文化圈、武汉都市文化圈。

这种划分既考虑了湖北的人文地理特质，也结合了湖北各地域的历史文化传统和一些代表作家的代表作品所表现出来的不同地域文化特征。湖北地形，大致看去，东北西三面皆为山地高阜，中部为江汉平原，南部地势收束连接洞庭水乡，略呈盆地之势。不过鄂西山地不同于鄂东，不仅山高林密水深，而且生活于高山河谷之中的多是土家族、苗族等少数民族。独特的地貌风物和民族风情哺育了鄂西作家独特的文心，呈现在他们笔下的生活，无论是想象历史，还是描摹现实，无不呈现出鄂西山乡的异彩。叶梅的《花树花树》、《撒忧的龙船河》、《最后的土司》等作品，用细腻的笔触写活了土家人的精神世界，寄托了作家的文化寻根之思，被评论家称为"民俗文化小说"。土家族的另一位作家李传锋则以一组"动物小说"（《最后一只白虎》、《林莽英雄》、《退役军犬》等）享誉文坛。无论是将动物作为主角的题材选择，还是在动物的传说中寄托的浪漫古朴的英雄情怀以及对人类前途命运的忧思，都体现着鄂西少数民族独有的地域文化对作家的化育之功，以及作家在对地域文化表现中融入时代主潮的思想担当。映泉近年出版的长篇《楚王》三部曲，将一支生花妙笔向历史的深处开掘，演绎了楚国从一个蕞尔小国发展成一个地方五千里、战车万乘、带甲之士百万的天下第一大国的曲折历程，荆楚尤其是鄂西这一地域的八百年历史生活在作家笔下得到最丰富、最深刻、最生动的表现。无论是写现实的《桃花湾的娘儿们》，还是演义历史的《楚王》三部曲，关注乡土、表现乡土、阐扬这一方水土上人们的精神情怀是映泉不变的追求。鄂西自然的瑰丽神奇，人文的独特丰厚还吸引了一大批城市作家的目光。陈应松深入神农架林区，在那里长期生活。他充沛的诗情、丰富的想象力、对世界人生的神秘之思，在那里找到最佳的表现对象，最后结成了《松鸦为什么鸣叫》、《豹子最后的舞蹈》、《马嘶岭血案》等一大批有着神农架鲜明地域文化特色的作品。胡发云这位一直执著于探索中国病象的作家也在鄂西的山水中寻找灵魂的暂时栖息之所，在《老海失踪》这篇小说中借鄂西的高山密林展开对城市现代文明的反思。此外，对流经鄂西的汉水，襄樊作家王雄也投去了关注的目光，他的"汉水文化小说"《阴阳碑》、《传世古》和《金匮银楼》对古城襄阳的三教九流、历史掌故、街衢巷陌、风土人情作了细致传神的工笔描绘，为汉水文化保存了一份鲜活的历史记忆。

　　鄂东相较于鄂西，虽然同样多山，但其险峻闭塞远不如鄂西的高山大岭。与大都市武汉在地理位置上的接近，山区的地瘠民贫，使那里成为现代中国革命的主战场之一，书写发生在这一方土地上的革命历史成为鄂东作家自然的选择。邓一光的《父亲是个兵》、《战将》、《远离稼穑》等家族革命历史小说，刘醒龙的《圣天门口》，何存中的《太阳最红》、《姐儿门前一棵槐》，都是自觉利用家乡地域文化资源进行文学创作的最好范例。在这些作品中，作家们充分显示了描写故乡民魂的丰富才情，将鄂东的民风民俗，将鄂东人剽悍勇猛易怒的民情民性展示得血肉丰满。这种民性与民风还不仅表现在战争这一特殊时期，林白的《妇女闲聊录》就是以口述实录的形式展示了当代和平时期最原汁原味的鄂东乡村生活，其民风的泼辣，其生命状态的狂放，与他们在战场上抛头颅洒热血的父辈们是一脉相承的。大概正是由于这里曾经是革命的热土，对政治生活的热情表现，对现实的执著关注，成为鄂东作家的共同选择。早期姜天民的《第九个售货亭》，熊召政的《举起森林般的手，制止！》，刘醒龙的《凤凰琴》、《分享艰难》、《挑担茶叶上北京》等作品，近年熊召政创作的长篇历史巨著《张居正》，这些作品无不是在对现实的发言。鄂东作家在某些批评家看来可能有些过于"主旋律"的现实主义情怀与这一地域的历史文化传统不能说没有关系。

随着城市化的迅猛发展，中国城市的数量迅速增加，城市的规模成倍扩大。许多原先关注乡村，甚至生活居住在乡村的作家，也搬进了大城市，与那些在城市生长的作家一起将关注的目光投向城市生活。武汉地处水陆交通要冲，素有"九省通衢"之称，武汉三镇之一的汉口是历史上著名的"四大名镇"之一。武汉因水兴市，因水而成的码头文化，与历史上楚人的雄强狂放相结合，塑造了武汉人泼辣、尚武、精于算计又热情放达的民性民风。武汉作家群以其杰出的文学创作为我们提供了一个风采独具的"文学武汉"。池莉的《冷也好热也好活着就好》、《不谈爱情》、《太阳出世》、《生活秀》等作品最形象地刻画了武汉市民泼辣斗狠、精于算计、粗鄙放任的精神风貌。方方的《风景》、《黑洞》、《落日》写武汉市民的生存困境与道德危机，将城市这座炼狱中的人性之恶写到极致；而无论是作者还是作品中人物对这种"恶"的宽容，不禁让读者对这座城市放达中麻木的民性感到深深忧虑。魏光焰的《街衢巷陌》、《胡嫂》则又在表现武汉地域文化方面达到了一个新的高度，尤其是她的语言，参差浩繁，大俗大雅。刘继明似乎没有直接写武汉这座城市的作品，但他自己声称他小说中常常出现的"B 城"其实就是武汉，他的文化关怀与文化批判的源头就是来自在武汉生活的直接感受。除了这些表现武汉现代城市风貌的作品外，彭建新的《红尘》三部曲(《孕城》、《招魂》、《娩世》)以一种"清明上河图"式的风格再现了民国时期武汉三镇三教九流的市井生活。其中涉及的人物之多，描写场面之广，对旧武汉民风民性表现之生动形象，在近年书写武汉的作品中无出其右者。尤其是小说以纯正的武汉方言写成，武汉话的夸张幽默，与武汉市民对人情世故的明了和放达融合在一起，极富感染力。同样用汉味方言写作的还有何祚欢，他的"儿子系列"小说，别开生面地描写了小商人在武汉这座城市艰辛打拼的奋斗历程，将旧时代武汉小商人及周边乡村生活的世情世相表现得活灵活现。彭建新、何祚欢这两位作家除了小说创作之外，还钟情于对武汉历史文化传统、武汉民间老行当、武汉地方曲艺的研究，小说创作与地方传统文化研究互相影响，更使他们的文学创作有着丰厚的武汉地域文化风味。

　　将新时期湖北地域文化小说分为三个亚文化圈的做法，既是湖北地域文化与湖北新时期文学实际面貌的客观反映，也是对前辈学人研究思路的借鉴。於可训和樊星在对湖北新时期文学研究的相关文章中都有过类似的划分。在他们的研究基础之上，我删除了"荆州水乡文学"这一部分。我的考虑是，方方的《闲聊宦子塌》、池莉的《你是一条河》虽然也是写水乡的作品，不过在她们的所有作品中，对鄂南水乡的凝望只是一个特例。"荆州水乡文学"创作的代表作家应是陈应松和刘继明，而陈应松最有代表性、最有影响的作品是写鄂西山地的"神农架系列小说"，当然"神农架系列小说"的风貌是对其早期"荆州水乡系列小说"风貌的延续，这种延续中自然也有水乡故地的文化因子深藏其中，我们将其与故乡地域文化的因缘一并归入到对其以"神农架系列小说"为主的整体研究中,将其作为一个作家成熟风格形成的缘起和前史展现出来。刘继明的先锋色彩,他早期创作中对"怎么写"的刻意营构,常常掩盖了作家地域的印痕,而给他在文坛带来声名的所谓"文化关怀小说",更多地来自于他对城市生活经历的文化反思,因而我们索性将他置于新时期武汉都市文学的研究范畴之中。

本书从地域文化的角度研究湖北新时期作家作品的特色风貌,既有现象描述,也有原因探析,更从地域文化的角度分析新时期湖北作家创作的成败得失,试图从地域文化对作家的各种影响中寻找原因,以期给湖北作家和湖北文学研究者一些新的启示。当然在确定选题之初,我们便深知影响研究这一方法之中天然存在着难以克服的弊端,即确证的困难。具体到某位作家的作品,我们有时实难确证究竟是地域文化还是主流文化在作品样貌的形成和读者的不同反应中起到决定作用,或者它们各自起到了几分之几的作用。所幸,除了细致的文本解读能给我们提供研究的蛛丝马迹之外,大量的作家创作谈也帮助印证了我们的判断并进一步指明了研究的方向。没有一种研究方法是万能的,我们能够做的也许只是将其运用得尽可能好,尽可能准确、细致、深入一些。

第一章　鄂西地域文化与文学

鄂西是楚国的发源地，楚文化的浪漫、神奇与瑰丽，积淀在鄂西的山山水水和民情风俗之中，也流淌于新时期鄂西作家的笔端。鄂西又是少数民族聚集区，土家族、苗族等少数民族文学是新时期鄂西文学中的重要组成部分，少数民族独特的生产生活方式、宗教信仰、风俗习惯和生命体验，构成了少数民族文学的重要内容。本章重点研究了李传锋的动物小说、叶梅的土家族地域文化小说和陈应松的神农架系列小说。

第一节　鄂西的地域文化与文学概述

1. 鄂西的自然环境与文化地理

鄂西在中国地形地势的总体划分中，处在从第二阶梯向第三阶梯的过渡阶段，即从西部山地向东部丘陵平原过渡。在鄂西，自北向南，武当山、大巴山、巫山、七曜山、武陵山环绕省境或耸居其间，其中海拔 3105 米的神农顶是华中地区第一高峰。就气候而言，这一区域多属亚热带湿热气候，年降水量多在 1000 毫米以上。充沛的雨量，有利于植物的生长和动物的繁衍生息。这一区域，植被发育完好，森林覆盖率高，生物品种繁多。其中神农架林区至今还有保存完好的原始森林的各种珍稀的野生动植物，被誉为中国动植物资源宝库。湿润的气候，完好的植被，又有利于河流的形成。鄂西地区江河溪涧密布，主要河流有汉江、长江、清江，以及汇注于这些大江大河的众多支流。

丰富的动植物资源给人们提供了充足的生活资料来源，密布的江河又给人们带来了交通的便利，很早以来这一区域就有人类活动的足迹。20世纪90年代在湖北宜都城北溪、秭归柳林溪等新石器时代遗址中，考古人员在发掘的红烧土和陶器的胎体中发现了大量的稻壳等物，说明了这一地区很早就有稻谷栽培等农业生产活动。1981年在宜昌县杨家湾大溪文化遗址的发掘中，出土了一批带有刻画符号的陶器碎片，这是我国已发掘的年代最早、刻画符号最多的一处遗址。这些陶器碎片上的符号不是单纯的几何绘画，而是用来表意的记事符号，是我国古代文字的萌芽。从有文献记载以来的人类活动历史来看，地处渝、鄂、豫、陕、湘结合部的鄂西，是古代巴人、楚人生活的地方。古代巴楚先民在这块土地上创造了灿烂辉煌的文化，留下了丰厚的文化遗产和影响深远的文化传统。

立国于此的楚国，它的崛起与强盛便是一个激荡人心的历史奇迹。西周初年，周成王把鄂西北荆山、睢山之间方圆五十里的荆蛮之地封给了楚族的首领熊绎。从此，楚国先祖在这一地区"筚路蓝缕，以启山林"，艰苦创业。至春秋中期，楚庄王已"并国二十六，开地三千里"，饮马黄河，问鼎中原，确立了楚国的霸业；到战国中期，楚国达到其强盛的极点，成为了一个地方五千里、车千乘、骑万匹、带甲百万、存粮可食十年的超级强国。与这一强盛国力相匹配的是楚国在物质文化和精神文化方面取得的卓越成就。在长期的发展中，楚国形成了以青铜冶炼铸造、髹漆工艺、丝织刺绣工艺、道家哲学、乐舞美术和庄骚文学为代表的，有着鲜明特色、成熟风格和奇伟气派的文化奇观。

仅就文学艺术而言，其取得的辉煌成就至今仍然令人叹为观止。楚大夫屈原，作为中国文学史上第一个有姓名的大诗人，他以《离骚》、《天问》、《九歌》等丰美华赡的诗作开创了"楚辞"这种具有鲜明地域特色的新诗体，在创作中体现了丰厚而深刻的民族文化心理和文化性格，对中华民族文化精神的建构产生了巨大影响。楚国是歌舞之乡，最初的楚国歌舞常常与娱神祭祀有关。在浓烈巫风的催发下，楚国歌舞之风更甚于北方中原诸国，上自王庭下至僻野之地，无不好尚歌舞，这一风尚在《楚辞·九歌》中有非常生动的描述。随着歌舞艺术的发展，楚国较早地实现了乐与礼的分离，产生了对舞蹈形式美的自觉追求，而且楚国的音乐艺术也渐趋发达。以编钟为代表的乐器制作，工艺精湛，音乐理论也十分完备，曲目繁多。我们不仅能从近年楚地考古发掘的实物中看到这一点，而且从《楚辞》中关于楚人生活的大量描述中也能够感受到。对歌舞的热爱，对神灵世界的向往，塑造了楚人浓烈的浪漫主义气质。具有浓烈浪漫气质的楚国文学艺术与楚国的物质文化成果一起，长久地影响了楚国故地及整个华夏民族的物质生活和精神生活面貌，为中华传统文化的发展作出了重要贡献。

与楚人共同生活在鄂西这一地域的另一个重要群落是巴人和他们所建立的巴国。巴国历史久远，早在周朝建立之前，巴人就曾随武王伐纣，以歌舞凌于殷人而名扬于世。汉高祖平定三秦、成就帝业之时也曾借助巴人之师。巴人的勇武善战、坚毅顽强已然成为巴人及其后裔最鲜明的文化记忆，而且成为一种民族的集体无意识沉淀在他们的思想和情感之中。至今在巴人的后裔——土家人中仍广泛流传着的巴国将军巴蔓子的故事就是这其中最典型的一个文化符号。《华阳国志·巴志》中对巴蔓子的故事有这样的记载："周之季世，巴国有乱，将军有巴蔓子请师于楚，许以三城。楚王救巴。巴国既宁，楚使请城。蔓子曰：'藉楚之灵，克弭祸难。诚许楚王城，将吾头往谢之，城不可得也。'乃自刎，以头授楚使。（楚）王叹曰：'使吾得臣若巴蔓子，用城何为?'乃以上卿礼葬其头。巴国葬其身，亦以上卿礼。"巴蔓子故事的含义固然可以做多方面的生发，但其为了国家利益，为了曾经的诺言舍生向死的行为，激励了一代又一代的土家儿女。土家人也将其作为本民族共同体凝聚的核心和共同的精神领袖，使巴人及其后裔形成了一种仁义无私而又勇猛无畏的民族心理机制，升华出勇武仗义的民族性格和顽强进取的民族精神。

历史上统治鄂西的主要是楚人和巴人，现在居住于鄂西的人口中，除汉族外，最多的仍是巴人的后裔——土家族，其次是苗族、侗族、回族、满族等少数民族的人数则很少。

鄂西的土家族主要分布在武陵山脉、七曜山脉和巫山余脉之间的高山河谷地带。它是鄂西南最早的居民之一，多数学者认为今天的土家族是以古代巴人的两支——廪君蛮和板楯蛮为主源，融合后来众多族群，经过长期的历史发展过程，到宋元时期才逐渐形成的。今天的土家人，从行政区域而言，主要聚居在鄂西南恩施土家族苗族自治州和隶属宜昌的五峰、长阳土家族自治县，总人口接近200万，占全国土家族总人口的30%以上。①

鄂西苗族主要聚居于酉水、唐崖河、郁江流域的宣恩、咸丰、来凤、利川四个县市。1982年全国第三次人口普查统计，湖北全省的苗族人口近18万，其中99%的人口居住于恩施境内。鄂西境内苗族的来源，学界认为不止一途，但主要是从周边各省迁入，尤其是在清雍正十三年(1735年)改土归流以后，由于清政府的镇压和灾荒，大批苗民从湖南、贵州迁至鄂西。

历代中央政府对于鄂西土苗等少数民族，长期实施民族隔离政策，所谓"汉不入峒，蛮不出境"。中央将对这些地区的管理权委托给当地有势力的土王，对他们的具体管理，不予干涉，而土王须对中央王朝担负起纳贡、征粮、纳税等义务。唐宋时期的羁縻州制度和元明时期的土司制度，都是这样一种制度设计，不过宽严有别而已。改土归流以前的土家族、苗族各土司内部，普遍采取兵农合一的社会组织形式。史载："训农治兵，选壮士杂官军教之。斯年，民知战守，善驰逐，无事则植戈而耕，兵至则悉出而战。"②这样较为原始的社会组织形式，在塑造土苗人民骁勇刚强的性格方面，产生过重要影响。

---

① 陈国安：《土家族近百年史(1840—1949)》，贵州民族出版社1999年版，第1~2页。

② 转引自周积明主编：《湖北文化史》，湖北教育出版社2006年版，第1151页。

由于自然条件的限制，加上历代统治者人为的隔离和封锁，鄂西少数民族的社会生产力水平一直比较低下。在生产方式上，主要采用刀耕火种、捕鱼、狩猎、采集等较为原始粗放的方式。清乾隆五十九年(1794年)所撰的《山羊隘沿革纪略》中，曾描述了鄂西容美土司地区的一些生产活动情况："时而持枪入山，则兽物在所必获；时而持钓入河，则水族终致盈笥。""春来采茶，夏则砍畲，秋时取岩蜂、黄蜡，冬则入山寻黄连剥棕。常时以采蕨挖葛为食，饲蜂为业，取其密蜡为赋税之资，购盐之具。"①他们的生活也比较贫困，汉族文学家顾彩在其所作的《容美纪游》中曾记载，声名显赫的容美土司田九峰在司署宴请他时，也只有新茶、葛粉、鲜笋、炸鱼、蕨粉、鸡、大豆、大麦等物，土民生活之艰难，由此可见一斑。这种落后的状况虽然经过了现代化进程的冲刷，但仍然保留着很深的印迹，狩猎、养殖、采集仍是鄂西人民重要的生产生活方式。而其生活的艰难，至20世纪末，仍然没有得到根本改观，这在陈应松写于21世纪初的神农架系列小说中，有很真实很形象的表现。

险峻的山形地势、自然风貌影响了鄂西人的生产生活，也影响着他们的宗教信仰和图腾崇拜。对大自然的崇拜是人类最初的宗教形式之一，由于各地人群所生活的地理环境不同，对大自然的崇拜对象也不一样。滨海之民崇拜海神，大江大河之畔自然有河神相伴，而山神树神则是山地居民最主要的崇拜对象之一。鄂西少数民族的山神崇拜首先表现在对赋予他们丰富猎物的猎神崇拜上，其中最著名的就是"梅山猎神"。来凤、五峰、鹤峰等地的土家人将猎神称为"梅山娘娘"或"梅山土地"。出猎前须祭拜猎神；狩猎归来，还须以兽头或兽脚献祭。祭祀时气氛肃穆，祭者须穿戴整齐，不得袒胸露背，祭祀完毕才可以均分兽肉食用。有些"梅山传说"中，将"梅山"想象为一位与老虎搏斗而死的英勇的女猎人。至今，在

---

①　湖北省鹤峰县史志编纂委员会：《鹤峰县志》，湖北人民出版社1997年版，第102页。转引自周积明主编：《湖北文化史》，湖北教育出版社2006年版，第1154页。

土家民间舞蹈中，还有再现"梅山"与老虎搏斗的激烈场面的"梅山舞"，土家民族乐器"咚咚喹"的曲谱中也有怀念"梅山"的曲牌。①

图腾崇拜是原始宗教发展到一定阶段后，综合自然崇拜、动植物崇拜和鬼神崇拜、祖先崇拜等原始宗教形式而形成的一种自然宗教。鄂西地区的图腾崇拜，较典型的是清江流域土家族的白虎崇拜。这一崇拜与"廪君死后化虎"的传说直接相关。廪君又名巴务相，是有文献记载的土家人始祖，他曾立都夷城，死后魂魄化为白虎升天。土家先民为了纪念他，就以白虎为氏族图腾。鄂西南以白虎为地名的地方有很多。在土家族地区，还可以听到许多关于白虎始祖的传说，既有关于始祖神虎儿娃的，也有关于白虎星君神灵的。据说土家族人中的田、杨、覃、向、彭、王、冉七大姓氏就是白虎神与牧羊女芭莓的后代。② 因为"相"与"向"读音相同，在长阳等地，人们又将土家称王为"务相"的"相"讹传为"向"。廪君变成了长阳、五峰等地人们信奉的"向王天子"，于是清江流域土家人为纪念廪君建起众多的"向王庙"、"向王天子庙"。因为"向王天子庙"多建在清江边，所以土家又有视廪君为河神的。驾船或放排的河工，常去"向王天子庙"祭奠，以寻求庇佑。

与鄂西自然地理环境密切相关，古代巴楚之地，巫风盛行。山间林莽本多灵异之事，在人类思维和认识水平还不很发达的古代，更容易促成人们形成鬼怪、精灵的意识，进而生出对鬼神的敬畏和恐惧。驱鬼逐疫、与鬼神交流、请神娱神、降魔伏妖，成为人们生活中的重要内容，巫师在其中扮演了重要角色(土家族称巫师为"梯玛"或"端公"，苗族称为"苗老师")。这些巫师最初担当敬神祛鬼之职，是人神、人鬼之间互通信息的媒介，后来举凡村寨土民的祭祀祈年、占卜问事、纠纷调解、丧葬姻缘等重大事情和仪式都

① 刘丕林：《土家风情琐谈》，萧志华主编：《湖北社会大观》，上海书店2000年版，第299页。

② 彭英明主编：《土家族文化通志新编》，民族出版社2001年版，第381页。

由巫师主持。

巴楚先祖的信仰风俗，随着时间流逝，成为巴楚遗风，紧紧依附在巴楚故地上，影响了历代鄂西人的风俗习惯和文化心理。欧阳修曾在文章中记述过夷陵之俗："多淫奔，又好祠祭，每遇祠时，里民数百共馂其余，里语谓之攃鬼，因此多成斗讼。"他又说："夷陵，俗朴陋，唯岁暮祭鬼，则男女数百，相从而乐饮，妇女竟为野服，以相游嬉。"①鄂西巫鬼之风深远绵长，人们浸淫日久，鬼神信仰深入人心，这从 20 世纪二三十年代在鄂西广泛存在的"神兵运动"中也可见一斑。参加这一运动的人都自称"神兵"，头裹红布，吃朱砂，喝净水，发誓念咒，刀枪不入。在飞机大炮已经早已被运用于战场的现代社会，这些荒诞不经的想法，在当时的鄂西山间却有很多信服的人。这一运动在鄂西绵延了将近二十年，先后参加的人员达数十万。

楚人能歌善舞，人们用歌舞来祭神、娱神，与神鬼交流；以歌舞来抒发生命的激情，来缓释生活的悲苦；以歌舞来流传族群的历史，来激发种族与个人的生之欲望。《楚辞》中就有很多关于楚地先祖歌舞人生的描述文字，后世关于鄂西人喜爱歌舞的记载也有很多。"郧阳境民俗尚楚歌……男妇插秧，击鼓而歌，悉力耕山野。"安陆府民，"丧则鼓歌杂哀"，春社日，家家祈谷，"招巫觋歌鼓迎神，联臂踏地，为歌节"。归州人，"鼓以祭祀，叫啸以共哀"。夷陵风俗，渔人每三月初八、十八、二十八三日起汕，"相率扣拍，令声振水，而歌连彻，昏晓必悲怆慷慨，乃获多鱼"。彭椒《长阳竹枝词》称道："家礼亲丧有法程，僧巫那得闹书生。谁家开路听新鬼，一夜歌唱到天明。"②方方在《闲聊宦子塌》中也有关于楚人

---

① 欧阳修：《初至夷陵答苏子美见寄》，《夷陵岁暮书事呈元珍表臣》，文渊阁四库全书本，转引自周积明主编：《湖北文化史》，湖北教育出版社2006 年版，第 1353 页。

② 参见《古今图书馆集·职方典》各府属风俗考，转引自周积明主编：《湖北文化史》，湖北教育出版社 2006 年版，第 1357 页。

好歌舞的描写：“楚人善歌善舞，古书上都记得有。‘下里’‘巴人’唱起来，和者数千。……打硪、搬运、划船、赶马、采茶、放牛、榨油、抬轿、载秧薅草，口里都唱，号子打得地动山摇，五句子喊得遍野回音。连女将们做衣、绣花、纳鞋也是手上做起，嘴上哼起，一支支的小曲，叹四季，想五更，十二月对花，十二月想郎，十爱十恨十怨十骂，哀哀切切凄凄婉婉，唱得一个个的男将们心里麻酥哒。”①

　　这种爱歌爱舞、能歌善舞的文化风俗，在现代湖北人的生活中还可以见到。鄂西土家族苗族山乡里就还保留着大量的歌舞遗风，这突出地表现在“哭嫁歌”、“摆手舞”、“撒尔嗬”等极具民族地域文化特色的民俗之中。

　　男婚女嫁是人间的喜事，但新娘子在婚嫁之时突然间要离开生活了一二十年的故家，离开父母亲朋、玩伴相知，悲情顿生，泣下而别，这原是普遍存在于全国各地，甚至世界各民族的一种文化现象。但如土家族、苗族那样，将能否唱“哭嫁歌”作为衡量女子才智和贤惠能干与否的重要标准，却是不多见的。这原本是留恋往昔、恐惧未来人生的悲情表演，后来竟变成土家、苗家女儿重要的生活内容，将她们人生的酸甜苦辣融会其中，并进而有了技术上的具体要求。土家姑娘一般在十一二岁的时候，就开始学习“哭嫁”，随地域不同，哭嫁歌大同小异，一般都有“女哭娘”、“娘哭女”、“姐哭妹”、“姑哭嫂”、“嫂哭姑”、“骂媒人”等几个部分，唱词长短不一。当新娘将嫁之时，同村共寨前来相送的姐妹们，由人及己，牵动内心情思，也不由得陪新娘一家哭泣哀伤，洒一把同情之泪。不仅出嫁时唱歌，土家青年男女不论是上山砍柴割草，还是开荒、挖土、薅草、收获、赶集……都喜欢用唱歌来沟通情感，传递爱意，所谓“土家儿女歌为媒”说的就是这种情景。

　　“摆手舞”和“撒尔嗬”也是鄂西人喜爱歌舞的具体体现。“摆

---

① 方方：《闲聊宦子塌》，《奔跑的火光》，新世界出版社 2002 年版，第 211~212 页。

手"在土家语中叫做"社巴"或"舍巴"，这种舞蹈以摆手为主要动作，在土家人的聚居地曾经十分流行，土家人密集的山寨一般建有"摆手堂"。过去的摆手舞常常与宗教祭祀祭祖的仪式一起举行，由土司或寨长主持，当然其中也有庆祝丰收、祈求来年兴旺和娱乐的意思在里面。在"舍巴日"时，人们在摆手堂的中央燃起熊熊大火，大家围成一圈欢快地舞蹈，双手摆动，脚随着手的变化踏拍，气氛热烈，气势宏伟。它的内容很多，有表现劳动生产的"生产舞"，有表演生活习俗的"风俗舞"，有表现战争生活的"战舞"，等等。"撒尔嗬"是一种土家人在死去的亲人灵堂前表演的祭祀歌舞，一般由一鼓师击鼓领唱，二至四位舞者合歌起舞。"撒尔嗬"的舞蹈动作、唱腔曲牌、歌词种类很多，而且各有名目。如果以舞蹈为例，从其形式来分，就有待师、跳丧、摇丧、哭丧、穿丧、践丧、退丧，等等。各种形式须配合不同的动作，唱不同的曲牌，各有不同的规范。鼓师既是领唱者，又是指挥者，舞师们随着鼓师击出的鼓点节奏和领唱的歌词内容变换各种舞蹈动作，在唱词内容上，鼓师也常即兴发挥，因而又有花腔与正腔之别。①

2. 鄂西新时期地域文学地图

鄂西特色鲜明的自然环境，深厚的历史文化传统，独特的人文景观，和改革开放以来闭塞山乡与全国其他地区一样发生着的时代变奏，为鄂西地域文学的发展奠定了基础。20 世纪 80 年代民族自治政策在鄂西民族地区的实施，强化了民族作家的自我身份认同，唤醒了他们的民族意识，加上"寻根"潮流的激荡，使得新时期以来的鄂西文学应合着全国文学发展的步伐，大步向前，取得了很大成绩。

许多在鄂西土生土长或者在鄂西长期工作的作家，从他们步入文坛开始，就将文学创作的根深深地扎在这片土地上。晓苏的"油菜坡系列"，从二十多年前的《两个人的会场》到最近的《麦芽糖》，

---

① 萧志华主编：《湖北社会大观》，上海书店 2000 年版，第 308~309 页。

鄂西山乡几十年来在时代大潮裹挟下的风雨变化，无不形象地呈现在他的笔下。映泉曾在《桃花湾的娘儿们》中以活泼的笔调写出了鄂西女人的热情泼辣和风骚；在《同船过渡》中，向读者展示了鄂西险峻的山水和老人老船老渡口的故事。近年他又沉醉于对楚国历史的追问和探究，写成《楚王》三部曲。全书 130 余万言，生动地"演义"了楚人自立国以来的八百年历史，史料丰富，以文学的手法重现许多为人熟知的典故，让史家的简单记述和后世的某些成语俗语鲜活起来。譬如对卞和故事的想象，对楚庄王熊侣"不鸣则已，一鸣惊人"故事的铺排，对孔宁、仪行父、陈灵公与夏姬故事的演义，对屈原故事的重新思考，等等。尤其难能可贵的是，作家将对楚国八百年重大历史史实的"演义"置于对楚国历史风土人情的丰富想象和形象展示之中，在还原历史场景上下足了工夫，具有强烈的艺术感染力。以《赔你一支金凤凰》而为文坛所关注的李叔德，近年根据孟浩然的生平事迹，铺陈出一部长篇《孟浩然新传》，细致地展示了大唐时期襄阳古郡的生活场景。同样写襄阳古城的还有作家王雄，他的小说《传世古》中，几代人将生命的全部激情寄托在寻找王莽时期的一枚古钱上，为此经历了种种的艰辛磨难，最后发现那枚所谓的"古钱"其实并不是钱。小说多处写到襄樊的地域文化掌故（比如在古渡口抛钱祭江的习俗）和现当代历史中襄樊这座城市的变迁，与小说主题有机融合，自有一种悠长的文化韵味。《传世古》与他创作的《阴阳碑》、《金匮银楼》一起组成"汉水文化小说"三部曲，是鄂西城市文学的重要收获。

　　鄂西独特的自然生态和人文生态环境，吸引了许多城市作家的目光。胡发云在《老海失踪》中，将他的主角安排在鄂西的原始丛林之中，在那里寻求他的灵魂安放之地，将鄂西的原始丛林作为老海和作家本人反思城市日益异化的现代文明的参照物。陈应松离开现代都市，深入鄂西神农架的深山老林之中生活一年，用生命感受和拥抱神农架的山山水水，感受神农架底层人民对世界、对生命的不同理解，体验他们内心的悲喜。相继写出了带有浓厚神农架地域文化特色、给他带来巨大声誉的《松鸦为什么鸣叫》、《豹子最后的舞蹈》、《马嘶岭血案》、《狂犬事件》等小说作品。

鄂西灵秀的山川，诡异的气氛，巫风鬼俗，曾经孕育了屈原这样伟大的诗人，产生过《离骚》、《九歌》、《九章》、《天问》这样的千古奇文，开启了以《楚辞》为源头的中国文学浪漫主义大潮。鲁迅曾经这样概括《楚辞》的特色："较之于《诗》，则其言甚长，其思甚幻，其文甚丽，其旨甚明，凭心而言，不遵矩度。……然其影响于后来之文章，乃甚或在三百篇以上。"①这种评鉴准确地指出了《楚辞》体现的自由精魂和唯美品格。皇皇《楚辞》，千载而下，影响深远，生活在《楚辞》诞生之地的鄂西作家同样地感受着荆楚自然山川的灵气，楚魂的浪漫和雄放仍流淌在他们的血液之中。许多鄂西作家的作品有着神奇诡谲、"惊采绝艳"的一面，想象瑰丽，语言绚丽多姿，充满了巫风灵幻之气。

陈应松的神农架系列小说延续了从老祖宗身上继承下来的特点。同样是讲故事，他的小说却诗情浓烈，这种诗情不是偶尔的流露，而是漫灌全篇，即使在叙事时也左连右带，注重内心情绪的表达和感情的倾泻。这样他的小说整体上便有了诗化的韵味，但这种诗意又绝不同于汪曾祺笔下的温润和淡雅，而是表现为一种大气淋漓的壮美，一种与荆楚故地高山大川相匹配的汪洋恣肆。这种情绪的出现离不开荆楚自然山水和人文传统对作家的哺育。我们读陈应松的神农架小说，会发现他在作品中写了很多动物和植物，作家表现出的对植物知识的丰富常常让人惊异。他对山地林区千变万化的自然物象，对风雨云霭、雾雪阴晴的自然交替都有着充满诗意的描绘。熟悉《楚辞》的读者，读陈应松的小说，很容易想到《离骚》中对香草、椒兰的吟唱，《九歌》中对楚地山川风物、湖光山色的礼赞。

王振武也是一位将自己的文字与乡野与大地紧紧糅合在一起的作家，他以《最后一篓春茶》为文坛所关注。作品表现新时期农村儿女的爱情生活，紧紧扣住山乡绿崖茶园特有的地域乡土气息，把

---

①　鲁迅：《汉文学史纲要》，人民文学出版社 1973 年版，第 20 页。

人物的思想情感活动与山乡独有的生产方式、生活情调相结合，使作品充盈了浓浓的生活气息，没有简单迎合主旋律的痕迹，在当年写农家青年爱情婚姻变化的同类题材中脱颖而出。具有地域特色的环境氛围的营造为烘托和揭示人物思想情感起到了极好的作用。作品结尾一句"夜雾，把绿崖轻缠柔裹，遮得朦朦胧胧，那里……就是雾多"，这既是清江流域山地多雾的真实写照，也极好地隐喻了湘元爱情萌生时的那种复杂、微妙、欲说还休的心理。英年早逝的王振武还曾写过一组"关于原始社会的札记小说"（包括《火神的祭品》、《那引向死灭的生命古歌》、《生命闪过刃口》三篇，其中《火神的祭品》未及发表）。小说将故事的场景放在清江流域，写的是楚地先民热烈人生的神奇传说，字里行间涌动着狂放的生命激情。《生命闪过刃口》仅由几则关于陶器的考古材料便衍化出那样一篇瑰丽奇谲的文字，想象丰富，情感浓烈，融神话、舞蹈、音乐于一体，极好地再现了蒙昧时期楚地先民的思维和情绪，是一篇当代文坛上不可多得的奇文。我们看下面这段文字：

> 东天那一片火红色使她感到血潮在周身内翻腾……同时，她又清楚看到那是一大片鲜红的血，从自己身内、从聚落身内涌出的血，上面还鼓起、破裂着热腾腾的气泡，既是生命之潮，又似死亡之流，期待中混和了恐惧……于是她学着巫姝曾经用过的类似办法——把结果系在这一点上：若圆足陶盘似的太阳今天出来了，她的生命必将有阳光照耀，若飘忽不定的雨云缠住了陶盘，生命就会面临狂风暴雨的袭击。①

这样"惊采绝艳"的文字在文中俯拾皆是。像对巫姝之美的描写，对杀戮激情的渲染，对杀戮的激情与巫姝诱导出的生命冲动和迷狂相胶着时迷茫思绪的细腻呈现……想象奇幻，辞藻丰赡华美。

---

① 王振武：《生命闪过刃口》，《湖北新时期文学大系》，长江文艺出版社1999年版，第92页。

王振武的这组小说，较之任何寻根作品都毫不逊色，可惜他来不及像韩少功、郑万隆那样发表宣言，生命之花便过早地枯萎了。

宜昌作家陈宏灿，在其短篇小说《牛殇》中，将人性中恶的因子，写得像鹰嘴岩的险恶地势一样，让人望而生畏。其中山民情绪的大起大落，在虐杀"灵牯子"和厚葬"灵牯子"时气氛的热烈、场景的绚烂、辞藻的华赡，同样回荡着《楚辞》的余韵。

在鄂西文学中，最能显示鄂西地域文化特色，展现鄂西独特地域文化风情，将当下时代精神与地域文化完美结合的，还有鄂西民族文学。民族作家在表现民族独特的地域文化风格方面有着得天独厚的优势，他们不仅生活于本民族文化的氛围之中，熟悉那些包含了丰富民族文化内容的生活场景和细节，而且民族精神、民族性格的血液就奔流在他们的血管之中。

鄂西民族作家中，李传锋、叶梅、甘茂华、温新阶、刘小平、王月圣等人是鄂西土家族苗族作家群中的杰出代表，他们的创作与湘西民族文学、黔北民族文学、渝东民族文学一起共同组成了新时期土家族苗族文学的时代大合唱，各有建树，同时也体现了自己较为独特的创作个性。

自20世纪80年代初期以来，土家族著名作家李传锋就以动物小说的创作而引人注目。他的《退役军犬》、《牧鸡奴》、《毛栗球》、《最后一只白虎》、《红豺》、《三只北京鸭》、《山野的秋天》等作品，以描写鄂西土家族民族地域生活为依托，紧随新时期以来不断变化的历史语境，或者以动物的视角来审视人类自身的历史，或者从动物的生活习性中寻绎某种生活的哲理，或者从动物与人类的相互关系中思索人类的生存困境。他的小说创作体现了与鄂西土家民族地域文化的深厚联系，在一定程度上构成了鄂西土家民族生存的寓言，显示了较为深厚的民族学、人类学与文化学意义。

叶梅是继李传锋之后鄂西土家族的又一位取得重要成就的作家，出于对本民族历史文化的热心关注，同时受国内外寻根文学潮流的鼓舞和同时代的土家族著名作家孙健忠、蔡测海、李传锋等人的具体影响。叶梅将自己的文学创作深深地植根于土家民族的现实生活和深厚的历史文化传统之中，有意识地以文学的笔法表现土家人民的生存状态和历史命运，书写土家人的民族集体性格，揭示土家人的民族文化精神。她创作的《撒忧的龙船河》、《回到恩施》、《山上有个洞》、《花树花树》、《五月飞蛾》、《我的西兰卡普》等作品，既有对土家人现实生活中思想与情感起伏的近距离描摹，又有对土家人从远古时代、土司时期、改土归流、新中国成立前后等不同阶段的历史生活的远距离、多角度呈现。特别是在她的小说和散文中有机地融入了对土家民族生存背景、生活方式、英雄故事、历史传说、民俗风情的大量描写，立体地展示了土家人独特的民族精神和性格特征，在很大程度上构成了土家民族精神与性格的雕像或土家民族历史与文化的亚文本。她的小说也成为当代土家族文化小说的突出代表之一。

苗族作家王月圣以创作苗族乡土小说见长。他的《太阳从西边出来》、《女儿好细腰》、《苗岭喋血》等作品，以其对鄂西苗家山寨生活的着力描绘，最能体现他作为民族作家的创作个性。《苗岭喋血》以传奇手法描写了新中国成立前后苗寨的剿匪斗争，表现了民族地区的革命斗争生活，惊心动魄的传奇故事与奇特的苗乡风俗相融合，产生了别具一格的叙事效果。《太阳从西边出来》书写了家庭联产承包责任制在农村实施之初在苗族山寨激起的回响。作家将那一时代文学常见的主题融入到对苗家山寨——太阳村人同姓结婚与近亲结婚这一具体的生活习俗、文化风尚转变的细致描摹之中，带着浓郁的地域文化气息，有着丰富的生活质感，在追寻民族经济文化发展的历史进程中饱含了作家对民族历史文化的深刻反省。

相对于表现鄂西民族文化的小说而言，鄂西民族散文更如一幅幅直观的鄂西民族风情画卷。土家族作家甘茂华是鄂西民族散文创作的代表作家之一。他的散文集《鄂西风情录》、《火塘夜话》、《守望吊脚楼》、《女儿寨笔记》、《三峡人手记》等作品，或书写哭嫁、跳丧、招魂等土家文化习俗的具体内蕴，或记录清江、酉水、溇水、长江三峡流域一带的奇异山川和风土人情，或寻访凭吊散落于鄂西奇山秀水之间的民族文化遗迹的往昔风韵与时代变迁，着力展示鄂西土家族、苗族的民族地域生活风貌，从民族文化与地域生活的相互关系中揭示土家族苗族人民独特的民族文化精神。温新阶也是一位以散文创作见长的土家族作家，他先后出版了《小雨中的回忆》、《红磨房》、《他乡故乡》、《昨日的风铃》等多部散文集。他擅长于从细处着眼，书写鄂西地域普通的人物与事件，展现土苗等少数民族人民平凡而伟大的心灵。2007年长江文艺出版社出版了土家族作家邓斌的长篇文化散文《巴人河》，全书近四十万言，在对关于巴文化的相关历史文献进行细心分析甄别的基础之上，系统梳理了清江流域乃至湘黔渝地区的巴人文化和历史。作家以饱含深情的笔触书写了本民族文化从巴部落到巴国再到土家族几千年间的历史演变进程，通篇充溢着一种高亢、苍凉之美，是近年鄂西民族地域文学创作的重要收获。

以写"地域诗"而知名的土家族诗人刘小平用诗歌的形式来表达他对鄂西民族文化的感受和理解。他的《品茶》、《哭嫁》、《女儿会》、《悬棺》、《傩戏》、《薅草锣鼓》、《虎钮錞于》、《牛角号》、《竹枝词》（以上出自诗集《鄂西倒影》）、《白羊塘——清江源之一》、《谒都亭山——清江源之二》、《登临齐岳——清江源之三》、《唐崖土司皇城遗址》（以上出自诗集《巴山夷水》）等作品，以诗歌的形式，对鄂西山川地理、文化风情、历史民俗进行多角度、全方位的渲染，在诗歌创作与民族地域文化之间找到了某种契合点，给读者以新奇的审美享受。除刘小平外，其他的鄂西诗人，像杨秀武（《清江寻梦》）、程远斌（《巴山楚水处处情》）、田禾（《清江风情》、《鄂西风情录》）、陈航（《乡恋》）、朱惠民（《关于巴人》）等，也在他们的诗作中表达了对鄂西民族文化的深情礼赞。

如上所述，书写鄂西的大部分作家能够在创作中自觉或不自觉地注意到鄂西独有的自然风情和人文风俗，注意将心中的小说主题意念融入对鄂西山川风物的描摹和对鄂西人民生活细节的刻画中，注意揭示地域传统文化在现代化进程和市场经济推进中所遭遇到的重重问题。李传锋、叶梅、陈应松是他们中的杰出代表，他们的小说创作在对民族地域文化的透视，在对时代精神困境的揭示中，有着深刻的思考和独到的艺术表现，形成了自己比较鲜明的个性，在全国引起了较大的反响，值得我们重点论述。

第二节 李传锋的动物小说

李传锋的创作始于 20 世纪 80 年代，那是一个激动人心的年代，中国改革开放的航船刚刚启动，中国当代文学在清理"左"的思想文化束缚下，也重新展示出勃勃生机。反思刚刚过去的历史生活，积极书写变革的时代，表现时代大变动时期人们的生活和精神状态，成为新的潮流，李传锋也不例外。当改革的春风最先吹向农村时，他便写出了《烟姐儿》、《龙潭坪纪事》、《十里盘山路》、《定风草》等中短篇小说，在充满了浓郁山乡地域气息的场景描绘和故事编织中，集中展现实行家庭联产承包责任制以后土家山乡的喜人图景，塑造了烟姐儿等一批既具时代精神品格，又具有土家民族地域性格和精神风貌的人物形象，初步显示了土家地域文化与其创作的深厚联系。

与此同时，李传锋也开始了动物小说的创作，先后发表了《毛栗球》、《退役军犬》、《牧鸡奴》、《母鸡来亨儿》、《最后一只白虎》、《三只北京鸭》、《红豺》等一系列作品。在这些作品中，他详细地描写了虎、狗、鸭、鸡等野兽家禽的生活习性，展示了为一些动物所拥有而在现代人身上越来越稀薄的品质，以及各种动物的不同遭遇，思考了人与动物、人与自然的相互关系，描摹了土家山乡的自然环境、民俗风情，形成了自己较为鲜明的创作个性，引起了文坛的广泛关注。

中外文学史中，动物小说作为一个独特品种，一直佳作不断。古罗马阿普列尤斯的《金驴记》、塞万提斯的《双犬记》，通常被当做西方最早的动物小说而被人提及，在这些小说中，由驴或狗来讲述故事，表达对生活对命运的认识，动物只是传达作家情感的一个载体。到 18、19 世纪，作家们开始更多地关注动物与人类似的品性，从社会伦理和自然伦理的视角，借对动物的书写来表达对人性

37

的思考，探讨人与自然的关系。像阿特金森的《格雷弗里亚斯·博比》，奥列文的《鲍勃，胜利之子》(这两个作品讲的都是狗的故事，前者为主人守墓14年，后者舍命救主)，屠格涅夫的《木木》，杰克·伦敦的《旷野的呼唤》、《白狼》等作品，已经超越了寓言的类型，开始了对动物的写实。19世纪以后的动物小说中，动物们已经开始摆脱相对于人的陪衬地位，上升为小说的审美主体。这一特征在"现代动物小说"之父——欧内斯特·汤普森·西顿笔下，表现得最为突出。在《狼王洛波》、《破耳兔的一家》、《红脖子》、《野马的故事》等作品中，他集中表现了动物世界的三方面主题：生存和成长，爱的沟通，敬畏自然。西方动物小说的发展变化，是与人类对动物、对世界、对自然生态认识的不断深化相联系的。

中国文学作品中对动物的书写，可以追溯到很早的时期，《诗经》、《楚辞》中就有对各种动物的大量书写，既有真实存在的动物，也有想象中的动物。古代诗词散文中也有许多写动物的：骆宾王咏鹅(《咏鹅》)，柳宗元讽驴(《黔之驴》)，曹植赞马(《白马篇》)，贾谊叹鸟《鵩鸟赋》，马中锡写狼(《中山狼传》)……《西游记》、《封神榜》、《聊斋志异》等神魔灵异小说中，也有大量的动物形象，在这些作品中，人、动物、神魔的界限被打破，借动物来演绎人间故事或佛界故事。现当代文学中也有许多写动物的作品，像鲁迅的《兔和猫》、《鸭的喜剧》，巴金的《小狗包弟》，宗璞的《鲁鲁》，汪曾祺的《猴的罗曼史》，乌热尔图的《七岔犄角的公鹿》，冯苓植的《驼峰上的爱》，等等。在这些作品中，作家要么将动物作为一种象征符号，寄寓某种文化意义，托物言志，借物比兴，咏物感怀；要么在对动物习性的书写中暗寓着某种道德色彩。

李传锋的动物小说一方面承续了中外文学书写动物的传统，另一方面，在对动物的书写中形成了自己独特的个性，体现了土家地域文化独有的特色。

首先是对书写对象的选择，他笔下的某些动物不仅仅是一个单纯的生物物种，还与土家民族地域文化有着深厚的联系。土家人将廪君当做本民族的始祖，而在土家文化中，白虎就是廪君的化身。

据《汉书·南蛮西南夷列传》记载："廪君死，魂魄世为白虎。巴氏以虎饮人血，遂以人祠焉。"廪君又名巴务相，是有文献记载的土家人始祖，后被推举为五姓部落首领，立都夷城，死后化为白虎升天，土家先民就以白虎为氏族图腾。为纪念升天的白虎，鄂西南以白虎为地名的地方很多，像长阳县的白虎垴和白虎陇，利川、咸丰都有以白虎为名的山，宣恩县有白虎堡，鹤峰县有白虎台，巴东有白虎坡，宜昌有白虎关等。如此多的地方以白虎为名，不是偶然的。在土家族地区，至今还可以听到许多关于白虎始祖的传说，既有关于始祖神虎儿娃的，也有关于白虎星君神灵的，据说土家族人中的田、杨、覃、向、彭、王、冉七大姓氏就是白虎神与牧羊女琶莓的后代。①《最后一只白虎》书写小白虎在鄂西丛林中的生存命运，在叙述中融入了土家民族的大量历史传说，特别是描绘了土家人崇拜白虎的民族心理习惯和民间信仰。正是因为穿插了这些独具民族地域文化特色的文化风俗描写，小说的内在文化意蕴得以大大加强，人们从小白虎的遭遇和悲剧性命运中，似乎能够感受到一位土家族作家内心对本民族文化和人类文化命运的深深忧虑。

狗是李传锋笔下动物形象系列中另一个出色的形象。世居山间的土家人，是狩猎的民族，狩猎离不了狗，一个人独守山林，孤寂之中也少不了狗的陪伴，因而狗在土家人的生活中扮演着不可缺少的角色，土家人对狗也有着深厚的感情。《红豺》中的"我"为了娶冬月而去猎香獐，这个任务由"我"与黑毛共同完成。作家这样写"我"与黑毛的合作："猎獐就是玩命，但我别无选择，我得玩命，娶不到冬月，这命又有什么意思？好在黑毛也是飞檐走壁的高手，我俩设了圈套，它负责把獐子往我面前赶，打中了，我得麂包，它吃肉，如果没打中，黑毛就骑在我的脖子上，爬山越岭我驮它回

---

①　彭英明主编：《土家族文化通志新编》，民族出版社 2001 年版，第 381 页。

家。我们两个配合得像一个人似的……"①人与狗的共同合作，相互依存，由此可见一斑。

不仅如此，在土家文化传统中，狗与土家人还有着一种深远而神秘的联系，土家人对狗有着独特的情感和信仰。在土家族远古神话中，传说一条狗曾扑灭大火，救出了土家族祖先，狗是拯救他们民族于危难之中的英雄，正是因为狗，土家民族才得以保存和延续。狗是土家族的拯救者这一形象，还体现在土家族敬"五谷神"的传说中。传说"五谷神"最早就是狗，那时候，土家先民生活的地方没有五谷，狗就到西天取五谷，一路上它跋山涉水，浑身都湿透了，于是到晒谷场打了一个滚儿，浑身沾满了五谷。可是在回来的路上又涉水，狗身上的五谷全都被冲掉了，幸好狗的尾巴翘了起来，才把五谷带了回来，给了土家先民。所以在敬"五谷神"时，土家人都会给狗一坨肉吃。② 这样一种带有喜剧色彩的传说，传递出了土家人对狗的喜爱之情。

《退役军犬》和《牧鸡奴》也是关于狗的故事，因为带着深厚的感情，李传锋笔下的狗也显得特别能干，特别可爱，特别能打动人。黑豹在打仗时能奋勇制服强敌，受伤退役后，凭着敏锐的嗅觉，轻而易举地找到了偷生产队蜂蜜的窃贼——仓库保管员冯老八。因为高超的捕猎技能，黑豹为山寨屡建奇功，作家这样写道："黑豹对龙王村的贡献，远远大于某些在这里世居的人。有人粗略计算过，十余年间，黑豹咬断过二百只狐狸的喉管，配合主人猎获过一百只野猪。它在刚刚开始灌浆的苞谷地里，逮住过五十只獾子和豪猪。至于野鸡呀、灰毛兔哇，鹌鹑啊，在它手里丢掉性命的更是不计其数。"③在这种近乎夸张的描述中，我们能感受到土家人对

① 李传锋：《红豺》，《定风草》，长江文艺出版社2006年版，第167～168页。
② 郑煦：《李传锋小说研究》，中央民族大学硕士论文，第25页。
③ 李传锋：《退役军犬》，《定风草》，长江文艺出版社2006年版，第217页。

于狗的格外喜爱。黑豹不仅能干，还是一只有灵性、懂感情、能分辨人间善恶的狗。它能感受村子里的气氛，当冯老八让人敲着锣沿街沿户走着的时候，它"觉得新鲜，紧张而又愉快"。当人们驱赶它，咒骂它，戏弄它时，它会感到委屈伤心，甚至"放声号叫起来"。对冯老八这样欺压百姓的势利小人，它不惜以死抗争，而对忠厚善良的主人，它则忠心耿耿，虽然主人因为心情不好，也打骂过它，它仍然对主人体贴有加，居然在一片废墟中刨出主人的玉石嘴儿烟袋，给主人送去，带给主人莫大的安慰。"当他（张三叔）在枕边发现了黑豹给送来的玉石嘴儿烟袋之后，他简直无法控制自己了。黑豹又用鼻子在主人脸上蹭……它伸出颤颤的舌头，又去舔主人的鼻子、额头。老人忍不住，流泪了。"①如同土家神话中，狗为土家人带回五谷一样，狗也给土家人带去了心灵的慰藉和庇护。猎狗狮毛作为黑豹的后代，也是一只优秀的狗，很小就敢于向狐狸发起攻击，一旦身体发育成熟，它能为了爱情与十余只雄狗厮打一夜，它在山野跑得飞快，敢于同任何猎物搏斗，总在村子里为非作歹的狐狸都被它追得落荒而逃。（《牧鸡奴》）

红豺也是土家人喜爱的动物。我们先看看在同名小说中，作家对红豺的叙述："红豺是土地爷养的神狗，是密林里的灵兽，山民们看到红豺在山头出现就像看到了神仙下凡一般，他们希望红豺多多地咬死那些野猪，或者是把野猪撵得远远的，撵到别的山寨里去。"②在人们的字典中，豺是一种恶物，"豺狼当道"就表明了人们对豺的态度，而且豺捕杀猎物时，先从肛门掏肠的手段也让人感到恶毒可怕。可作家笔下的红豺为什么是另一种形象呢？这与土家地域文化的个性有关，与土家人对火的崇拜相连。土家人世居山间，火在他们的生活中有着十分重要的地位，山间夜行照明，烧荒

① 李传锋：《退役军犬》，《定风草》，长江文艺出版社 2006 年版，第229 页。

② 李传锋：《红豺》，《定风草》，长江文艺出版社 2006 年版，第 177页。

种地，驱赶野兽，都离不开火。土家人的吊楼中都有一个火塘，火种常年不熄，舍巴日跳摆手舞时，土家人就是围着熊熊燃烧的火堆舞蹈。火象征着土家人内在的生命激情，因为对火的崇拜，土家人也喜欢红色，穿描有红线的衣服，用红的器具。在绿色的丛林中，像一团燃烧的火焰一样迅速跳动的红豺，成了土家人内在精神的象征。

对此，陈应松有一段很好的分析："土家族的文化遗承，近几年被学者称之为楚文化的活化石。那么楚文化的特征就是浪漫、神奇、瑰丽的色彩。从此挖掘，就能触到其本民族文化的根。红色又是楚文化中最有特色的色彩，凤之涅槃、云之律动、鹿之奔逐，都有着火一般的韵律。《红豺》中的那群奔突出没于山林中的红豺，就是楚文化的精灵，有着热烈的火的品质和神话气质。"①这样，李传锋的动物书写就与荆楚地域文化传统的巨大根系联系上了。他笔下的红豺美丽多情而富于灵性，在"我"与冬月欢爱时，它们充当警戒员，它们不仅能够引导土家人"去到一些人迹罕至的山旮旯儿挖到许多上等的天麻"，还能帮助土家人打败凶猛的野猪，维护山林的生态平衡。而且它们还各具个性，情态各异：有见义勇为，从蛇口下勇救拴狗的小豺；有为伸张正义，为复仇而不屈不挠的公豺；有对幼豺疼爱有加的母豺……作家笔下的豺的世界就是一个充满灵性和纯朴美德的人的世界。

这样，李传锋的动物小说与其他作家比较起来，就更多了一层本民族地域文化的色彩，写这些动物就是写土家人，就是写土家地域独有的文化传统、独特的信仰，写土家人独特的心理情感。这种民族地域文化的独特性除了体现在对这些动物的选择和书写之外，还体现在对鄂西山乡自然环境的描写和土家山寒乡风民俗的描绘中。自然环境不仅是人物活动的背景，也是动物生存的场所和背景，写动物就必然要写到它们生活的自然空间，环境描写成了小说不可缺少的部分。我们看他在《林莽英雄》开头的一段描写：

---

① 陈应松：《我读〈红豺〉》，《清江文艺》2003 年第 1 期。

如果从飞机上往下看去，南渡江就像被扔在这崇山峻岭犬之中的一条银色的长链，将这数百平方公里幽深的林莽切割成犬牙交错的两半。南渡江发源于桃山之侧，从百顺桥南下，经过凶险的老虎滩，在青猴城附近注入溇水，这水汇入清江，清江从宜都归入长江，长江东流入海。千顷波浪泛起多少迷人的故事。

展眼望去，南渡江东，是一架高山，人称阳坡，上下十八里，江西岸是一脉峻岭，人称阴坡，上下也是十八里。两面山上各自挂着一条小路，一条躲躲闪闪，一条吞吞缩缩，都从林莽间朝南渡江边伸展过来，在这阴阳交接之处，便是老虎渡。①

这就是小说主角小白虎生活的鄂西南渡江一带的山川走势、地域环境。山高林密、水激路险形成了这里独特的地形地貌。还有原始森林里，"千百条巨蟒似的粗黑的藤萝"、"腐叶乱草沤成的沼泽"、"鳄鱼嘴一般的峡谷"，交织成独特而奇异的森林景观。类似这样的描写在《最后一只白虎》、《红豺》中也随处可见，这样既生动地描绘了小白虎、红豺等野生动物生存的山林环境，又显示了鄂西独特的自然风光，给人以奇异而新鲜的阅读体验。

李传锋的动物小说虽然主要展示动物的生活习性，但又总离不开对地域民族生活的描绘，在对动物故事的讲述中，穿插展示土家民族独有的民俗风情和文化风习，也是李传锋动物小说的重要内容。土家族是一个善于狩猎的民族，能够独立打猎，土家族人认为这是一个男人成熟的标志，土家男儿到了十七八岁，如果还不敢玩枪打猎，就会被看做没多大出息，连姑娘妹子也会耻笑。如今，他们仍擅长狩猎，秋收之后，冬闲之日，土家人经常独户或三五户邀约一起进山狩猎，他们俗称"赶仗"。《热血》就讲述了土家男儿四郎是如何满怀激情与斗志在山中围猎的全过程，其中一段，细腻地

---

① 李传锋：《林莽英雄》，湖北少年儿童出版社 2002 年版，第 1 页。

展示了他狩猎时的心理活动："积雪在靴底发出苦察苦察的声音，这进行曲似的旋律在我心中撞击出一点英雄主义的火花来……打倒了野猪之后，那些头包花布帕子的姑娘们，也会望着我笑的……我四郎要一个人完成这次行猎，一腔热血支配着我。我站在崖头上，看着下面的猎获物，想：大哥将会怎么夸奖我呢？那群狂欢的猎人将会用怎样的眼神来迎接我呢？……此时，我周身奔涌的是土家儿郎的一腔热血。"这一腔热血代表的不仅是对狩猎本身的期待和冲动，而且体现了土家男儿的英勇、强悍和渴望独立担当的精神。

　　在《山野的秋天》中，作家还写到了土家人自远古以来所形成的关于狩猎的古风——谢梅山神。猎人出猎前，会请猎神"开山"，并许愿"大财大谢，小财小谢"，在开山祭神仪式中寄托猎人们美好的愿望。在狩猎完毕时，会用兽头祭祀猎神，表达感谢之意，有时这感谢中，还包含着对所获猎物的敬意，正像同一篇小说中所写的，我们"一面对猎神慷慨的赐予表达猎人的敬意，一面也对兽王英雄的灵魂表示祭奠"，这些仪式在肃穆的氛围中进行。①《红豺》中也写到了上山打猎时，谢梅山神的仪式，还有赞词："天灵灵，地灵灵，最灵还是梅山神，弟子今日去赶山，一枪打中顶命心，猪头砍下敬猎神。"

　　如果说上山赶仗、祭拜山神猎神，体现了土家男儿尚武劲勇的豪情和对赐予自己食物的自然山林的感激之意，那么驯养山鸡，则体现了土家人在长期与动物相处中生成的智慧。《毛栗球》中所讲的就是一只驯养山中的野鸡，作为媒子鸡，帮助土家人猎获其同类的故事。作品详细写了从找野鸡蛋、孵化、饲养，直到用驯化的山鸡作媒子诱猎其他山鸡的全过程。而且这在土家山乡已经成为了"一种有趣的风气"，"人们对这事儿的钟爱不亚于北京城里那些闲适的老人对养鸟的专心"。

　　土家人是一个热爱歌唱的民族，歌声伴随了他们的生老病死，

----

①　李传锋：《山野的秋天》，《动物小说选》，作家出版社 1993 年版，第 97 页。

伴随了他们人生的整个过程，五句子山歌便是土家民歌中的一种。《红豺》中章武与冬月的爱情故事和他们以天为被、地当床的原始粗犷的野合，就是以作品中不断响起的五句子山歌为背景的。这些热烈的山歌为作品人物的行为提供了注脚，其歌词表达了土家儿女热烈奔放的生命激情和坦诚率真的情感。比如："姐儿住在花草坪，身穿花衣花围裙，脚穿花鞋花上走，手拿花扇扇花人，花上加花爱死人。""高山顶上一树桑，手攀桑树望情郎，一双眼睛望穿了，望到叶落树打霜，不知情郎在何方。""想你想得心发慌，把你画在枕头上，翻身过来把郎喊，翻声过去喊声郎，一夜喊到大天亮。"这样的五句子山歌增强了小说的抒情气氛，有效地调节了小说的叙事节奏，而且其不断变化的内容与作品中故事情节推进，与人物命运沉浮相照应，深化了作品的思想内涵。

李传锋的动物小说创作是一个不断发展的过程，从20世纪80年代初期的《牧鸡奴》、《退役军犬》、《毛栗球》，20世纪80年代末期的《最后一只白虎》，90年代的《三只北京鸭》、《山野的秋天》到21世纪的《红豺》，李传锋选准了动物小说这一条路子，一直走下去，而且在思想内涵和艺术形式上不断创新。

80年代初正是伤痕文学、反思文学潮流高涨的时期，许多作家从不同的角度，书写极"左"思潮给人民带来的痛苦和精神创伤，反思革命斗争的历史和民族文化的痼疾。李传锋的小说主题虽然没有超出这一范畴，但其以动物的视角，审视土家儿女在特殊历史时期的生存状况，充满浓郁的山乡地域气息，显得特别新颖别致。《退役军犬》通过一只狗的眼睛展示了土家山寨在那个不幸年代的荒诞生活场景：曾因偷窃集体蜂蜜而被黑豺捉赃的仓库保管员冯老八，摇身一变成了寨子里的掌权人物，他带领着一帮人在寨子里开批斗会，拆房打狗，禁止人们养鸡养鸭，借机对张三叔和黑豺打击报复，最后将张三叔关押，将黑豺射杀。作品不仅借黑豺的眼睛，控诉了那一段不幸的历史，而且通过黑豺与冯老八对待张三叔的不同态度，在"人性的兽"和"兽性的人"的对比性书写中，暴露了人性中的恶，深化了小说的思想内涵，增强了小说的艺术感染力，使

45

它从当时对"文革"故事的同类叙述中脱颖而出。

《退役军犬》取得成功之后，李传锋没有继续于对伤痕故事的讲述，而是进一步转向对动物的集中书写，转向对动物生存习性的探讨。《毛栗球》、《牧鸡奴》就是这样的作品，前者写一只被驯化的美丽山鸡猎取同类的故事，以及它离开山野被人囚居过上"文明生活"后的种种感受，后者写一只叫狮毛的猎狗看护鸡群，以及在村妇的娇宠和劣狗的诱惑下"身心"慢慢蜕变的过程，表现了一只狗的独特的心理和情感世界。在这些作品中，作家展示了动物与生存环境之间的关系，透析了动物野性及其与被人类驯化之间的矛盾关系，对人类的生活不无启示。这类作品，既有知识性、趣味性，也有哲理的深度。李传锋对动物小说探索并没有就此止步，《最后一只白虎》和《红豺》等作品，寄寓了强烈的环境保护和生态保护意识，借对白虎、红豺故事的讲述，在描写动物自身生活习性的同时，以一种平等的意识，探讨人类与动物在生态、思想、情感等多方面血脉相通的关系，从动物保护的角度自然引申出在现代性语境下保护人类自身家园(包括生态家园和精神家园)这一全球性话题，使他的动物小说创作又达到了一个新的高度。

在艺术表现上，李传锋既坚持了以往的特色，又有所创新。浓郁的带有地域民族特色的自然风情和人文风俗，简洁、风趣、充满了生活气息的语言，逼真、生动、传神的动物形象刻画，是其动物小说一贯的特征。李传锋的作品充满了对人类与动物关系，对人类自身生存状况的深刻反思，充满了理性的光芒，但他又强调作品中应该"多一点谐趣和幽默"，因而他的思考常表现为诙谐、达观，在给人深刻启示的同时又带给人愉悦。比如这段话："村里要开会了，政府来了人，森林警察也来了，村长给他们杀了娃娃鱼，炖了熊掌，还喝了猴血酒。而这个会是在帮娃娃鱼、熊、猴子和野猪王说话，他们念着一张纸，什么保护动物，什么生态平衡……"①这

---

① 李传锋：《红豺》，《定风草》，长江文艺出版社2006年版，第189页。

里就有一种幽默漫画的味道。

李传锋在小说中刻画了不少形神俱备的动物形象，其中动物与人，动物与动物之间生死搏斗的场面写得极为出色，这类场面的描写成为他塑造动物形象的重要手段。通过这种描写，使读者在熟悉动物生活习性、心理情感状态的同时，又体验到了惊险刺激带给自己的审美享受。他这样写红豺与野猪王的搏斗："二豺像一道黄色的海浪拍岸而起，转瞬即跳上了猪王的背脊。二豺真是平衡木上的高手，它一个后空翻就骑在了猪王的后腰上，左爪扶了猪王的旗杆一样竖起的尾巴，右手像长矛一样直朝猪王的肛门插进去，然后，二豺就抓出了肛头，再然后，一个倒栽葱翻下地来，只见猪王还在惯性地狂奔，肠子就像轮船施放锚链一样哗哗地吐出来，二豺却如放风筝的孩子，稳操胜券般抓牢了那肠做的长绳。"①

在保持既有艺术个性的同时，李传锋又进行了新的尝试，这突出地体现在《红豺》这部作品中。叙述上，他采用了第一人称的有限叙述视角，把叙述故事的任务交给一个叫章武的土家猎人，这样有利于展示人物的内心情感和心灵世界。作品中的章武既是故事情节的主要推动者，又是故事的叙述人和反思故事的主体。由于章武的土家猎人身份，对于人类与野生动物的相互关系，他有深刻的体会，由他来反思，与一个旁观者的议论相比，其效果自然大不相同。还有对意识流手法的运用，在以往的作品中，李传锋也极注重对动物及人的心理描写，重视展现动物的内心情感和心理活动。在这整部作品中，整个故事完全是在章武的意识流动中展开的，时空交错，独白、幻觉、联想等手段交替运用，一种情绪的抒发甚至凌驾于故事讲述之上，叙述人经常中断故事的讲述，而插入大段大段的内心独白，增强了小说的抒情氛围。

增强小说的魔幻色彩。这突出地体现在对拴狗这个人物形象的塑造上，这个骡客的儿子刚生出来就哈哈人笑，当天就能开口喊

---

① 李传锋：《红豺》，《定风草》，长江文艺出版社 2006 年版，第 173 页。

人，而且手脚比一般人长得多，擅攀援，懂兽语，跟野物成了同伙。作家这样写拴狗："拴狗发狂似的狂奔，他居然比黑毛（猎狗）还跑得快，那不是在平地上跑，那是在山林里，那不是人在跑，那完全是动物在狂奔，他向一棵高大的板栗树冲去，像猴子一样十分灵巧地向上爬去，全村的人都露出惊恐之色，看着他在树上反身一跃飞到了另一棵树的枝头，他随着那树枝的上下晃动，几个单手吊移，便到了另一棵树上，将一只正在发呆的乌鸦抓住，两手一撕，扯作两半，扔了出去，他再怪叫几声……"①还有在森林中像一团火一样飘动，目光迷离，身形矫健，来无影去无踪的红豺，以及作品结尾，那颗被"我慢慢送回老红豺的心腔，忽然又跳动起来了"的心脏，都给作品笼上了一层神秘、灵异的色彩。

对于动物小说，李传锋在创作之外，还进行理论研究，提出应该超越传统拟人化寓言式动物小说，把动物当成承载人的观念的工具这一固有模式，超越传统动物小说对教育和训诫意义的过于关注，提倡遵循有关动物的基本科学知识，克服"兽形人语"小说观的影响，在以文学的笔法表现动物的物性真实上，作出了可贵的探索。但是作为一个信仰动物图腾的土家人，他在一种动物隐喻的文化氛围中长大，那种将某一动物作为文化象征符号的思维模式，对他有着根深蒂固的影响。表现在他的创作中，有时也简单地将动物类化，追求一种文化意义上的隐喻。比如野猪在他笔下就是一种恶的存在，他这样描写野猪："不出半年，野猪像老鼠一样极快地繁殖出来了，它们把山坡拱得满目疮痍，把粪便搞得到处都是。它们过着群婚乱交的荒淫无耻的生活，把清新无比的空气搞得污浊不堪。"②而且它们常常恃强凌弱，像车匪路霸、地痞流氓，搞得人心惶惶，更有甚者，它们总是敢于"明火执仗，大天白日在地头打

---

① 李传锋：《红豺》，《定风草》，长江文艺出版社 2006 年版，第 207 页。

② 李传锋：《红豺》，《定风草》，长江文艺出版社 2006 年版，第 183 页。

48

抢"。诸如这样的文字，显然寄寓了作家的道德评价，滑入了为他所摒弃的类象化动物小说的窠臼。对于他所喜爱的动物，则在拟人化的基础上过于夸张，有时同样失去了物性的真实，比如他笔下的黑豹。看着山寨在"文革"时因建"新农村"而盖起的房子，黑豹的反应就像是多年后一个有思想的人的反应。作家这样写道："这几所房子都笨拙地学着城里的样式，这使黑豹很不高兴。它摇摇脑袋，那样子好像在表示：原来的村庄有什么不好呢？为什么要把一切都翻转来？"①这时的黑豹完全变成了一个符号，代人立言，成了作家思想意识的传声筒。这种情况还出现在对其他动物的描写上，比如写狮毛狗："狮毛狗是狗类中那种无所事事的小市民，除了会偷嘴和瞎汪汪外，没有别的本领……人们一声一声地催促它：'咬倒哇！咬倒哇！挨刀的。'它急急忙忙撒开滚圆的双腿，伸出那成天伤风的鼻子横叫竖窜。"这样对动物作简单的道德判断，就像把人简单地区分为好人和坏人一样，是不可取的，这也许是李传锋动物小说走向更高境界需要克服的地方。

新世纪以来，动物小说的创作似乎成为了一种热潮，这种热潮的形成与环境问题日益突出，环保意识、生态意识在人们的头脑中日益增强有关，也与新老作家的参与，专家、学者、媒体的共同倡导有关。这些年出现的书写动物的代表作品有：贾平凹的《怀念狼》，姜戎的《狼图腾》，杨志军的《藏獒》，郭雪波的《银狐》，李克威的《中国虎》，陈应松的《豹子最后的舞蹈》，等等。这些作品通过对狼、虎、豹、狐狸等动物形象的精心刻画，或呈现一种在现代人类身上日渐稀薄的品性，以动物启蒙人类，引出民族及人类精神重构的宏大话题；或启发人们重新思考某些物种的生命价值和意义，引导人们从生态平衡、人与自然和谐相处的角度反思人类自己的行为。在艺术表现上，他们或者将魔幻神奇运用到对动物的书写，人神不分，人与动物不分，拓展了小说的想象空间；或者将

---

① 李传锋：《退役军犬》，《定风草》，长江文艺出版社 2006 年版，第228 页。

侦探故事的惊险悬疑元素加入进来，强化刺激读者的审美惊异；或者以诗意的语言，表现处在绝境中的动物孤独的命运。与动物小说、动物文学的繁荣相呼应，表现动物生活、动物习性以及动物与人类故事的图书、动画片、动漫等纸质及电子出版物大量上市。在这样的热闹氛围中，我们再回过头去看李传锋自 20 世纪80 年代初就开始并一直坚持到现在的动物小说创作，不禁为作家的"先见之明"叫好。那么，是什么促使李传锋选择了动物小说的创作道路？

在吴道毅对他的访谈中，李传锋提到了他选择写动物小说的三个原因：一是为了在文学创作上有所建树，必须出新；二是经典的导引，比如对杰克·伦敦的喜爱和对他作品的模仿；三是与他的农村生活经历有关。李传锋曾做过编辑和省级文艺单位的领导人，有着编辑家的机智和作为文艺领导人的方向感，他选择写动物小说作为其在文坛立足的突破口，固然有其策略上的考虑。但他的这一选择能够成功却不能不归因于他拥有先天的"资源"，这"资源"便是他曾生活过的乡土和那地方的文化带给他的生命特质。李传锋说："我出生在大山里，从小就与各种各样的动物打交道，对动物的生活相当熟悉。而高中毕业回乡当知青后，每当到了冬天，庄稼收了，村里总会几个人邀在一起，带上几条枪、几条狗，去深山里打猎，我自然是其中一个。土家人认为，猎物是土地爷喂的东西，进山打猎，就是接受土地爷的赏赐。在土家山寨，打猎称得上是男人的节日……因为有过去的生活经历，所以，我的动物小说也无形中获得了生活基础，因此也是真实生活的一种反映。"[1]可见土家民族地域文化生活对他的影响不仅是他选择写动物小说的重要原因，而且也决定了他的具体书写对象和作品的表现内容，在作品整体风格的形成中起了重要的作用。

---

[1]　吴道毅：《土家族著名作家李传锋访谈录》，《定风草》，长江文艺出版社 2006 年版，第 272 页。

第三节　叶梅的土家族地域文化小说

叶梅的创作始于 20 世纪 70 年代，诗歌、小说、散文、剧本，她都有涉及，但她真正为文坛所关注，则是始自 20 世纪 90 年代以来所发表的一系列表现土家族地域文化生活的小说作品。其中，中篇《撒忧的龙船河》获《中国作家》1992 年优秀中篇小说奖，《五月飞蛾》2003 年获第二届湖北文学奖，同名中篇小说集 2005 年获全国第八届少数民族文学"骏马奖"，《花树花树》、《撒忧的龙船河》等作品被译成英文、法文，在国外出版，后者还被北京青年电影制片厂拍成电影《男人河》在全国公映。这些作品集中表现鄂西土家人的生活，从民族历史文化传统到时代大潮冲击下的现实生活境遇，探寻土家民族独有的精神气质、性格特征和生活态度，以文学的笔法书写土家民族的文化史、民俗史和心灵史。她的创作与吉狄马加对彝族的书写、扎西达娃对藏族的书写、乌热尔图和迟子建对鄂温克族和鄂伦春族的书写一样，为世人展示了一幅独特的自然和人文生态类型，丰富了人们的审美世界。

既往对叶梅创作的研究多集中于对其作品的民族身份识别、所表现的民族文化品格描述和文学表现上的浪漫主义特征等方面。其实民族文学也是有着典型地域特征的文学，是地域的独特性决定了生活于其上的民族的独特性，进而决定了地域民族文学的面貌。一个民族的文化，正是一个民族从历史到现实，世世代代对某一地域的自然环境逐渐适应的过程中形成的，在这一漫长的过程中，逐渐生成了与自然环境相适应的种群、经济生产方式、政治生态和观念生活体系，呈现出一种独特的人文地理面貌。土家族文化是生成于某一具体地理区域的地域文化，其独特的文化表现是这一地域文化的固有属性。叶梅的土家族文化小说体现了地域—民族文化—文学这三者之间水乳交融的关系。

鄂西的土家族是聚居在湖南、湖北、重庆、贵州四省市边缘地区的土家民族群落的一部分，主要分布在武陵山脉、七曜山脉和巫山余脉之间的高山河谷地带。它是鄂西南最早的居民之一。多数学者认为今天的土家族是以古代巴人的两支——廪君蛮和板楯蛮为主源，融合后来众多族群，经过长期的历史发展过程，到宋元时期才逐渐形成的。今天的鄂西土家人，从行政区域而言，主要聚居在鄂西南恩施土家族苗族自治州和隶属宜昌的五峰、长阳土家族自治县。① 这些地方山高林密，河流湍急，峡谷幽深，平地稀少，生存环境十分险恶。我们看《撒忧的龙船河》中对龙船河的描写："那河面二十里，起源于龙船寨头一处无名山洞，沸腾泉水在苔藓密布的石洞之外积成深潭，继而跌宕出三道百丈悬崖，蜿蜒九滩十八弯，依次经过苦竹、夫妻、老鹰三峡，最后汇入长江。那河看似纤细实际奇险刁钻，河上礁石如水怪獠牙狰狞参差不齐，水流变幻莫测，时而深沉回旋织出串串漩涡，时而奔腾狂躁如一束束雪青的箭簇。"②

　　在这样的河上行船，随时都有船毁人亡的危险。我们再看作家笔下恩施野三关的地形地貌："恩施一带的山峦可以说奇妙无穷，如果现在的人们对湘西的张家界有所认识的话，那么不妨以张家界为参照做一些比较，处在鄂西的野三关更为浑厚苍茫更为神秘粗野，山间的小径总是若有若无，不时被纠缠不清的藤蔓所阻碍，当你好不容易钻出一片密林，面前不是豁然开朗，相反倒是一面笔直陡峭的石壁或是一道汹涌的小溪。"③

　　"凡是人类生活的地方，不论何处，他们的生活方式中，总包含着他们和地域基础之间的一种必然的关系。"④鄂西险恶的山水，

---

① 周积明主编：《湖北文化史》，湖北教育出版社 2006 年版，第 1127~1128 页。

② 叶梅：《撒忧的龙船河》，《妹娃要过河》，作家出版社 2009 年版，第 49 页。

③ 叶梅：《回到恩施》，《五月飞蛾》，中国文联出版社 2004 年版，第 102 页。

④ ［法］阿·德芒戎著，葛以德译：《人文地理学问题》，商务印书馆 1999 年版，第 9~10 页。

异常艰苦的生存环境，构成了土家人独特的生存背景，决定了土家人的生存方式，磨练了土家人的意志，塑造了土家人的性格。历史上土家人的先族巴人以强悍勇武而著称，武王伐纣，汉高祖平定三秦成就帝业之时，就曾借助过巴人之师。巴人的勇武善战，坚毅顽强，已然成为巴人及其后裔最鲜明的文化记忆，而成为一种民族集体的无意识沉淀在他们的思想和情感之中。明朝倭寇入侵之时，数万土家士兵奋勇出征，痛斩敌寇，被誉为"东南战功第一"。鸦片战争时，土家族骁将陈连升屡立战功，被誉为"东方战神"。战争和改造自然、战胜自然的生存斗争一样，锤炼和陶冶了土家人强大的生命力和生存能力。

生活在龙船河边的覃家几代人，就是靠驾着"豌豆角"一样的小船，凭着超人的胆识和智慧，在这条河上穿梭往返，艰难谋生，生死常常系于一念之间。艰难的生活环境造就了他们强健的体魄，高超的行船技术和藐视死亡、征服自然的气概(《撒忧的龙船河》)。谭驼子在崎岖陡峭的山路上，在身体残疾的情况下，仍然能够"背上两百斤一气走它八十里"，这样非凡的负重能力正是大山长期磨练的结果(《回到恩施》)。向怀书在"鬼见愁"以过人的胆识和精湛的技术，驾船驶过险滩，摆脱了"棒老二"们的围堵，在陶队长为抢救箱子落水之后，又决然跳入"鬼见愁"最可怕的关口——"油锅"之中，冒死相救，显示了土家人不轻易屈服，用生命来挑战自然和命运的坚强决心(《青云衣》)。"该死的卵朝天，不死的万万年"，这句覃老大经常挂在嘴边的口头禅，与其说是一种宿命的认识，不如说是土家人在艰难生活中对个人命运与自然生存环境二者关系最直观的生命体验。

与自然山林、河流的亲近，大山中闭塞的生活环境，历史上长期以来延续的稳定的政治经济和生活形态，使土家人在情感态度和待人接物上，重信义，轻财利，在两性交往上推崇一种自然的情感，张扬生命的激情。

土家族先祖巴蔓子割下自己的头颅以答谢楚王出兵平叛，以自己的生命捍卫了国家利益，以一种独特的方式践行了自己的诺言。

这一义举不仅赢得了楚王的尊重，而且千百年来土家人也一直将巴蔓子当做自己民族的文化英雄，其敢于承担责任，尚义轻死的精神已经沉淀为一个民族共同的性格和一种民族的集体无意识，而在一代又一代的土家人身上得到再现。陶队长等人在穿行"鬼见愁"不慎落水时，向怀书毫不犹豫地跳入汹涌的江水之中，在救起了数人之后，自己却葬身激流，其实他已经领了工钱，本来可以先走掉的（《青云衣》）。覃老大在剿匪战士将要遭受毒蛇袭击，生命系于一发之际，他抢先迎击毒蛇，挽救了胡子军官的性命，自己却失去了一只胳膊。但他并不以此为意，把这当做是每个土家男儿都应该做的。覃老大在与张莲玉行云雨之欢时，既无意轻薄这个外乡女子，也没有想到要休妻再娶，他只是缘着生命本能的冲动行事，在天地自然之间尽情释放生命的激情。但在这个外乡女子提出一定要娶她时，覃老大也没有逃避，而是在张莲玉离开后"整日盘算着对客家妹子的允诺"，并准备忍痛与爱妻巴茶离婚（《撒忧的龙船河》）。覃尧，土家族最后的土司，虽然与外乡人李安已然成为情敌，但在追捕李安的军人们将要处决李安时，他依然积极施救，决不趁机落井下石。最后以自己的声音而不是先祖的遗物虎钮錞于，从李安的手中换取孩子，一个有情有义的土家土司形象跃然纸上（《最后的土司》）。田土司在受到奸臣陷害、本族百姓将要面临灭顶之灾时，毅然引颈自刎，俨然是先祖巴蔓子的壮举在千百年后的再次上演（《山上有个洞》）。罗篾匠更是在"信义的世界"中度过了自己的一生，他曾发过"咚咚喹归谁，竹女就跟谁"的誓愿，没想到竹女无意中将这个土家乐器送给了吴先生，他没有违誓，决然地让竹女离开心上人田佬，到吴家，以吴家儿媳的身份照顾吴先生留在家中的孤苦无依的母亲。为了弥补拆散田佬与竹女的过失，也为了兑现为田佬制作一只咚咚喹的诺言，他明知最美的黑蓼竹下藏着剧毒之蛇，仍然走向竹丛选择最好的黑蓼竹，以生命的代价来维护了自己的誓言（《黑蓼竹》）。儒家文化濡染之下的汉民族虽然也强调一诺千金，以义立身，杀身成仁，而像罗篾匠这样，将信义看得重于生命，并且坚守一生，也给人留下了深刻印象。

54

爱情婚姻等两性关系是叶梅小说中重要的内容。爱情婚姻关系不仅是各种社会关系中的一个重要方面，而且它反映着作为人的本质深度，它"不单是延续种属的本能，不单是性欲，而且是融合了各种成分的一个体系，是男女之间社会交往的一种形式，是完整的生物、心理、美感和道德体验。只有人才具有复杂而完备的爱的感情"①。因而爱与婚姻及两性情感的形态，最能表征一个族群，一种地域文化中最隐秘最深层次的内容。对表现土家民族地域文化有着自觉意识的叶梅，笔下自然有不少具有浓郁土家地域文化特点的婚恋生活和两性情感故事。

在《回到恩施》中，作家这样描写恩施一带的婚俗："这里的婚嫁习俗自古以来并不封闭，满山此起彼伏的情歌便是见证，三月三女儿会时，年轻未嫁的女子更是可以自由与男子对歌欢会，进而订下终身。"这种女儿会式的相亲方式尊重青年男女个人的情感选择，没有"父母之命，媒妁之言"的羁绊，带着远古自由婚的遗风。正是因为有这种以情为主、自由婚恋的文化土壤，谭青秀才敢大胆追求"父亲"这样的解放军干部，主动为其量脚做鞋，而作为外乡人的"父亲"也感觉到这山里的姑娘跟讲孔孟之道的家乡女子就是不一样，那如火的热情烧得他无处躲藏(《回到恩施》)。巴茶也正是在女儿会上，将自己亲手做的千层鞋底送给桡夫子覃老大，作为定情之物，不计较覃家的贫穷，自己做主定下婚姻大事(《撒忧的龙船河》)。生活在长江边的土家女子妲儿虽然明知是自己的土匪哥哥害死了向怀书，却敢于主动大胆地对其弟向怀天表达爱慕之意，并终于赢得了向怀大的爱情(《青云衣》)……土家儿女对爱情的自主追求，是对人身自由与生命自主性的尊重，其中闪现着人性的光辉。

叶梅笔下的男女故事中，最具有民俗学和文化学意味的无疑是覃老大与张莲玉的情感纠葛。客家妹子张莲玉，是懂得诗书礼仪的

---

① [保]瓦西列夫著，赵永穆等译：《情爱论》，三联书店1997年版，第38页。

豆腐店小女子，覃老大裸体拉纤时，强健的身体，彪悍勇武的男子气概，激起了她作为女性的原始渴望，但礼教的束缚却让她把这种渴望深藏心底。倒是覃老大在这个如花似玉的城里女子面前表现得十分坦然，以至于都没意识到自已正裸露着身体与这个女人相对，是张莲玉的羞涩作态使他激情澎湃，热血沸腾。当覃老大以不可遏制的生命冲动直奔两性欢爱的主题之时，外乡女子却忙着想与他谈谈必经的礼仪和豆腐坊以及自己的归属问题。在覃老大等土家人的意识中："旁人的媳妇只准看不准弄，但未出门的妹子是可以相好相交的。到人家里做客，千万不能同人家婆娘坐一条板凳，但同人家的妹妹可以任意调笑。"本来是基于"你喜欢我，我喜欢你"的一场欢爱，因为张莲玉的额外要求而让覃老大背上了一生的重负，这大概是覃老大未曾想到的。后来张莲玉又有两次将自己的身子当作礼物送给覃老大，可无不附加了其他的意义，一次是怜惜覃老大为革命丢掉了右手，想以身子慰劳，一次是想以身子作为酬谢，请覃老大解救自己身陷囹圄中的丈夫。覃老大都拒绝了，而且感到受了极大的羞辱（《撒忧的龙船河》）。就像覃老大不能理解张莲玉一样，张莲玉也永远不能理解覃老大。当然我们也不能责怪张莲玉，她已经走得很远了。在汉族文化中，"不待父母之命，媒妁之言，钻穴隙相窥，逾墙相从，则父母国人皆贱之"（《孟子·滕文公下》）。与覃老大的一次欢爱，对她而言，已经冒了很大风险。这个两性故事中显然包含着两种文化的冲突，面对这种文化冲突中形成的悲喜相交的人生故事，作一般的是非判断，恐怕难以服人，而从顺应自然人性的角度而言，土家男女的情感交往似乎更少一些文明对人性的禁忌。

从覃老大的悲剧故事中，我们可以看到土家儿女在看似随意的两性关系中，其实有着他们自己对生命的思考，他们尊重自己发乎人性的自然情感，但更看重高居其上的其他原则，比如责任，比如真情，比如诚实，等等。土家婚恋文化中的这种民族地域特色更多地集中在对土家女性的书写上。昭女和瑛女是母亲用生命换来的两个女儿，妹妹瑛女漂亮外向，光艳诱人，是家中受宠的娇女，她向往山外的世界，也追求物质享受，却绝不成为男人的玩物，即使她与贺幺叔的偷情，也是受着青春激情的驱使，尤其是后来受着自己意识的支配，她希望从贺幺叔处得到一笔做生意的本钱。在贺幺叔背叛了曾经的诺言后，瑛女决然地以死复仇，土家女儿性情中的刚烈在这里得到集中体现。姐姐昭女是一个沉静的女子，但却有着一股天生好强的劲头，她想在村小做老师，乡长帮助了她。在寂寞僻远的乡野，她与乡长相遇，双方都有觅得知音之感。昭女想与乡长成百年之好，而乡长却只想与她做朋友，生性沉静的昭女不似妹妹一样做出决绝的反抗，而是宽宥了乡长，谢绝了乡长的好意，毅然带着对家乡的眷念坐上了开往山外的班车。小说在叙事中穿插了太（奶奶）的故事，这是一个情节比较单纯的痴心女子负心汉的故事，太因为男人闹红遭了大难，数十年的艰难光阴熬过之后，本以为已经死了的男人又携着新的娇妻荣归故里，再给这个苦命的女人沉重一击。但衰老的太没有被击倒，她将一切委屈埋在心里，拒绝与这个人联系，昂然地说："你要再走到田家屋场来，我就拿刀劈了你!"(《花树花树》)

爱情的萌生标志了生命的成熟，而死亡则是生命的终结。对死亡的明确意识是人区别于动物的一个重要特征，不同文化中的人们对死的不同态度反映着他们对生的不同理解，进而构成了不同的文化景观，显示出了不同的生命哲学。土家族的跳丧舞，就是一种具有宗教仪式性质，蕴含着土家人对死亡的独特理解的一种文化习俗。

跳丧舞又称撒尔嗬，它是一种土家人在死去的亲人灵堂前表演的祭祀歌舞，一般由一鼓师击鼓领唱，二至四位舞者合歌起舞。撒尔嗬的舞蹈动作，唱腔曲牌，歌词种类很多，而且都各有名目。鼓师既是领唱者，又是指挥者，舞师们随着鼓师击出的鼓点节奏和领唱的歌词内容变换各种舞蹈动作。撒尔嗬究竟源自何时，踪迹杳然，但作为一种沿袭已久的丧葬习俗，至今仍在鄂西土家族地区广泛流行。喧天的锣鼓，热烈的舞蹈中没有悲苦的成分，相反却弥漫着一种快乐的气氛。为何要在欢庆中送亡者上路?《撒忧的龙船河》中有段描写："土家人对知天命而善终的亡灵从不用悲伤的眼泪，显然知道除非凶死者将会徘徊于两岸之间，一切善终的人只是从这道门坎入了另一道门坎，因此只有热烈欢乐的歌舞才适于送行，尤其重要的是在亡人上路之前抚平他生前的伤痛，驱赶开几十年里的忧愁，让他焕然一新轻松无比地上路，这是一桩极大的乐事。"①在土家人的意识中，只要曾经好好地活过，死便不过是从河的此岸渡到彼岸。覃老大为人豪爽，义气，敢爱敢恨，勇于承担，年过六十，无疾而终，在土家人的眼里，这样的一生还有什么可说的呢！在为这土家男儿送行的欢快歌舞中，寄寓着土家人对幸福、对人生意义和生命本质的认识。

一个民族独特的对人生世界的认知方式，独特的情感表达方式和心灵模式，通常体现在这个民族独特的民风民俗、独特的信仰之中，并且常常依赖于后者将其确认和延续。除了上面提到的跳丧舞之外，土家族舍巴日的摆手舞也十分流行。过去的摆手舞常常与宗教祭祀祭祖的仪式一起举行，由土司或寨长主持。《最后的土司》中有一段对舍巴日祭祀仪式的描写，我们可以从中感受到土家儿女飞扬的生命激情。"呐喊的人们赤裸着胸脯，腰系草绳，胯间夹一根扫帚柄，围绕牛皮鼓欢快起舞。时而跪伏大地，摆手摇胯，场面沸腾。酣畅之时，牛皮鼓下突然跳出一个黑衣的年轻女子，双目炯炯，额头一片灿烂血红，像是涂抹的牛血，黑衣裤上有宽大的红边，似飘动着的两团火焰。女子围着匍地的黄牛跳跃，将两团火焰撒遍了全场。鼓声中明显混合着人的急促呼吸如烧燃的干柴，一片噼噼啪啪作响。火的精灵仍在弯曲、飞旋，扇动着将绿得发黑的山，绿得发白的水都燃烧起来，同太阳融为一体。"②这样紧张热烈的场面，激越粗犷的情感，很容易让人想到《楚辞》中所表现的"激

---

① 叶梅：《撒忧的龙船河》，《妹娃要过河》，作家出版社 2009 年版，第 53~54 页。

② 叶梅：《最后的土司》，《妹娃要过河》，作家出版社 2009 年版，第 240 页。

宕淋漓，异于风雅"的狂放无羁的世界。

对山洞的崇拜是土家人文化中的又一显著特色。土家人生活的清江、长江沿岸多属喀斯特熔岩地貌，高低起伏的大山里有许多大大小小的溶洞，这些洞有的可以住人，有的可以养牲口，有的可以遮风避雨，在长期的生产生活中，土家人对洞产生了深厚的感情。而这些洞也像是崇山峻岭中一只只睁大的眼睛，长久地不动声色地凝视着天和地，凝视土家人生活中的风风雨雨爱恨情仇。在《山上有个洞》中，叶梅就将一个跨越古今的故事放在一个洞中展开，对此她有一段解释："应该说土家人从他们的祖先巴人开始就对洞穴有着深刻的感情。那时在清江之畔的武落钟离山，有着赤穴黑穴两个山洞，住着五姓族人。巴氏之子生于赤穴，其他四姓生于黑穴，起初的时候不分君长，俱事鬼神，后来相约掷剑于石穴，说明能中者，则奉为君。巴氏之子务相独中……五姓族人于是心悦诚服，共立巴务相为廪君，廪君就是土家人供奉的祖先，死后化为白虎，受到子孙万代的敬仰。土家人因此对祖先住过的山洞敬仰有加。"①这样，洞成了一代代土家人的历史见证，成了土家人心中的圣地，成了土家地域文化的一种代表。

像对山洞的书写一样，叶梅常常将故乡的山水，加以人化或神化，使之成为一种精神实体，可与人声气相通、心心相印，或者使其成为一个神秘莫测、让人心生恐怖的世界。龙船河、清水河、野三关、通天洞，便既是人物活动、故事上演的背景，也有着自己的性格和灵魂，并以自己的力量影响将之作为生命对象物的人。处在两个女人之间的覃老大经常愁苦不堪，只有在龙船河的清流中，才能"抖散了混沌"，"脑子里才有了澄清，才能心平气和"。② 吴先生在咚咚喹中感受着故乡的风物："他眼前滑出家乡清绿幽凉的

---

① 叶梅：《山上有个洞》，《妹娃要过河》，作家出版社 2009 年版，第99页。

② 叶梅：《撒忧的龙船河》，《妹娃要过河》，作家出版社 2009 年版，第62页。

山，一条条白绸般晃动的溪水清凉地淌下来，浸润了一滩含浆的水花，淡紫、淡红、淡白，在清风中摇曳，这时便有一群群摇头晃尾的白鱼玲珑得数清了小刺，徐徐地游过来，在吴先生的小腿上咬啮，分明扯动了细细的汗毛，麻酥酥的痒痒传遍了全身。"①这些带着生命的故乡风景，带着故乡的声气和魂魄，一次次地在梦中抚慰着他那颗漂泊的心。

　　还有对命树的信仰，充满了神秘色彩。昭女、瑛女将要出生之时，土家巫师覃老二在灵魂聚居的拗花山上为她们寻找命树。母亲难产而死终于换来了两个女儿的存活，换来了象征两个女儿命相的两棵花树（一棵桃树，一棵李树）的蓬勃生机。而分属桃树和李树的瑛女与昭女，其命运走向真就如这两种不同的花树一样。土家人神秘独特的信仰，母女死生相替的淡淡忧伤，笼罩全篇，构成了小说的基调。在瑛女被贺幺叔欺骗，"生命之树"将要骤然凋谢之时，土家女儿的哭嫁歌响起："娘啊，我是一口生水锅啊/不会伸来不会缩啊/要伸要缩除非破啊/娘啊，我是一根青枫炭啊/来到这世上不会弯啊/那要扭弯除非得断啊……"②这千古传唱的歌声与正要上演的活剧构成一种互文关系。土家女儿的刚烈性格和由这性格导致的悲剧人生，不禁让人感慨系之！

　　展现在叶梅小说中的传奇故事、传奇人物、独特的自然风貌和民族风情，构成了叶梅小说浪漫主义艺术特色的基础，传奇中寄寓着作家的浪漫理想，浪漫主义的诗意中氤氲着作家对本民族地域文化的淡淡哀愁。这一切离不开语言。叶梅的小说语言清新简洁，有如山间溪流，但有时又间杂着极为华美的抒情长句，比如写伍娘的舞蹈："她一次次舒展双臂向空中呼唤，充满迷惘的渴望。她泪流满面，同时又灿烂地微笑，她的舞蹈像龙船河水飘然而过，像天边的月亮冉冉升起，像树丛中飞过的精灵，她像是忍受着烈火的煎

<hr>

①　叶梅：《黑蓼竹》，《十月》1993年第3期，第48页。
②　叶梅：《花树花树》，《妹娃要过河》，作家出版社2009年版，第41页。

60

熬，又像是在烈火中找到了归宿。"①在写这样的句子时，大概作家也沉入到舍巴日热烈欢快的气氛中了，这充满激情和诗意的文字，充分显示了土家文化的浪漫主义本质，也与楚辞"其言甚长"、"惊采绝艳"的风格一脉相承。

　　作为叙事的文体，叶梅的小说在叙事上也有自己的特色，她善于在开篇营造氛围，奠定叙事的基调，《撒忧的龙船河》、《花树花树》、《最后的土司》都是在具有浓厚民族文化特色的宗教仪式中开场，这种异域的文化氛围容易吸引住经常处于审美疲劳中的读者。在叙述线索的安排上，有时候，两条线索同时展开，交错叙述（《花树花树》）。有时候打破客观时间逻辑，在历史和现实之间自由切换，极大地增加了小说故事的容量，增强了小说的文化内涵（《山上有个洞》、《花树花树》等）。有时还采用"预述"，比如《黑蓼竹》中的一段：

　　　　唱歌的地方叫板壁岩。
　　　　一座很陡峭的山，明晃晃直立的岩壁，门板一样遮挡了板桥人的目光。吴先生就是从这座山上走去的。四十年后，田佬在唱歌的地方碰到穿绿制服的乡邮员……②

　　在这样的叙述中，我们很容易看到马尔克斯等拉美作家的身影。

　　叶梅出生、成长于土家民族聚居区，成名后便离开了故乡，但故乡仍是她魂魄所系之地，仍是她创作的不竭源泉。一方面由于她的民族身份意识特别强烈，一方面受着自己成功作品的启发和评论家们的引导，她作品的回乡色彩特别浓烈。她的作品不仅回到故乡地域文化的丰富多彩中，而且返回历史文化传统，回到土家民族历

---

　　① 叶梅：《最后的土司》，《妹娃要过河》，作家出版社 2009 年版，第284 页。
　　② 叶梅：《黑蓼竹》，《十月》1993 年第 3 期，第 43 页。

史的深处，寻绎土家民族从历史到现代的心灵史和精神史。因为她怀着原乡之恋，因而对记忆中的故乡加以美化便常常不可避免。这种美化在叶梅的小说中主要表现在两组对比上，一是土家人与外乡人的对比，一是土家山寨与城市文明的对比。

第一种对比突出地体现在《撒忧的龙船河》和《最后的土司》两个文本中。这两个故事的模式几乎是一样的，都是三角结构，要么两女一男，要么两男一女。这三角中的核心角色都是土家人，男人顶天立地，强健勇武，重情重义，一诺千金，女子美艳动人，任劳任怨，对爱情忠贞不渝，而且他们都既能忠于人性本能，纵情于肉体的欢愉，又能超越肉体之上，作灵的坚守。在这核心一角的两端分别是外乡人和土家人，他们构成一种"情敌"关系。这敌对双方中的土家人都豁达大度，有理有节，与他们相比，外乡人似乎就显得狭隘、猥琐。

关于城市，叶梅的作品写得不多，《五月飞蛾》可算是代表。借二妹的眼，作家展现在我们面前的城市是巨大而空洞的物质森林，是一个势利贪婪与淫邪的世界。同是从石坂坡走出的三姨妈，总是觉得高人一等，狭隘自私，肆意侮辱自己的亲侄女；表哥邢斯文，空虚颓废、轻佻虚伪，常常故作清高，还欺骗和玩弄自己的表妹(这两个城市恶人的形象，新时期城市文学中也是少见的)。对于城市人的隔膜和冷淡，二妹曾有一翻感慨："为什么在石坂坡，方圆几十里大山只有几十户人家，但随时能感觉到人的存在，某人唱支山歌某家争个嘴大家都知道，某人去砍柴某人去走亲戚大家也都看得明白，而在城市里却感觉不到人呢？密密麻麻走来走去的人是不是都汇到那层网里去了呢？"①很显然，这样的书写，是在借外乡人或者城市文明来反衬土家山寨文化的自然质朴，土家儿女自然人性的优美。

叶梅说她曾有意模仿沈从文的创作，她作品中这种将僻远山寨

---

① 叶梅：《五月飞蛾》，《妹娃要过河》，作家出版社2009年版，第147页。

与城市文明的对照性书写，让人想起沈从文对城市现代文明的批判，想起他对遥远边城的精心营构。如同现在的研究者已经普遍认识到沈从文对城市文明的批判过于简单一样，叶梅对现代城市文明病的呈现，也同样显得有些单薄。这种简单化书写虽然暗合了当前质疑城市现代文明的文学潮流，却损害了作品的思想文化意义。

如果将叶梅的民族地域文化小说与扎西达娃、孙健忠、蔡测海、迟子建等民族地域文化小说加以比较，我们便能够更清晰地看到，时代文化思潮、文学潮流和民族地域文化在一个作家身上交叉影响的印迹。扎西达娃书写西藏的年代是拉美文学热潮在中国正炽之日，西藏独特的地理人文风貌与拉美魔幻现实主义风韵有着某种天然的契合，因而魔幻的风格弥散在扎西达娃书写西藏的所有重要作品中。《西藏，系在皮绳结上的魂》、《西藏，隐秘的岁月》、《风马之耀》、《世纪之邀》、《悬崖之光》等作品，突破了生死、人神的界限，现实、梦幻、潜意识等交替呈现，客观的时间、空间在人的主观意念中重新组合，神话传说、宗教信仰与当下生活紧密相连，相互印证。在这些作品中，我们能鲜明地感受到马尔克斯、阿斯图里亚斯、卡彭铁尔等人对作家的影响。20世纪80年代中期，与魔幻现实主义一样风靡中国文坛的是对"怎么写"的焦虑，一批小说家正是因为在叙述方式上的实验和探索而为当时的文坛所关注，扎西达娃就是这其中一个，在《西藏，系在皮绳结上的魂》这篇小说中，他将对叙述的探索推到了极致。20世纪80年代的中国，也是改革开放迅速推进、思想启蒙之潮重新高涨的时期，因而扎西达娃很自然地在对魔幻荒诞西藏的展示中，融入了对西藏文化的现代审视、批判意识和文化反省的意图。

叶梅的创作同样受到拉美文学和国内寻根思潮的影响，此外，同是土家族的作家孙健忠、蔡测海、李传锋等人对她的启发和影响也是明显的。但是与这些作家不同，叶梅开始大规模地书写土家地域文化，已经是20世纪90年代和21世纪，此时拉美文学的高潮早已过去，全球化和现代化对人性的压抑，对同质性、均一化的绝对追求，使人们重新将目光投向旷野和僻远的山村，投向先前不被关注的少数民族文化。叶梅从文化学、人类学或文化人类学的角度，来反观、追溯土家族人民的生存状态和民族命运，在创作中着力挖掘土家民族文化中美好的东西，同样也是时代变革的需要。对于迟子建的创作，我们也可以从这一角度切入解读。迟子建书写鄂温克人的生活，用一个具体族群在现代社会的境遇，隐喻了现代人类的命运，对一种注定要走向灭亡的地域民族文化发出深长的叹息。当然在时代的主题之下，迟子建的作品最打动人的是对生命的咏叹，一种充满惆怅的迷惘的诗意，以及笔下那些与大地相融、与神相依的人物，那种人与自然，人与风雪严寒、寂寥星空相知相守的意境，那种在对底层人、边缘人、非正常人人生故事的讲述中，所投注的温暖目光。这种风格形成的种子自然萌生于东北那片神奇的土地。

正是在与本民族其他作家和其他民族作家的比较中，叶梅的土家族地域文化小说，以其所反映的土家族历史文化与现实生活的广度和深度，以其鲜明的艺术个性，拓展了读者的审美视野，为当代人精神家园的建构提供了某些有价值的精神资源，而在当代地域文学和民族文学中具有重要意义。

第四节 陈应松的神农架系列小说

陈应松为全国的文学研究者所重视，并为一般读者所喜爱，是在他发表了后来被称之为神农架系列小说的一组作品之后，在此之前，他坚持了近二十年的文学创作，先是写诗，后来写小说，却只被省内的文学研究者们所关注。二十年的创作，几百万字的作品不过获得了几个刊物颁发的小奖，无论是在全国，还是在湖北省内，他都显得有些寂寞。可神农架系列小说发表后(这组小说包括《松鸦为什么鸣叫》、《狂犬事件》、《独摇草》、《望粮山》、《豹子最后的舞蹈》、《木材采购员的女儿》、《云彩擦过悬崖》、《马嘶岭血案》、《火烧云》、《到天边收割》、《猎人峰》等)，先后获得了第三届鲁迅文学奖、首届全国环境文学奖、第六届上海中长篇小说大奖、2004 年人民文学奖、第二届湖北文学奖、2004 年湖北文化精品生产突出贡献奖、2003 年《钟山》优秀小说奖，2001 年至 2004 年连续四年入选中国小说学会的中国小说排行榜。一个多年坚持在文学这块土地上默默耕耘的人终于等来了收获的季节。

考察已经搜集到的对陈应松神农架系列小说的所有评论，我们发现对其作品揭示了底层苦难的主题阐释，数量是最多的，而这一揭示又正好与 21 世纪以来全社会普遍关注底层的思潮相呼应。其次是从叙述人称、叙事视角着手，对其小说作叙事学意义上的技术性分析。还有一些文章从作家的社会责任、当代人精神家园建构、生态文学与文学生态等方面入手，指出陈应松的神农架系列小说在当下的积极意义。这些文章各从不同的侧面探究了陈应松神农架系列小说成功的原因，表达了研究者们对这组作品相同或不尽相同的思考，无疑是极有见地的。

那么既有的研究穷尽了陈应松神农架系列小说成功的全部原因吗？我看，这仍是一个值得讨论的问题。因为对于乡村和底层人的苦难叙事，并不是从陈应松开始，而且陈应松的苦难叙事也并不始自神农架系列小说，而叙述人称的交替变换、叙事视角的精心布置是 20 世纪 80 年代中期之后的新潮小说、先锋文学作家们的拿手好戏，也并不是什么新鲜的东西，至于社会责任，等等，主旋律作家们的作品似乎更应承担、更能体现。还有的文章指出了陈应松神农架系列小说民间叙事的魅力，可写民间、写乡野村落的也不只陈应松一个，当代文坛的大家们，像贾平凹、李佩甫、李锐、莫言、张炜、阎连科、韩少功等人，哪一个不是写乡野、写民间的好手，可为什么陈应松笔下的世界却独具一格，有着独特的美学意义？要完全解释陈应松神农架系列小说的成功，恐怕是一个十分复杂的命题，这也不是本书的主旨。我只想试着从神农架地域文化与神农架系列小说的联系，从荆楚地域文化与陈应松个人性情、文学禀赋的微妙关系中，寻觅神农架系列小说成功的美学踪迹。

对于小说而言，再宏大的意义，再深奥的哲理，都必须植根于具体的生活场景、具体的故事与情节的编织之中。对一个小说的欣赏者而言，作品中活生生的细节、场景与蕴含于其中的文化内涵、人生意味同样重要，许多时候，甚至首先是前者吸引了读者，带给了读者回味无穷的审美享受。故事、人物、环境是作为叙述文体的小说的基础，正是在这个意义上，神农架的地域文化为陈应松的小说提供了丰富而独特的文化资源。

神农架位于湖北省西部边陲，东与湖北省保康县接壤，西与重庆市巫山县毗邻，南依兴山、巴东而濒三峡，北倚房县、竹山且近武当，总面积3253平方公里，辖4镇4乡和1个林业管理局（国家森林公园）、1个国家级自然保护区，总人口8万人，是我国唯一以"林区"命名的行政区。在地形地势上，神农架属大巴山东延的余脉，山体由南向北逐渐降低。山峰多在海拔1500米以上，其中海拔2500米以上的山峰有20多座。林区最高点与最低点的落差有2700多米，高峰耸峙，河谷深切。神农架是长江和汉水的分水岭，境内有香溪河、沿渡河、南河和堵河4个水系，其他山谷溪涧密布。由于该地区位于中纬度北亚热带季风区，气温偏凉而且多雨，海拔每上升100米，季节相差3~4天。"山脚盛夏山顶春，山麓艳秋山顶冰，赤橙黄绿看不够，春夏秋冬最难分"是神农架气候的真实写照。高落差的多山地形使这里交通不便，与外界联系十分困难。气候的反复无常、迅即变化对农作物的生长十分不利，山间苞谷等粮食作物产量极低，人们生活比较贫困。

那么神农架系列小说为我们讲述了怎样的人间故事，描绘了怎样的生存场景呢？

伯纬，一个神农架中穷苦的山民，因为对王皋生前玩笑中的一句承诺，而在王皋死后，以自己的瘦弱之躯，背着这个地主家的子弟，踏上了艰难的回家之旅。自此，背死尸似乎成了他的宿命，在他衰老后，仍然一次次地将因车祸而跌入深崖中的人们背上山来，无论是死者还是伤者，都给他们尽可能周到的抚慰（《松鸦为什么鸣叫》）。苏宝良，一个山林的看守者，一个"守卫在凌霄的人"，他在山中与群猴打架，与冬眠过后的熊瞎子抢吃竹笋，与野猪打架。在几十年与山中野物的交往中，"我（他）自己也变得像一头野兽了：我嘴巴宽大，黑洞洞的，牙齿外露，舌头猩红"，连笑声也像"母鸡的打鸣"，他能发出比狼还恐怖的嗥叫声，"足足嗥叫一个小时，硬是把野猪群吓跑了"(《云彩擦过悬崖》)。① 大山腹中的木匠赵子阶，因为耳朵上经常夹着一支用来放线的红蓝铅笔，被认为有文化，被乡工作组任命为一个仅有二十家七十来口人的村子(忘乡村)的村长，帮助政府"将政权牢牢地插在这深山老林之中"。"英雄"的汤六福，在去四川背盐的路上，摔破了膝盖，他就用随身带着的开山斧割开自己的膝盖，把自己用牛骨雕成的半月板放进去，替换破了的半月板，然后用缝衣针缝合上开裂的皮肉(《狂犬事件》)。作为挑夫的治安和九财叔为了运送勘探队采来的矿样和需要的生活补给品，在乍晴乍雨、乍冷乍寒的深山老林中，往返奔波，在野猪坡与野猪群遭遇，险些送了性命，在去四川买食物的路上，九财叔又中了台枪(《马嘶岭血案》)。在连续三个月没下一滴雨的骨头峰村，桑丫因为一桶水泼洒了，而要上吊寻死，没有人责怪她，是她自己觉得活不下去了。那个仍然活在《黑暗传》中的米瞎子还在鼓动人们扎龙头，向龙王求雨水，最后终于引燃了森林大火。连可怜的猴子们为了解渴，拼命咬开桦树皮，吮吸其中的桦汁儿，而将牙齿断在了桦树上(《火烧云》)。余大碗子因为打老婆而全县闻名，打得老婆主动让人家给拐跑了，姐夫王起山常用下膀子的方式来惩罚自己的老婆，而老婆对他仍然充满了依恋(《到天边收割》)。那个叫老关的猎人，与野兽搏斗了一生，在八十多岁的老境，在梦幻中，用斧头剁掉自己的一只手，还想着让书记把它掏空了好做烟袋。而他的孙子为了独霸一张床一床被子，做梦都想让这个已经不中用的老家伙死掉(《豹子最后的舞蹈》)。

　　与这些奇奇怪怪的人事相伴随的，还有作家在几乎每篇小说中都不经意写到的，无法回避的贫穷。伯纬的生活方式仍然是刀耕火种。"那一天，伯纬烧了一块火田。他把看中的坡地四周砍出了一

---

　　① 陈应松：《云彩擦过悬崖》，《松鸦为什么鸣叫》，长江文艺出版社2005年版，第292~293页。

道防火墙，然后点火烧山地上的灌木、下木和葛藤腐叶。"①伯纬烧田，三妹唱歌，完全是一幅原始的生活情调。人们的饮食不过是洋芋、苞谷、地封子酒、自己腌制的腊肉，最好的就是炖一锅麂子汤。为了二十块钱九财叔杀了七条人命，二十块钱对于九财叔来说，的确是一个大数字，"那可是十年的特产税啊"。他家三个女娃挤一床棉被，棉被破得像渔网似的。为了暗中弥补那被祝队长扣去的二十块钱，他吃饭时死胀，一碗一碗地添，他要把它补回来。后来冒着生命危险帮勘探队到四川买食物，九财叔少买多报，弄回了那二十块钱，"他在雨水和泥泞中瘸着腿兴奋地絮絮叨叨，带着凯旋的气势。二十块钱终于愈合了他心中那撕裂的巨壑般的伤口"②。许多作品写到了山里那些得了干瘦病的可怜女人：伯纬的妻子三妹，王起山的老婆等。张克贞的妮子小凤，衣衫破烂，头发花白，是一个严重营养不良的孩子，而她那曾经做过侦察员的爹，如今常常是一头茅草似的头发，一个脏脖子，一圈没有翻下去的破衣领，抽着烟，表情木然，像进入了洪荒一样。贫穷将他们折磨得像石头一样。

这些故事颇有些传奇色彩，但陈应松却说他笔下的故事都是真实的。在武汉图书馆的演讲中，他曾经讲到在神农架看到的贫穷，以及这种贫穷带给他的刺激和对其创作的影响。"这种贫穷的程度，在 2000 年，给我的刺激是非常巨大的。……我在大九湖旁的小九湖，看到有一家人家，说儿子还在乡政府做事，可进去，堂屋，光溜溜的，什么也没有；房里，喂一条牛，里面全是牛粪。另一间只有一张床，床上乱糟糟的。厨房里一个灶，几个碗。县扶贫办的有一次到一个乡去扶贫，有个女的，丈夫得病死了，一个十几岁的孩子，照秋被熊咬死了，孤苦伶仃一个人。扶贫办给了她一百元钱……她不知道这是钱，她见过最大的是十元的。我还看到当地

---

① 陈应松：《松鸦为什么鸣叫》，长江文艺出版社 2005 年版，第 18 页。
② 陈应松：《马嘶岭血案》，《松鸦为什么鸣叫》，长江文艺出版社 2005 年版，第 326 页。

的一些扶贫调查，缺衣少食也不是个别；孩子辍学的大有人在——因为没有学校；没有医疗，没有通讯设施，没有路，没有电灯，上一趟街和赶一趟集要走两三天。你如果也见到了这样的生活现实……你会被一种强大的责任感所推动，从而关注我们底层人的真实生活，关注我们的现实，思考这些可能有些沉重的问题，使自己的小说有分量起来，变得沉重、温暖、疼痛、真实、有力量起来。"①

这段话无疑首先说明了其被评论界广为称道的苦难叙事的原动力，这动力来自于神农架真真切切存在着的贫穷和苦难。出现在21世纪作品中的这些人事，其发生的时间与作家写作的时间几乎是一致的，当然有些故事也有对历史的叙述，或部分是历史的叙述，但基本上与时代同步。陈应松用他的笔为我们展示了这个时代的另一种现实，一种被"意识之光、理论之光、媒体之光所未曾照亮的区域"。② 那些似乎生活在蛮荒太古中的人物，那些近似荒诞的生活情景，是这个区域的真实存在。这个区域就是神农架。

神农架地域文化中独特的政治生态、经济状况与人们的思想情绪不仅影响和决定了作家的题材选择、主题建构，而且为作品的外在肌理提供了带着鲜明地域特色的现成素材。《松鸦为什么鸣叫》来源于作家在神农架采访的收获，《马嘶岭血案》是曾经在神农架上演的真实故事。《望粮山》的灵感来自于神农架用于喊魂的民歌："娃儿乖，你快睡/隔山隔水自己回/虫蛇蚂蚁你莫怕/你的护身有妈妈……"在这首民歌的启发下，作家写了一个失去母爱的山里孩子的悲惨经历以及神农架普遍存在的家庭暴力。在写了这个中篇小说以后，作家似乎意犹未尽，又将这个故事扩展铺排成一个长篇小说《到天边收割》。

---

① 陈应松在武汉图书馆的演讲，http://blog.sina.com.cn/cyscys5656，2007年12月3日。

② 李敬泽评语，参见《松鸦为什么鸣叫》，长江文艺出版社2005年版，第403页。

奇异怪诞的人物，魔幻的故事情节，让人感到疼痛的力量，离不开与之相适应的自然环境描写、人文风俗刻画和氛围营造。正是在后三点上，这组小说将神农架地域文化的神秘性、异样特征表现到了极致，在审美惊异中带给人回味无穷的艺术享受。如果说神农架系列小说一方面表现了神农架山民令人震撼的苦难，那么这组小说另一方面同样让人感到震撼的就是那些书写神农架神奇壮美的文字。

神农架是高山森林地区，独特的地理环境和立体小气候，使神农架成为我国南北植物种类的过渡区域和众多动物繁衍生息的交叉地带。神农架拥有各类植物 3700 多种，其中有 40 种受到国家重点保护；有各类动物 1050 多种，其中有 70 种受到国家重点保护。几乎囊括了北自漠河，南至西双版纳，东自日本中部，西至喜马拉雅山的动植物物种。那里有各种在城市平原难以见到的树木、花草、野生药材，有栖息在山野之中的各种飞禽走兽，有与城市平原迥异的天气状况，有六月飞雪，有冬日滚雷，有经常发生的狂风暴雨，有泥石流冰石流，有云海，有烟峦曙壑，有鸟语花香……尤其是那里有着人们常常难以见到的生物，像驴头狼、扁担长的娃娃鱼、脸盆大的癞蛤蟆、白熊、传说中的野人、美丽的香獐和麂子……有着至今找不到答案的各种自然现象：深夜里的弧光，狂风暴雨时从山体中传出来的喊杀声，挂岩榜上无解的天书……

这种自然环境作为人物活动的背景，被陈应松有机地融合进他的作品中。陈应松是写景状物的好手，他笔下出现的神农架的各种树木、各种花、各种鸟、各种药材、各种野兽、各种河流、各种带有神农架特有的山林气味的地名，不计其数。我们借用作者在其自撰美文《天下最美神农架》中的一段文字，来看看作家对神农架自然风物的用心和沉迷。

　　　　如今我已不再只是抽象地夸她美了。我已知道了春天不仅燃烧着各种杜鹃，如什么秀雅杜鹃、毛肋杜鹃、粉红杜鹃、红晕杜鹃、映山红等，它还会开出野苦桃花、杏花、蔷薇花、山楂花、野樱桃花、珙桐花；夏天盛开着马桑花、旋覆花、杓兰、芍药、火棘花、桔梗花、党参花，而在大九湖，满地的野草莓长得可真盛啊，江南蒿、红三叶草给那片高山平原增添了多美的景色；秋天则是坚果、核果、浆果拼命成熟的季节了，山楂果、五味子、石枣、火漆果、红枝子、四棱果、八龄麻果给街头的人们带来了多少甜蜜的惊奇。连黏稠的蜂蜜也成担成担地挑上街卖了，人们的手上拿着一串串的五味子。还有那些成熟的新鲜核桃、板栗、榛子、松子；冬天呢？我知道冬天在雪线之上无端地就会下起一阵雪霰，冰瀑在山崖上呈现出壮美的气势悬挂着，流泻着，那是一种凝固的美。到处是玉树琼枝，冰箸垂立。成群的金丝猴在翻着卷皮的红桦上向山下张望着，它们金色的皮毛如贵妇人的披风一样飘逸、高雅。到处云雾蒸腾，气象森严……

如今我已能听清各种鸟语了，山凤的、松鸦的、苦荞鸟的、杜鹃的、算命鸟的。我看见过吸食花蜜的蓝喉太阳鸟，它是中国特有的蜂鸟，比蜜蜂大不了多少；我看见过一队队的红腹锦鸡从巴山冷杉林中穿过。在早晨的时候，它们跳起艳丽的舞蹈，高唱着"茶哥！茶哥！"，这些林中的舞女，它们的叫声使山林变得湿润润的；我还认识了各种栎木、唐棣、水青冈、虎皮楠、猴樟；紫色的醉鱼草花、蓝色的沙参花、金黄的龙爪花；我看见过神农架的十几种云海，能说出她每一道峡谷的名字，每一条河溪的名字。充沛的香溪河源的水、神农溪源的水、六道河的水、关门河的水、九冲的水、落羊河的水……这座大山为什么会涌出这么汹涌无尽的水来呢？这可真是个奇迹啊，这座山究竟有多么旺盛的生命汁液？①

这简直像一个博物学家的记录。如果不是神农架自然物产的丰

---

① 陈应松：《天下最美神农架》，http://blog.sina.com.cn/cyscys5656，2007 年 11 月 15 日。

富，不是作家对神农架万物生灵发自内心的热爱，如何能够写出这样的文字！陈应松对神农架的自然之美、之壮丽、之神奇，的确不是"抽象地"夸赞，我们相信他对神农架的花草树木、飞禽走兽的熟稔也不是一个写作者的自我吹嘘，因为我们在他的作品中随处可见对神农架自然风物的诗意描绘。"九月，连老林子都是明亮的，空气里流溢着干燥的、带点酒味的气息，像谁的酒坛打泼了。山楂和红枝子、蔷薇都成熟了，一串串地打着他的脸，它们喧宾夺主的气势把空气都映红了，并且让人精神抖擞。"①"羊们喜欢太阳，它们总是在山巅痴痴地对着太阳看上几个小时，白髯飘飘，像一些仙风道骨的老者。"在《云彩擦过悬崖》中他借苏宝良的眼睛来看神农架的云，洋洋洒洒用了 5 页的篇幅，写云海中的大气泡，写有煞气的"云山"，写"云纱"、"云林"，写云海中的大漩涡……而苏宝良照秋时看兽迹的特殊本领，和野兽们奇特而有规律的生活习性，显然不是作家的凭空杜撰。还有大量的山民猎取野兽，与野兽斗智斗勇的场面描写，既有趣味，又富于知识性。

独特的自然环境必然生成独特的与之相适应的生产生活方式、民风民俗和观念信仰。

高山林莽中的人们，对鬼神的信仰都较普遍，神农架自不例外，不过它有自己独特的地方。比如岩包精，王皋就是深信自己碰上了岩包精，精神恍惚，而被炸药炸掉了半个头死掉的。比如对喊魂的迷信，这里的人们似乎格外浓厚，喊魂既可治心理之病，也可治生理之病，九财叔高烧不退，就是治安喊魂给他治好的。比如望粮山的神奇传说，在天边看到麦子本应是祥瑞之兆，可在望粮山却会给人带来灾难。比如对"人在一天中有两个时辰是牲口的信仰"，金贵就是被小满看成香獐给打伤了，而陈应松说他就是根据神农架人的这个信仰创作了长篇《猎人峰》，这种信仰中蕴含的对人性的丰富认识，不仅激发了作家的创作灵感，而且通过作家在作品中的形象描绘，开辟了读者无限广阔的想象空间。

---

① 陈应松：《松鸦为什么鸣叫》，长江文艺出版社 2005 年版，第 8 页。

神农架冬天漫长而寒冷，为了保暖和打发无聊的时光，喝酒对于神农架山民几乎成了生存的需要，吃好、喝好进而成为山民们待客中最重要的部分。我们看陈应松笔下，哪一个男人不是酒徒？无论多么贫穷，只要手里有钱，首先想到的就是弄些酒喝。鲁磨匠替苏宝良看守瞭望塔，烤火缺氧窒息而死时，手上还端着一杯酒。酒可驱寒，酒可让苦难中的人们在迷醉中暂时忘掉痛苦和恐惧。神农架还是民歌的海洋，汉民族史诗《黑暗传》在神农架被发现更证明了歌唱对于山民的重要意义，因为歌声中不仅有对现实生活的感慨，有对悲喜人生的吟咏，也有对自己历史之根的记忆。神农架小说中记录了很多民歌，主要是情歌。治安就是因为歌唱才赢得了勘探队员小杜的好感；余大磙子的老婆主动让人拐跑了，留在山村人永恒记忆中的只有她那美妙的歌声；死去的王皋也只有在歌声中才会浮出伯纬的脑海。神农架的民歌既是唱给别人听的，更是唱给自己的，曲调哀伤悲切，即使情歌也像丧歌似的。

神农架山民奇特的人生故事、独特的自然风物和风土人情并不能保证作家就一定能写出好的作品，这里面还有一个情景交融氛围营造的问题。陈应松这样写杜鹃，“高山的杜鹃是杜鹃树，是巨大的花树，不是一丛丛的，是一蓬蓬的，一蓬蓬的火，一蓬蓬的太阳和女人，一蓬蓬的跳动的心脏”①。这是内心充满复仇火焰的豹子眼中的杜鹃，既是写实，也是豹子情绪的投射。这里作家用了他最擅长的拟物拟人描写，他将这种手法广泛地运用到对神农架各种物象的描写之中。他这样写冷杉，“冷杉在风中受到了鼓舞，它们总是很容易亢奋和愤怒，在塔的背后，一片巴山冷杉总是造蛋的先锋。它们装鬼，哭号，它们站得笔直，它们枝椏纷陈，阴森恐怖，它们爱闹事，在半夜时会把你呼醒，然后鬼哭狼嗥，有时候，它们

① 陈应松：《豹子最后的舞蹈》，《松鸦为什么鸣叫》，长江文艺出版社2005年版，第209页。

日夜不停地大喊大叫，像一群疯子"①。这是将要离开瞭望塔的苏宝良眼中的冷杉，与小说人物当时的心情很一致。他这样写雷电，"雷没有离开的意思，雷打在路上，洞口，贴着身子打，猛烈，凶狠，执拗。在那样逼人的蓝光里你说什么也不能坦然，命被人罩住了，聚了焦，只等电光一把火，瞬间一堆焦肉"②。这段对神农架炸雷的渲染，与村中的恐怖狂躁气氛互为表里。楚地本是崇巫信鬼之地，神农架诡谲奇异的自然环境更增添了人们对鬼神的信仰。在山民眼中，万物都是有灵性的，万物都既可化鬼，也可成神，用拟人拟物的手法，对它们做有灵性的刻画，是书写神秘神农架的内在要求，这种对物的灵异描写，与对奇人怪物异事的渲染，使神农架系列小说整体上呈现出一种魔幻的色彩。

在情与景的关系处理上，有时作家还用乐景写哀情，以丰富和平衡读者的审美情感。王皋被炸死，血肉横飞的场面，作家的叙述语言却极为平淡，他并不想将读者引入到一个哀情故事之中，因为写哀情故事远不是这篇小说的抱负。汤六福会自我疗伤，"有一阵子，牛骨头半月板不活，他把皮又割开，滴了些猪油，才能勉强弯腿行走了。他不怕疼，疼算什么，后来他把疼的感觉当作人生本来如此的东西，疼就不是疼了，就稀松平常了，疼到最后，人会麻木的，这就是汤六福，疼不是疼。他征服了疼"③。这调侃中透出的悲情，是神农架所特有的，或者说极适合写神农架的人生故事，处在物质贫困和精神麻木中的山里人不这样又能怎样呢？治安在杀人后逃亡的路上，展现在他面前的却是一幅瑰丽的美景："西坠的夕阳突然挂在万山空阔的天边，苍山滚滚，晚霞滔滔，好像在洗浴那一轮夕阳！我回过头，马嘶岭上，那几个或蜷或卧的人，都在夕阳

---

① 陈应松：《云彩擦过悬崖》，《松鸦为什么鸣叫》，长江文艺出版社2005年版，第260页。

② 陈应松：《狂犬事件》，《松鸦为什么鸣叫》，长江文艺出版社2005年版，第66页。

③ 陈应松：《狂犬事件》，《松鸦为什么鸣叫》，长江文艺出版社2005年版，第79页。

里透明无比，像一块块形状各异的红水晶，静静地搁在那儿，神奇瑰丽得让人不敢相信！"①这奇异壮美的景色本该让人生出对生命的留恋，可偏偏彼时的主人公正被死神之手紧紧地攫住，情与景的反差增添了小说的美学张力。

神农架系列小说在语言运用上，同样有体现神农架地域风貌的写实特色，它既有诗情浓郁的抒情长句，也有符合人物身份的地道方言俗语。神农架的壮美是最能激起诗情的，曾经作过诗人，并被认为其语言有"惊采绝艳"古风的陈应松，在这里找到最好的抒发诗情的对象，山石野兽，树木花草，风雨雷电，太阳月亮星空，在他的笔下都蒙上了一层浓浓的诗意。他写冬后的山野："最后一点残雪从山的深褶里消失了，冬天的阴影悄悄溜走了，太阳稳稳当当地占领了天空，一花独放，用它热烘烘的大嘴巴亲吻着每一个活人。油菜花俯首称臣，灿烂地谄媚，同时向春天招摇着淫荡的欲念。到处蜂飞蝶拥，到处鲜花盛开！"②他这样写群山："群山像巨人沉浸在聚散无定的云絮里，它似乎在沉睡，又像在翻身，我知道马上会有一缕光芒穿透过来，果然光芒来了，从云隙间垂挂下来，在蜃气里飘曳着，群山的巨人拉开了他的蚊帐，下床来，招呼鸟鸣。"③这样的诗化语言、抒情长句，大多用在写景，用在写人物的内心感受、情绪流动上，而小说的叙述语言尤其是人物的语言常常又是地道的简短的方言土语，干脆明了，对话生动，场面描写极具乡野气息。我们看村长赵子阶让郭大旺到镇上打狂犬疫苗一段：

　　　　"钱，钱呢？"郭大旺问。
　　　　"放心，不要你出，有人先垫上。"

---

　　①　陈应松：《马嘶岭血案》，《松鸦为什么鸣叫》，长江文艺出版社 2005年版，第 339 页。
　　②　陈应松：《狂犬事件》，《松鸦为什么鸣叫》，长江文艺出版社 2005年版，第 71 页。
　　③　陈应松：《云彩擦过悬崖》，《松鸦为什么鸣叫》，长江文艺出版社 2005年版，第 280 页。

"哪个?"柳会计说。

"你。"

"哈,把我的卵子割下来,看能不能垫。"柳会计吐了一口
涎水。①

两种语言在作家笔下的交替运用既表现了神农架山民底层生活
的粗粝,也实现了对神农架壮美山川和人们内心情绪的诗意呈现。

综上所述,神农架小说主题意蕴的产生,很大的一部分动力或
灵感来自作家在神农架的所见所闻,小说题材、主要情节和细节也
大多来自于神农架的真实生活场景,神农架独特的自然环境、民情
风俗构成了小说的丰满血肉。可以说,是神农架的地域文化成全了
陈应松的小说创作,剥离了这一切,我们很难想象这组小说会是什
么样子。

但是,到神农架的作家不只陈应松一人,写神农架的作家也大
有人在,为何别人写出的神农架小说,不是这一面貌?这就要涉及
作家的个人性情和文学禀赋了。我们可以肯定的是,作家对神秘事
物的关注,对书写僻陋荒野的热情,对大自然的热爱,对神农架小
说中那种叙述方式和语言方式的独钟,不是在写神农架小说时突然
形成的,它一定有一段隐藏在作家自己创作中的前史。

陈应松曾自述:"我爱写在边郊野地谋生的人,爱读写边郊野
地的作品。"②"我从小喜欢探究神秘的事儿,长大后酷爱与任何神
秘有关的书籍,我和我故乡的人一样,有极强的宿命色彩。在我的
故乡,神秘的事情层出不穷。"③而且,他将神秘的存在和人们对神
秘的信仰与北纬30℃联系起来,而作者的故乡——公安,还有神

---

① 陈应松:《狂犬事件》,《松鸦为什么鸣叫》,长江文艺出版社 2005
年版,第 62 页。

② 聂运伟:《最后的守望者——陈应松论》,湖北人民出版社 2000 年
版,第 183 页。

③ 聂运伟:《最后的守望者——陈应松论》,湖北人民出版社 2000 年
版,第 170 页。

农架刚好就在这条线上或者离这条线不远，进而作家又将"楚人好巫"，将楚人的浪漫主义特征与这条线联系起来。这当然只是一个写作者的一家之言，问题是，一方面这条线上的确有许多神秘的事物未解，另一方面，一旦作家将这种认识固化在他的思想意识中后，便会影响到他对世界的认知，对一个真正的作家而言就必然会影响到他的写作方式。

在他那具有很强写实色彩的作品《乡村纪事》中，开头就有对故乡神奇神秘的渲染，以及在这种渲染后紧接着给出的理性说明："其实，这样的天象带有很大的传闻性质，我认为是观看者病态的幻觉。但这种病态的确是因为郎浦的天空——那水天一色的景致和总有一些腾起的飞鸟造成的。"①这种理性的认知传递出一个信息，那就是地域景观、山川形貌对人的心智情思的确是有影响的，这影响难道不同样及与陈应松本人吗？他作品中的奇幻、神秘、灵异，他的思维想象，他的语言表达难道不同样受着这种地域形貌和同样孕育于这种地域形貌的地域文化的影响吗？在樊星对他的访谈中，陈应松曾谈到他"几乎天天生活在这些鬼巫氛围之中"，并且认为悬置这些灵异之事的真实性不论，"即使它是空穴来风，可恐惧感是实在的，它影响了你，它伴随你"②。这正如我们对地域文化的认识一样，也许它本来不完全如此，但我们都这样谈论，它便会影响你，塑造你。这就是文化的魔力。

从其早年的公安水乡系列小说与黄金口平原小镇系列小说中，我们就可以窥见神秘的地域文化对其创作从整体风格、叙事方式到语言产生潜移默化影响的蛛丝马迹。《归去来兮》便是一部风格怪诞的作品，一个家庭中几个奇怪的人，大哥是乡村发明家，为了户口，为了金鱼眼女人，决定发明永动机，陷入了一种疯狂的偏执状

---

① 聂运伟：《最后的守望者——陈应松论》，湖北人民出版社 2000 年版，第 51 页。

② 聂运伟：《最后的守望者——陈应松论》，湖北人民出版社 2000 年版，第 52 页。

态，后来刺死了他的同性恋助手。父亲为此觉得是祖坟风水不好，在某一天突然消失，决定要去很远的地方寻找一块风水绝佳之地，然后死在那里。二哥是个孝子，当邻居对瞎眼母亲的帮助让他觉得自己无所事事时，他决定杀了母亲，而且真的毒死了母亲。这样几个疯狂土地上的奇异疯狂的人们，与神农架林区中的那些情绪大起大落、性格暴烈、行为古怪的山民是不是很相似？与此同样具有怪诞风格和神秘气息的早期作品还有《黑艄楼》和《黑藻》等船工小说。

对于陈应松早年作品中的怪异和神秘，聂运伟在《最后的守望者——陈应松论》一书中，将其概括为三个方面："一是人的生命存在中有着无法言喻的神秘性意味；二是人物生存环境的神秘性；三是幻觉手法在小说中的运用。"①这种概括是全面而准确的，它同样适用于这组神农架系列小说。

贯穿于陈应松重要小说中的这样一种对世界对人生的神秘意识，表现在小说叙事上，便是常常赋予笔下人物以内省的视角，自我对话，在两个自我的相互辩驳中来审视灵魂、抚摸人生。这种审视，自然常常借助梦境，借助对往事的回忆，借助幻觉等意识活动方式。伯纬、赵子阶、苏宝良、最后的那只豹子，都有过梦境，都经常回忆往事，在对往事似真似幻的回味中，感受生命的意味，体会和咀嚼自己的生命状态。对此，陈应松有一段具体的阐释，"往事进入幻觉中，就有可能变成我们崇拜的一种东西。它的亲切感也有如人神相悦。神的所有履历都是往事，因此往事具有神性。是神给我们孤寂的人类存放于大脑里的一座灯塔，在现实的风狂雨猛之夜，温馨地挺立在遥远的岸上，指引着我们颠簸、迷失的灵魂之船"②。在回味中通常被修饰过的往事，与梦境一样，都是对现实的超越。博尔赫斯就曾说过："我们生活在一个伤害和侮辱人的时

---

①　聂运伟：《最后的守望者——陈应松论》，湖北人民出版社 2000 年版，第 48 页。

②　陈应松：《世纪末断想》，《人民文学》1999 年第 7 期。

代，要想逃避它，只有一条出路，那就是做梦。"①可见梦幻、神秘还有可能将人引向精神救赎之途，这不正是人们所期待的文学的意义吗？

读陈应松的小说，很容易让人想起拉美魔幻现实主义作品，如同新时期的许多作家一样，陈应松的创作显然也受到过后者的影响，不过，与拉美作家创作中的夸张变形相比，陈应松的作品更多地体现了"楚骚"浪漫狂放的遗风。无论是语言还是情绪，他都喜欢推至极处，诗情浓烈。这种诗情不是偶尔的流露，而是漫灌全篇，即使在叙事时也左连右带，注重内心情绪的表达和感情的倾泻。这样他的小说便有了诗化的韵味，但这种诗意又不同于汪曾祺笔下的温润和淡雅，不同于孙犁、刘绍棠笔下清新秀雅的诗情画意，而是表现为一种大气淋漓的壮美，一种与荆楚故地高山大川相匹配的汪洋恣肆。

正是通过地域文化的视野，对神农架系列小说作详细解读，我们发现，对其作任何单向度的理解，都有可能削弱它的意义。在人们与历史和传统渐行渐远的今天，在人们常常沉醉于对人生和世界的洞察之时，这组小说向人们生动形象地呈现了一种独特的、有着丰富文化意味的人文和生态类型，在审美惊异之中给读者以多方面的启示，这才是它的根本价值所在。

---

① 博尔赫斯：《文学只不过是游戏》，转引自陈鹤鸣，余俊卿主编：《超越苦难：60位世界著名作家的命运》（下），广西人民出版社2002年版，第236页。

第二章　武汉城市文化与城市文学

　　自然地理空间与人文传统的不同决定了城市文化与城市性格的差异性，狂放热烈的楚文化之魂与武汉商业传统、码头文化的交融，塑造了武汉人既精明泼辣又粗鄙豪放的性格。"汉味小说"以其对武汉城市文化形神毕肖的描写，而与"京味小说"和"海派故事"区别开来。20世纪80年代中后期世俗化浪潮的高涨曾将"汉味小说"推到了文坛的中心位置，时代潮流的新变化、武汉城市现代化进程的迅速推进，都要求"汉味小说"对此作出新的回应。

第一节　武汉的城市文化与武汉城市文学概述

1. 武汉的城市文化特征与城市性格

　　一座城市的文化特征与这座城市的地理位置、人口构成、城市的发展历程、历史文化传统息息相关。地理位置往往从自然的角度塑造和影响了城市文化的最根本面貌，而发展历程与文化传统又从人文的角度将此城市与彼城市区分开来。正是因为横向上的空间地理和纵向上的历史发展进程的不同，使得各个城市文化的形成、发展有着鲜明的差异，从而呈现出独特的地域性。我们探寻武汉这座城市的文化特征也应从这两大方面入手。

　　随着考古工作的进展，武汉这座城市的历史可以追溯到殷商时期的盘龙城，然而，3500多年前的遗迹毕竟显得过于遥远；1700多年前开始建筑的夏口城、鲁山城、却月城，虽然已经见之于史料

80

记载，但是它们只是用于军事储备和防御之用的军事堡垒；武汉真正的崛起，应该从明朝成化年间汉水改道从龟山汇入长江开始算起。汉水在龟山附近与长江交汇，将陕南、豫西连接进武汉发达的水上交通网中。古代陆路交通不便，水上运输理所当然地成为了国家的经济命脉，汉口凭其便利的水上交通，自明万历以来被定为湖广诸省漕粮交兑和楚商行盐总口岸。来来往往的官船和商船，使得汉江和长江边的码头终日热火朝天。据《汉正街市场志》记载，清初，汉江两岸的船舶量常年达到2.4万~2.5万艘次之多。汉口因此成为中国腹地物资集散和中转的中心，码头经济十分活跃。大量船只停靠，人员过往，离不开消费，与码头相伴而生的一些行业，像栈房、茶馆、酒楼、妓院、旅馆、票号、典当、公馆、会所等五行八作及各种帮派组织，也如雨后春笋般在汉江两岸发展起来，使汉口一时成为全国有名的通都大邑，与北京、苏州、佛山一起，号称"天下四聚"。① 而且汉口还位居当时的"中国四大名镇"之首（另三个是朱仙镇、景德镇、佛山镇），在这四大名镇之中，其他三镇因手工业闻名于世，唯有汉口是因万商云集才成其显赫。

对于昔日汉口之繁华，我们从1920年出版的《夏口县志》上所载的三首诗中，可见一斑。它们这样写道："汉口通江水势斜，兵尘过后转繁华。朱甍十里山光掩，画鹢千樯水道遮。北货南珍藏作窟，吴商蜀客到如家。笑余物外无营者，也泊空滩宿浪花。""雄镇曾闻夏口名，河山百战未全更。竞流汉水趋江水，夹岸吴城对楚城。十里帆樯依市立，万家灯火彻宵明，梁园思客偏多感，直北沧茫是汴京。""看他汲汲争名客，笑尔纷纷逐利人。以势以财以权力，年年月月又晨昏。"②这三首诗至少从三个方面反映了汉口作为一个商业码头市镇的基本特征：一是除江汉之外，湖泊河汊密布，商路畅通，码头林立，商业繁荣；二是虽然战事频发，但一待形势甫定，便能很快恢复昔日的繁华；三是反映了其全民经商，唯利是

---

① 何祚欢：《江城民谣》，武汉出版社2006年版，第211页。
② 转引自彭建新：《武汉老行当》，武汉出版社2008年版，第3页。

图的社会风尚，所谓"天下熙攘，利来利往"，用来形容汉口这座
市镇是再恰当不过了。虽然这写的是旧日汉口，但其流风余韵，不
能不影响到现在的大武汉和武汉人。如今汉口仍然是大武汉的商贸
中心，繁华依旧，市民逐利之风不减当年（至于是否仍如当年一样
在全国居举足轻重之地位，则另当别论）。

　　历史进入近代，汉口的发展势头依然不减。在中国被迫向世界
打开国门、开放商埠的总形势下，武汉成为西方国家继五口通商以
后继续扩大在中国商贸活动的首选口岸。先后有英、德、俄、法、
日五个国家相继在汉口设立租界，武汉是外国在中国设立租界国家
数目第二多（第一是天津，有九个国家在那里设立租界，上海只三
个国家设立租界）的城市。除了这些开辟租界的国家之外，还有美
国、比利时、荷兰等十多个国家在汉口设立了领事馆，派驻领事，
如此多租界和领事馆的设立，也从另一个方面说明了武汉在全国经
济及政治格局中的重要性。随着租界一起进入汉口的，不仅有汉口
江滩大片大片的带有欧式风格的洋房，有外国商品，更有西方的思
想观念、生活方式、宗教信仰、金融资本、先进的生产经营和管理
理念。武汉这样一座依赖便捷的水上运输、建立在传统商业模式基
础之上的区域经济中心被迅速地国际化。它虽然比沿海晚开放二十
多年，却迅速超越广州、天津，直逼上海，创造了一个内陆城市后
来居上的奇迹，以至被人称为"东方芝加哥"。①

　　张之洞任湖广总督主政湖北期间，凭借武汉发达的水陆交通、
充足的商业资本，利用大冶的铁矿和萍乡的煤矿，在汉阳开办汉阳
铁厂和汉阳兵工厂，他的这些举措，又使武汉成为全国第一批少有
的拥有现代机器大工业生产的城市，成为中国早期工业化运动的发
祥地之一，因而武汉又曾被人誉为"中国的曼彻斯特"。张之洞主
政湖北时期的另一重要举措是提倡新学，开办新式教育，兴建、改
建了江汉书院、算学方言学堂、经心书院、两湖书院等 5 个书院，
大胆进行教育革新，开启民智。20 世纪 30 年代，在张之洞开办的

---

① 1905 年，武汉被日本人水野幸吉称为"东方芝加哥"。

自强学堂基础上建立的国立武汉大学，成为当时全国最著名的大学之一，大师云集，培养的学生中英才辈出，那时的武汉已经成为全国当之无愧的教育重镇，中华人民共和国成立后武汉的高校总数和高等教育水平也一直排在全国前列。新中国成立后，武钢、武重、武船等一大批国有特大型企业落户武汉，承续和增强了自清末以来的武汉工业制造实力。万里长江第一桥——武汉长江大桥的率先建成通车，在两江水运交通的基础上，更加增强了武汉在全国的交通枢纽地位。

经济和教育的发展在一定程度上决定了一地的政治状况。放眼世界的眼光和新式的教育影响改变了武汉人的思想观念，他们易于接受新的东西，也更加敏感于社会生活中的不公，这为革命思想在武汉传播奠定了基础。大量产业工人、码头工人和无业游民在这个城市聚集，又为革命活动的开展准备了力量。在近现代中国革命的历史舞台上，武汉这座城市有着举足轻重的地位，它曾以"首义之城"、"红色首都"、"战时首都"之名而与辛亥革命、国民革命、抗日战争这些在20世纪前半叶影响中国社会历史进程的重大事件紧密相连。虽然它作为政治中心枢纽地位的时间都很短暂，但这种曾经是革命政治中心的经历，却长久地影响着武汉人，他们对政治往往比较关注。

武汉是从水中孕育出来的城市，它因水而兴，因水而荣，水是它的命脉。这座城市最初依码头而活，以商业兴市，因此，码头文化、商业文化是武汉（尤其是汉口）最早的、最根本的、影响最为深远的文化形态。码头文化的主体是那些码头工人。码头工作是下力气的苦力活，码头工人多是武汉城市周边的乡下农民。他们受教育程度低，为了抢揽生意，也为了保护自己，码头上常常派系林立，械斗之事常有发生，因而他们的语言和行为也常常表现得凶蛮、粗俗。码头也是江湖，在江湖上行走，义字当先，与这样的小团体生存方式相适应，他们通常讲义气，重感情。因为码头是一个人员流动性极大的地方，信息量大，信息交流频繁，他们又常常表现得见多识广，表现出一种对世事了然于心的态度，不轻易相信他人，只相信自己从长期的生活实践中得来的朴素的生活道理。商业文化的主体是那些依码头而生，靠做来往客商和码头工人生意的小商小贩。这些人中最初许多是刚刚洗脚离田，想来城里淘金的农民，追逐金钱利润是其根本目的。昔日汉口的生意人极多，清代叶调元在《汉口竹枝词》中曾说汉口是"九分商贾一分民"，这样民众基础广泛的商业活动和悠久的商业文化传统使汉口的每一个人几乎都成了生意人，每一寸土地几乎都浸染了浓厚的商业气息。这种文化传统相沿既久，其间虽经近现代大工业生产的冲击和革命文化的"净化"，但历史的基因仍在，一旦商品经济和市场经济的大潮袭来，经商逐利之风又席卷汉口以至整个江城。20世纪80年代，作为汉口灵魂的"汉正街"似乎在一夜之间就又恢复了往日的生机便是最好的证明。

"汉正街"的辉煌只是昙花一现，这里面的原因固然很多，不过固守传统的家庭作坊式的经营模式，目光短浅，过于计较眼前利益，没能抓住大力发展的良好时机，应该是最重要的原因之一（其实即使在它辉煌之日，汉正街也不过是以"全国最大的水货市场"闻名国内）。这就要涉及武汉文化的第三个特征——流动性。这也是由其在全国的区域位置和武汉的具体地域环境决定的，武汉处在荆楚、吴越、巴蜀、中原这四大在中国具有重大影响的文化形态的交汇点上，各种文化对它都有影响，可它又不完全属于某一种文化形态。① 它有楚文化热烈狂放的气质，却似乎又少了些浪漫和飘逸；它有吴越的灵动，却似乎又少了些沉着和细腻；它有巴蜀的刚烈，却似乎又少了些妩媚与野性；它有中原的质拙，却似乎又少了些踏实和厚重。各种文化它都乐于接受，可它未必能够消化。武汉是一座水性的城市，它因水而生，处在江河湖汊的包围分割之中，近水者智，灵动精明是武汉人的特征，但往往又灵动有余，固守不足，精明有余，可常只着眼于小处。重开拓，轻守成，敢为人先，却常落人后。

---

① 易中天：《读城记》，上海文艺出版社2000年版，第328页。

　　比较而言，可能还是荆楚文化对武汉的影响大些，毕竟武汉曾经在很长一段时间内属于楚国的地盘，而且武汉人常以楚人的后裔自居，以曾经是楚国人而骄傲，对楚文化的归属感很强，武汉人性格中的刚烈豪爽、狂放率真、重情感轻理智，也正是楚人的性格。在革命的年代，武汉人曾经以楚人自强不息的精神相互激励，时至今日，当武汉在全国地位下滑的时候，又用"楚"这个名号来为这座城市打气，武汉人还将这种企盼寄托在一些名称上，比如"雄楚大道"、"楚天都市报"、"大楚网"等。

　　武汉曾经也是人文荟萃之地，大江东流，两山夹峙，山河形胜，使无数文人墨客在此驻足咏怀。那些脍炙人口的美文佳句至今还在被人吟哦，像"故人西辞黄鹤楼，烟花三月下扬州"、"晴川历历汉阳树，芳草萋萋鹦鹉洲"、"白花浪溅头陀寺，红叶林笼鹦鹉洲"、"黄鹤楼上吹玉笛，江城五月落梅花"……在汉阳的琴台，俞伯牙与钟子期的故事，如高山流水，被千古传诵。汉口曾经是闻名全国的戏码头，为孕育国粹京剧作出过重要贡献，余派和谭派也在此发源。由此看来，武汉在历史上并不缺少高雅文化，只是到了新中国成立之后，武汉这座城市的管理层与知识阶层中外来人员（通过南下、调干、考学等手段）所占的比重很大，并有自己相对集中的生活区，要么是大院，要么是珞珈山，与大多数市民的生活是隔离的，无论是思想观念、生活方式还是人格魅力都难以对一般武汉市民产生影响。① 相反，在以汉口为中心的商业文化、码头文化强势影响之下，武昌的高雅文化反而被销蚀了不少。

　　如果从历史文化传统承续的角度而言，楚文化可能正是武汉城市文化之根，虽然在长期的发展过程中，在现代化的历史境遇下，受到市场经济和后现代消费文化的影响，这一传统发生了流变，但我们依然能在武汉文化从历史到现代的多方面呈现中发现它的踪迹。码头文化、商业文化是它最基本的表现形态，无鲜明特征的包容性、流动性是其主要特征。以上的概括，主要是从城市文化精

---

　　①　胡发云：《死于合唱》，武汉出版社2006年版，第351页。

神、城市性格方面作出的判断。当然一个城市的文化面貌是极为丰富复杂的，革命文化、工业文化、西洋文化、饮食娱乐文化、戏剧文化、建筑文化等文化形态也是武汉城市文化的有机组成部分。

2. 武汉的都市地域文学版图

城与人之间存在着一种双向交流互动的关系，人在建构城市文化的物质外观和精神内核时，城也在影响和塑造着居住于其中的人。对于作家而言，书写自己生活的城市，既是对城市的发现，也是对自己的发现。新时期以来的一大批武汉作家（包括出生于武汉的作家及后来从外地进入武汉的作家）在自己的创作中常常写到武汉，表现出了城市地域文化与作家创作的多方面联系。借助这些作家的创作，武汉这座城市在我们面前变得越来越清晰，越来越丰富，武汉作家们在用自己的创作表现武汉城市文化的同时，他们的创作本身也构成了武汉城市文化的一道景观。

方方就是一个武汉文化的自觉书写者，她曾说她的许多小说"都是在武汉的背景下写的，我的人物都在这里生活着，除了我对这个城市的熟悉以外，还有就是我觉得应该把武汉人的生活状态，武汉人的过去和现在告诉广大读者"①。《风景》中展示的人生图景，正是一部分武汉人的生存写实，凭着对生活于"河南棚子"的底层市民的写实性书写，方方一举奠定了其在文坛的地位。她也承认：能写出《风景》这样的作品，"跟我了解武汉这座城市，了解武汉文化有关"②。她做过四年的码头装卸工，她有很多在码头车站工作、干力气活的同事和朋友，还有这些人的父母兄弟，她对这个圈子的人很熟悉，不仅熟悉他们的贫困的物质生活状况，也熟悉他们的内心精神状态。这是武汉文化的一种，是底层市民的文化，是

① 方方：《文学中的武汉印象》，《那些城，那些事》，武汉出版社2009年版，第25页。

② 方方：《文学中的武汉印象》，《那些城，那些事》，武汉出版社2009年版，第20页。

粗俗野蛮又充满了生命狂热的一种文化。《落日》的故事发生在汉阳的一条街上，这个作品不仅因其故事情节的惊心动魄，更因其对成成、汉琴、丁家兄弟等这些普通武汉市民性格塑造和心理刻画的真实和生动，而为读者和专家所喜爱。《出门寻死》、《万箭穿心》、《黑洞》等作品，刻画了许多武汉的中年男女形象，把他们的那种粗蛮、泼辣、坦率、倔强和热情表现得淋漓尽致。方方说："我写小说时，不可避免的，要以这样一个城市来为背景，我要写哪一个人物，放到哪一条街上，我心中有数。"①她的《琴断口》获第五届鲁迅文学奖，写一对因为爱走到一起的青年男女陷入人生困境中的痛苦挣扎，把这个故事安排在琴断口附近，与古人知音难觅，得而复失的千古憾事对照阅读，小说的意蕴得到大大深化。

出现在方方小说中的不仅仅是武汉的小市民形象、底层市民文化，她也书写过珞珈山文化（比如《船的沉没》）、革命文化（比如《武昌城》）。《武昌城》写北伐军与北洋军阀在武昌交战，围困武昌城的情景，其中对忠诚与背叛的思考，对人性中善恶挣扎的细节描绘，对朝代更替、历史兴亡的感慨；都因为武昌城这个承载了丰厚历史和文化意蕴的古城而显得格外丰富、深沉。方方的两部长篇也都是以武汉为背景的，《乌泥湖年谱(1957—1966)》写父亲那一代知识分子到武汉修建三峡水利工程的心路历程，由点及面，反映了那个特殊时期一代知识分子群体的物质生活和精神生活状况。这些知识分子活动的主要场景在武汉，表现的是武汉的知识分子精英文化。《水在时间之下》写的是 1920—1947 年间的武汉生活，这是一部专写汉剧和汉剧艺人的长篇。小说中的许多情节，很多材料，从演员的科班学戏，到初次登台，到走红受捧，到生逢乱世、委曲求全中的坚持，都直接取自历史中真实的舞台生活。通过这部小说，方方为我们挑开了 20 世纪二三十年代汉剧舞台的幕帘，以汉剧为中心，粉墨登场的是那个动荡时代的百态人生。武汉曾是全国闻名

---

① 方方：《文学中的武汉印象》，《那些城，那些事》，武汉出版社 2009 年版，第 22 页。

的戏码头，曾拥有广大的戏迷，看戏听戏在人们的日常生活中曾占有重要的地位，这个作品与徐迟的《牡丹》、沈虹光的《大收煞》一起，拓展了湖北当代文学的戏剧题材领域。

方方不仅以小说表现武汉，书写武汉，而且还创作出版了以武汉的历史文化、建筑文化、饮食娱乐文化等为主要内容的散文作品，像《武汉人》(再版时更名为《阅读武汉》)、《汉口的沧桑往事》、《汉口租界》等，并且方方乐于公开谈论武汉文化，谈论自己的创作与这座城市的关系。

池莉与方方一样，最初都是以对武汉普通市民的写实性书写享誉文坛。她的《烦恼人生》、《太阳出世》、《不谈爱情》、《冷也好热也好活着就好》、《生活秀》等作品，集中于对一般普通市民的书写，以带有浓郁"汉味"风格的语言，以对这个城市生活场景的逼真再现，写出了武汉普通市民不务虚浮，崇尚实际，在看似粗俗不堪、充满烦恼的生活中，顽强而快乐生活的状态。就其对武汉市民性格刻画的丰富性和深刻性，对市民生活书写的持续性而言，甚至超过了方方。因为池莉对笔下人物的过于贴近，写作中表现出的对笔下人物价值取向上的肯定态度，她甚至被许多评论家认为是"小市民作家"，这在中国当代文学史上似乎还没有先例，这也从另一个方面显示了武汉城市地域文化对一个作家创作的巨大影响。

魏光焰是书写武汉市民文化的另一位重要女作家，与方方、池莉对市民的书写相比，她的视角更低。《街衢巷陌》、《胡嫂》、《陶兰秀》等作品将笔触伸向城市底层小人物的生存空间，描摹他们的生存状态，与这些底层小人物相伴随的贫困、疾病、死亡是其小说最重要的主题。在语言运用上，她将文雅与俚俗、正经与反讽、庄重与诙谐融入一炉，以写实的笔法，精确的细节刻画，浓烈的生活气息渲染，将方方、池莉等人开创的汉味文学推上了一个新的高度。

王先霈曾经说过："谁要是对近代、现代中国市民阶层的命运和性格有兴趣，他就应该了解汉口的百年史；谁要是对中国的国民性有兴趣，他就不能把'汉正街人'排除在视线之外。"①何祚欢与彭建新的创作正是将"汉正街"和"汉口"作为自己的书写对象，从中既展示了汉口人的地域特性，也体现了中国国民性的一部分。

何祚欢不仅写有大量表现武汉历史文化掌故的散文（出版有地方民俗散文集《江城民谣》），还有许多小说创作。他是土生土长的武汉人，熟悉和热爱乡邦文化，早年从事地方曲艺工作，对武汉的市民百态、人情风俗，对普通武汉人的性情趣味都极为了解。何祚欢以说评书和湖北大鼓名世，特别擅长以语言来刻画人物，表现世情世态，因而他小说中的人物语言极多，对汉正街及汉口市面的民俗风尚常有多处的大段叙述和议论。他笔下的人物语言和叙述语言常常起到了表现汉口风情、汉口人性情的作用。他的作品中充满了带有浓郁地域文化特色的俗语俚谚、饮食起居、婚丧嫁娶、五行八作等方面的内容。作为在"汉正街"出生并成长起来的作家，他对"汉正街"的商人形象十分熟悉，其"儿子系列小说"（包括《舍命的儿子》、《养命的儿子》、《失踪的儿子》）中的"儿子们"正是那些从农村来到"汉正街"谋生的众多汉口小商人的代表。他的小说采用地道的武汉方言写成，纯正的汉腔汉调，幽默诙谐的风格，使之与池莉和方方这些外来的作家相比，地域色彩更加浓厚。何祚欢曾经坦言："汉正街不仅仅是一条街，它蕴含着江汉之滨的地域文化。"②通过写"汉正街"来表现这一地域的文化特色，表现生活于这一方水土的人们的脾性气质，也正是作家的创作目的之一。

同样用武汉方言写出，深具武汉地域文化风味的还有彭建新的创作。他在总名为《红尘》三部曲（包括《孕城》、《招魂》、《娩世》）的系列长篇中，以比较有典型意义的历史时段为中心，追寻城市发展变化的足迹，写尽了武汉这座城市的历史沧桑，也写活了生活于

----

① 王先霈：《〈金黄鹤文丛〉总序》，《孕城》，武汉出版社1996年版，第7页。
② 何祚欢：《我写汉正街》，《养命的儿子》，武汉出版社2006年版，第448页。

这座城市的楚地子民的民情民性。书中的人物上自达官贵人、富商巨贾、军阀政客、文人雅士，下至贩夫走卒、说书相命、跑堂打杂，乃至流氓地痞、窃贼盗匪、娼妓乞丐，可谓三教九流、五行八作，无一不在作家笔下得到了淋漓尽致的表现。全书以一以贯之的"汉味"语言风格和寓庄于谐的行文特色，将宏大叙事融在司空见惯的市井生活描述之中，有一种"清明上河图"式的宏阔气势，鲜活地表现出了武汉这一地域民情风俗的风采和神韵。

彭建新痴迷于武汉的传统文化，除小说外，还创作关于武汉地域文化的散文，《武汉老街巷》、《武汉老行当》就是这样的作品。这两本书各由几十篇短文组成，在对老街的寻访中，在对消失了的老行当的追忆中，叙论结合，情意深沉。语言仍然是典型的"汉味"语言，诙谐、热烈，看似通俗，甚至粗鄙，但其中却蕴含着从生活经验中直接得到的生活道理，颇能给人以启发。

吕运斌的"汉正街风情"系列作品（《唐寡妇店前》、《第五十七尊罗汉》、《蓝铁皮货棚的"老K"》等）中，有对"汉正街"地方风俗史、制陶史、竹器史的描绘，有由徐绊经引出的对归元寺罗汉雕刻艺术的渲染，还有"老K"对昔日江上繁华的追忆。他的作品充满了对武汉地域文化的留恋和怀旧情绪。

还有一些武汉作家在对武汉地域文化的寻绎中，将目光聚焦于武汉知识分子的精英文化，即使是书写普通市民人生，其观照的角度也是形而上的，从而显示出武汉文化中深沉、厚重、苍凉的一面。这方面的代表有胡发云和杜为政。

胡发云的《死于合唱》、《思想最后的飞跃》、《隐匿者》、《老同学白汉生之死》、《如焉》等作品写的都是发生在武汉的故事。对武昌蛇山地理风物的描绘，对当年文博中学生活的追忆为小说提供了解读的地理文化坐标。费普一生中有三个时段与合唱有关，这既是三个人生中的自然时段，也是武汉城市历史的三个重要时期，时光流逝，沧海桑田，城非物非，但费普对音乐的热爱却始终不变，是音乐陪伴他走完了风雨人生（《死于合唱》）。《思想最后的飞跃》中的"思想"是一只猫的名称，在作品中它显然是一种隐喻性的存在，小说真正的线索是"房子"。房子连接着孟凡家几代人的命运沉浮：祖父毁家纾难，为革命捐出房产，自己也在革命中慷慨赴死；教师父亲在祖父留下的旧居中谨小慎微地度过一生；"我"赌出半生时光，不惜卖掉祖辈旧居，也只换来16楼上的一方窄小空间。与我家的居住条件变化及我家三代知识分子人格嬗变相一致的，是猫生存和繁殖能力的退化，这象征了人精神的退化。小说最后，有人说在蛇山旧居旁见到了"思想"，那显然是为了保留城市文化之根的曲笔。胡发云在这个作品中追溯了武汉城市文化的历史，反思城市的现状，既延续了其在《高层公寓》中对城市人物质生存和精神生活空间的思考，又开启了他在《老海失踪》中对中国模式的现代文明的质疑和反思。胡发云近年出版的《如焉》，写非典时期的武汉城市生活，重点叙述了一批"隐匿"的思想者的生活和心路历程，保持了作家一贯的批判现实的锋芒。

杜为政的《老街》对水陆街、候补街这两条老街的书写，带有浓厚的城市文化寻根意味。两条老街居民的身份各不相同，代表了两种不同的文化形态，作家将这两种文化的交汇碰撞，将对这两种文化的探寻和挖掘，融入对武昌首义和两对男女爱情婚姻生活的书写中，故事展开的过程就是对武汉城市文化历史的寻找和解读的过程。这样的安排为小说增添了一种厚重的文化氛围。

上述作家对武汉文化的表现都是显见的，或者说武汉城市文化对其创作的影响是显而易见的。随着现代化进程在中国的迅速推进，城市化的不断发展，快速发展的城市对人的影响逐渐深入到人的心理、感觉、意识等隐秘的层面，以文学表现日益强大冷酷的现代制度设计及物欲的疯狂膨胀与人的心灵日渐萎缩之间的矛盾，表达现代人孤独、迷茫、绝望的情绪，成为文学的重要课题。城市地域文化对作家的影响主要体现在对作家心灵的冲击上，影响作家对世界的整体感知，作家的创作中常常不表现某一城市的具体事象，象征、变形、隐喻，成为他们常用的手段。城市文化只是作为背景，潜藏在作家的意识之中，但通过细致的分析，我们仍然能够找出作家创作与其生活的城市之间千丝万缕的联系。

武汉作家群中的刘继明是这方面的一个代表，他最初以"先锋小说"步入文坛，继而以一批"文化关怀小说"为文坛所瞩目，后来又转而提倡"新左翼文学"。浓厚的人文关怀、持续关注现代人的精神状况，强烈的批判精神是其小说带给人的整体感受。

刘继明的激情和自由思想固然与20世纪80年代那个狂放的时代有关，但武汉这座他求学和生活的城市，为他的浪漫激情提供了更多的感性材料，成为他思想发酵的天然场所。在武汉大学读书期间，他几乎翻遍了中国近现代史与武汉有关的著述，寻访近一个世纪前爆发过那场震惊世界的事件的历史遗存：红楼、阅马场、彭刘杨路、中华门、武昌的蛇山炮台、为起义进行舆论宣传的《大江报》报馆旧址，汉口的黎黄陂路、江汉关海关大楼和外国租界区……并进而计划写一部反映辛亥首义的电影剧本![1] 因为他发现20世纪80年代那些深深地攫住了他的"民主"、"自由"、"反封建"、"反传统"等口号，与他脚下的这座城市有着紧密的联系，正是武汉这座城市敲响了统治中国数千年封建帝制的丧钟，并且在日后成为争取民族自由解放的主战场。深入了解和研究武汉这座城市的人文历史和革命文化传统，有利于刘继明更具体、更准确、更深刻地领悟思想解放的时代大潮。我们不能说这样的经历和影响直接促成并强化了作家的使命感和道义担当，起码在作家的精神历程中起着一个正向的强化作用吧！

刘继明的小说中充满了"失乡"之人，这显然是作家心灵的外化。刘继明坦言："我是一个没有'故乡'的人。我的故乡只存在于内心……对于时代，我是一个格格不入的'落伍者'，对于文学，我也没有许多同时代人那样的'踌躇满志'。我总被无穷无尽的疑问所缠绕，背负着疑问写作，也许是我难以逃脱的宿命。"[2]这种浓烈的失乡之痛弥漫在他的许多作品中，他曾经在一篇小说里叙述："在B城，我已是个十足的陌生人。自从我的老师裴玉卖掉他那幢

---

① 刘继明：《我的激情时代》，三联书店2003年版，第192页。
② 刘继明：《我的激情时代》，三联书店2003年版，第90~91页。

旧楼，用卖房的钱在他家乡建造了一所小学后，我在 B 城就没有任何栖身之所了。B 城早已将我这个异己分子干净彻底抛弃掉了。我与 B 城还有什么呢？B 城正在日新月异地向前发展着，许多我熟悉的东西早已变得面目全非，那些躲在陈街陋巷的旧书店也荡然无存，而被一些更具现代化的景观取而代之了。但我走在 B 城的马路上，总闻到一种类似内脏腐烂的气息，在空气中弥漫，挥之不去。我想这不是城市的某个器官正在糜烂、发臭，便是我自己出了毛病……"他自己解释说，小说中 B 城的原型是武汉，小说中诗人霍安的感受很大程度上就是刘继明本人的自白。①

武汉的状况使作家缺少一般人对居住的城市应有的那种亲近感。这样，与长期生活于其间的城市的紧张感是否会影响到作家对中国现代化进程中以城市为代表的中国社会的认识，同样对武汉城市文人圈的糟糕感受是否会强化作家对中国知识分子群体的否定性判断？② 这些被影响的"认识"和"判断"进而强化了作家的孤愤和"陌生人"的感受，并进一步将影响延伸至文学创作和思想评论。我认为这些影响是存在的，这样，武汉城市地域文化的影响，便为阐释刘继明在 20 世纪 90 年代的纸醉金迷中仍然保持一种在国内文坛少见的清醒的人文关怀，并将这种关怀延续至当下，提供了一个新的分析视角。

新时期以来的武汉作家不只上面列举的这些，但就整体而言，正是武汉的地域文化小说代表了武汉城市文学的最高成就，可以相

---

① 刘继明：《我的激情时代》，三联书店 2003 年版，第 148~149 页。

② 刘继明认为武汉是一座缺少人文传统的城市，近现代的两次热闹，其勃也促，也衰也急。鄂籍文人对武汉的态度是淡漠和疏远的，闻一多、胡风、张光年、黄侃、叶君健、王元化等莫不如此。鄂籍文人封闭、中庸、狭隘，对任何激进、异质的力量和声音多采取近乎本能的排斥和漠视。这样文人们难以组成团，难以对城市文化建设形成有合力的影响，需要众多文人真正参与的城市文化活动难以开展，久而久之，城市的文化品位必然受到影响。刘继明：《武汉的文人》，《我的激情时代》，三联书店 2003 年版，第 136~150 页。

信对武汉地域文化的书写还将继续下去。近年，姜燕鸣的女性系列创作，如《汉口往事》、《蝴蝶杯》、《徽香梦》、《百年之约》、《富苓的花园》等中篇，以20世纪初的武汉，以历史中的汉口洋场为背景，书写老武汉儿女绮丽多彩的人生故事，填补了武汉地域文化小说在表现汉口洋场文化上的空白，是武汉地域文化小说的新收获。

第二节 "汉味小说"中的武汉都市文化风景线

"汉味小说"是指"以具有浓郁的武汉地方风味的文学语言描绘武汉风土人情的小说"①。汉味语言和带有浓郁的武汉地域特征的风土人情是"汉味小说"的两大主要特征。具有武汉文化特色的风土人情主要体现在武汉的地域风俗、饮食娱乐、地方风景、历史掌故、民俗民风、特产器物等方面，体现在武汉人的性格、精神和气质上。这种风土人情在城市底层，在城市的普通市民中间保存得最为丰富，所以武汉地域文化小说中的市民叙事，是最具汉味特点的。方方、池莉、彭建新、何祚欢、魏光焰等人是"汉味小说"的代表作家。而武汉地域文化小说中的"精英叙事"，立意常常不在对一地域文化的具体表现，如果又没有对汉味语言的自觉运用，则汉味要淡得多，比如胡发云、杜为政、刘继明等人的创作。

武汉独特的地域文化经过作家的提炼熔铸，以"汉味"的形式体现于小说作品之中，反过来，通过对"汉味小说"的解读，我们可以勾勒出一幅绚丽多彩的武汉都市文化图景。带有武汉城市特征的地域风物(包括街巷建筑、饮食娱乐、特产器物、节令气候)是这幅图画的底色，活动于其中的带有武汉城市性格气质的人物是其主体。

"汉味小说"中写到许多武汉真实存在的街巷、地名，武汉读

---

① 樊星：《当代文学与多维文化》，武汉大学出版社2005年版，第31页。

者读起来感到亲切，外地读者读起来觉得新奇。就像海派小说中的外白渡桥、淮海路、黄浦江滩，西安城市文学中的钟楼、鼓楼、老城墙，京味小说中的天坛、故宫、皇城根下一样，这些街巷、建筑物为小说打上了地域文化的标识。"汉正街"恐怕是汉味作家们写得最多的地方，吕运斌、王仁昌、何祚欢、彭建新等作家笔下主人公的故事大多发生在"汉正街"上。这么多的汉味作家钟情于这条街是有原因的。汉正街是汉口乃至武汉最古老最有活力的地方，它由码头发展到河街，又由河街发展为汉口的正街，清朝康熙年间又在此地设立汉口巡检司，"正街"的称呼中又包含了"官街"的意思。以这条街为中心，众多的街巷纵横连接，组成了汉口最繁华的商业区。方方在《风景》中说："汉正街自古便是商贾云集之处。以谦益祥商店为中心，上至武胜路下至集家嘴，沿街经商的个体户而今已达两千多户。长街小摊，百货纷呈。"①这正是对汉正街的具体描述。"汉正街"的发展变化见证了这个城市兴衰更替、风雨苍茫的历史。

与汉正街一样，花楼街是汉口保存时间最长的老街之一。池莉在小说《不谈爱情》中对它有一段描述："从前，它曾经粉香脂浓，莺歌燕舞，是汉口繁华的标志。如今朱栏已旧，红颜已老……无论春夏秋冬，晴天雨天花楼街始终弥漫着一种破落气氛；流露出一种不知羞耻的风骚劲儿。"②这种概括揭示了隐藏于这条古旧街巷的精神实质，为人物性格的展开做了铺垫。吉玲，这个花楼街的女儿，有着天生丽质的外表，温柔可人的言行举止，几乎让人忘了她的出身，可一到她与庄建非婚姻产生危机的关键时刻，吉家人的市侩、泼辣与精明便显露无遗。吉庆街是因为池莉小说《生活秀》而为人们所熟知的汉口另一条老街。池莉这样写道："吉庆街原本是汉口

---

① 方方：《风景》，《奔跑的火光》，新世界出版社 2002 年版，第 360 页。

② 池莉：《不谈爱情》，《一冬无雪·池莉文集 2》，江苏文艺出版社 1998 年版，第 64 页。

闹市区华灯阴影处的一条背街。最初是在老汉口大智门城门之外，是云集贩夫走卒、荟萃城乡热闹的地方。上一个世纪初，老汉口是清朝改革开放的特区，城市规模扩展极快，吉庆街就被纳入城市了。那时候正搞洋务运动，西风盛行，城市中心的民居，不再是传统的样式，而是顺着街道的两边，长长一溜走过去，是面对面的两层楼房了。这两层楼房的每个房间，都有雕花栏杆的阳台；每扇窗户上，都架设了条纹布的遮阳篷；家家户户的墙壁都连接在一起，起初两边的人家，说话都不敢大声，后来才发现，这种新型的居室比老房子还要隔音；妙龄姑娘洗浴过后，来到阳台上梳头发，好看得像一幅西洋油画，引得市民都来这里散步。"①这种描写在对吉庆街历史的回顾中，向人们透露出它昔日辉煌的信息，它是汉口最早体现了西方建筑风格的高档住宅区之一。读者正是通过这样的文字一方面随作家一起寻觅城市的文化之根，感受城市在历史发展中的某一侧影；另一方面在对城市历史的回顾中加深了对来双扬这个吉庆街新主人的理解。

　　还有出现于方方笔下的河南棚子（《风景》）、昙华林（《春天来到昙华林》）、江汉路、各种茶馆（《落日》中写茶馆有等级之分：上流人物去怡心楼、忠信楼、汉南春、洞天居，收荒货的去宝善堂茶馆，挑粪的去流通巷，车夫去铁路外）、古琴台（《琴断口》）……出现于何祚欢、彭建新笔下的集家嘴、四官殿、六渡桥"新市场"以及众多由某一行业经营项目命名的街巷，像居巷（原名为猪巷）、牛皮巷、打扣巷、当铺巷、剪子街、打铜街、戏子街、花布街……还有在"汉味小说"中更频繁出现的武昌城、长江大桥、黄鹤楼、归元寺、白云观、东湖风景区……"汉味小说"以其对如此众多的深街里巷、宫观庙宇、名胜古迹，以及与它们相联系的传说和掌故的书写，以文学的笔法为我们绘制了武汉这座城市的地理文化地图。

---

①　池莉：《生活秀》，《池莉近作精选》，长江文艺出版社 2003 年版，第 242 页。

　　饮食文化是武汉城市文化中的另一个重要内容，它不仅体现着武汉人的生活习惯和生活方式，同样也蕴含了武汉人的性情和精神。饮食往往与地方的文化特色、与不同地域的人的性格相关联，比如川菜的麻辣与四川、重庆人的热烈粗犷，江浙菜的甜淡与江苏（主要是苏南）、上海、浙江人的细腻散淡，鲁菜的重味与山东人的质实纯厚，不无联系。湖北地处华中，口味很杂，甜也吃得，辣也吃得，没有自己鲜明的特色，因而全国八大菜系中没有湖北菜的身影。但武汉人对饮食讲究也自有其特色。

　　武汉人向来为自己拥有品种丰富的小吃而自豪，正如《冷也好热也好活着就好》中的"许师傅"所言："哪个城市比得上武汉？光是过早，来，我们只数有名堂的……那不是吹的。全世界全中国谁也比不过武汉的过早。"①有名堂的是哪些呢？许师傅邻居"王老太"眼中有名堂的早点就有"老通城的豆皮，一品香的一品大包，蔡林记的热干面，谈炎记的水饺，田启恒的糊汤米粉，厚生里的什锦豆腐脑，老谦记的牛肉枯炒豆丝，民生食堂的小小汤圆，五方斋的麻蓉汤圆，同兴里的油条，顺香居的重油烧梅，民众甜食的伏汁酒，福庆和的牛肉米粉……"②这些小吃用料讲究，制作精细，反映了武汉人对早餐的重视，不似江浙一带将早餐随意打发。我们看彭建新在《孕城》中为读者描述的一个普通包子铺制作包子的情况："发记包子铺的包子有三种：酱肉包子、豆沙包子、素菜包子。三种包子各有各的味。酱肉包子咬开一层皮，酱香就流出来了，甜酱咸酱爆的无皮五花肉，裹着大葱小葱小麻油的香，让人涎水都吞不赢！素包子看来很寻常：粉丝、素菜。其实，做功一点也不比酱肉包子简单：蚕豆、豌豆、黄豆、绿豆四种豆子滤出的粉丝，就有四种豆香；高脚白菜、矮脚白菜、雪里蕻、香菜都只要梗不要叶，既

――――――――
　　①　池莉：《冷也好热也好活着就好》，《一冬无雪·池莉文集2》，江苏文艺出版社1998年版，第347页。
　　②　池莉：《冷也好热也好活着就好》，《一冬无雪·池莉文集2》，江苏文艺出版社1998年版，第347页。

能吃出各种菜的味，还嚼不出一点菜渣子!"①一个简单的包子里也有这么多讲究，让人读起来，也要垂涎欲滴。该书接下来的一段写酷爱饮食的孙猴子孙志厚喝牛骨头汤的过程，那种讲究、那种细致、那种对分寸的把握，简直上升到了一种审美的高度。老武汉人对口腹之欲的重视，体现于日常生活中的智慧，由此可见一斑。

即使是家常小菜，武汉人也要弄得色香味俱全，夏天，许师傅的晚餐是四菜一汤："一是鲜红的辣椒凉拌雪白的藕，二是细细的瘦肉丝炒翠绿的苦瓜，三是筷子长的条子鱼煎得两面金黄又烹了葱姜酱醋，四是卤出了花骨朵朵的猪耳朵薄薄切一小碟子。汤呢，清淡，丝瓜蛋汤。汤上飘着一层小磨香麻油。"②这些菜被摆在竹床上，人们光着膀子，一边乘着凉，一边品味美味佳肴，一边与旁边的邻居谈话聊天，这就是20世纪八九十年代武汉市民典型的消夏图。"汉味小说"的这种贴近写实为小说人物提供了典型的地域文化环境，有助于更立体、更丰满地刻画人物形象，增强了小说的文化内涵。此外，一些武汉特有的比较典型的食品和菜名在"汉味小说"中也被经常提到，其中最多的要数热干面、面窝、红菜薹炒肉、藕煨排骨汤、红烧武昌鱼了。热干面和山西的刀削面、北方的炸酱面、四川的担担面、两广的伊府面，合称为"五大名面"，它和面窝一样是武汉特有的小吃。菜薹和鳊鱼很多地方有，但武汉人却相信只有洪山附近的红菜薹味道最好，鳊鱼也只有武昌梁子湖的才最正宗。"梁子湖的鳊鱼胸刺是十三对，其它地方只有十一对"（彭建新《孕城》），这种近乎夸张的渲染表达了武汉人的爱乡爱土之情。湖北是千湖之省，武汉周边池塘湖泊密布，藕的产量极大，在过去困难的年代，许多人家靠着瓦罐煨藕汤来增加营养（《风景》），"汉味小说"中写人们对这个菜的喜爱，其实联系着武汉人及武汉这座城市过去的历史。

① 彭建新：《孕城》，武汉出版社1996年版，第370页。
② 池莉：《冷也好热也好活着就好》，《一冬无雪·池莉文集2》，江苏文艺出版社1998年版，第340页。

武汉市全年温差较大,冬天寒风刺骨,夏天闷热难耐,是中国著名的"三大火炉"之一。"汉味小说"中多有对武汉天气的描述。"武汉夏天的高温能把温度计都爆了"(《冷也好热也好活着就好》)《落日》中这样写夏日时武汉人的情绪:"汉口的夏天,热得人们几欲扒皮……人若在这样的室内住一个汉口的七月之夜,第二天除了被蒸熟了之外,恐怕不会有第二种结果。"武汉三镇因为两条大江和众多湖泊的分割,面积巨大,以至于许多人的工作单位和家庭居住地距离很远,一天中常常要将大量的时间耗费在车船之中,因而武汉人对交通拥堵的感受尤为强烈。因为要赶公交和轮渡,印家厚上班路上总是像打仗一样,这也是他最大的"烦恼"之一(《烦恼人生》)。对于车船之拥挤,《黑洞》中有一段感慨:"车船挤得让人觉得全武汉三镇的人都在距离自己最远的地方工作。若能在这些人中找出一个不骂武汉交通的人那才是比建造金字塔还大的奇迹。倘有一任市长能解决武汉的交通问题,百姓们把他当祖宗供起来是毫无疑问的。"从人们的怨言中可见武汉交通问题之严峻。虽然在城市化迅速发展中,全国许多城市面临着交通拥堵、出行困难的问题,但像武汉这样因为城市的地理环境很早以来就受出行之苦困扰的情况,在全国其他城市中还不多见。

大冷大热的天气,拥挤的交通,影响了武汉人的脾气性格。他们好冲动,又讲面子,常常会为一点小事而争吵不休,甚至大打出手。武汉公交汽车上的打架事件几乎每天都有发生,乘客没有好心情,司乘人员也没有好声气。《滴血晚霞》中,当老年失意的曾庆璜因为电车十几分钟没有开动而向售票员询问车是不是坏了时,"售票员却嫌他说话凑得太近,横他一眼,说:'当然是坏了,不坏还停着?苕货!'"①方方的《行云流水》、《桃花灿烂》和池莉的《太阳出世》都以对吵架场面的描写开始。主人公不是在外与别人吵,就是在屋子里与家人斗,连结婚的大喜日子,也不愿控制自己

---

① 池莉:《滴血晚霞》,《太阳出世》,长江文艺出版社1992年版,第284页。

的情绪，任性而为，在路上与人发生冲突，大打出手。池莉在《白云苍狗谣》中说"身为三十多岁的武汉市妇女自然是极会骂人的了"①。"汉味小说"中到处晃动着脾气暴躁、泼辣蛮横的武汉男女的身影。《来来往往》中的段丽娜到医院看病，指名要医生给她开蜜炼川贝枇杷膏，而医生只给她开了一包甘草片，取回药后，她劈头盖脸地就全扔到医生脸上去了。武汉人的泼辣蛮横可见一斑。《黑洞》中的主人公曾感叹道：作为服务员，"哪个没同顾客吵过架？全武汉能找出一个这样的不？……他若对顾客热情得如一盆火，顾客不把他当神经病才怪。顾客早就被吼惯了，怠慢惯了"。

对于武汉女人而言，其泼辣和暴躁可能主要表现在咒骂，到武汉男人那里，就是拳脚相向了。《汉口永远的浪漫》写的就是汉口街头无来由的一次斗殴事件，事件的起因不过是因为一个人嫌前面的一对男女走路太慢，便互相打斗起来，继而动了刀子，出了人命。《风景》中的三哥因为二哥在感情上受到女人的欺骗自杀身亡，因而他对所有的女人都极为反感（这样一种简单的因果推理也体现了武汉人的暴躁性情），他见不得男人在女人面前低三下四，见到时就恨不得冲上去把那些男女揍一顿，而且在一次酒后，他真的就将一个正在向女人苦苦哀求的男人打了一顿。如此率性而为，不计后果，真是让人咋舌。武汉人的蛮横粗暴，也是有历史的。《风景》中三哥的好斗似乎正是上辈的遗传，他的祖父和父亲都是打码头的好手，每次打架，他们都冲在最前面。祖父死于一次恶战，父亲14岁就跟着祖父去打码头，只认朋友不认是非。能打架是父亲经常向三哥及其兄弟们吹嘘的资本。

对于武汉人的这种脾性，彭建新有一段话讲得好："汉口人顶讲究的是'你让我过初一，我就请你过十五'，把孔圣人'来而不往，非礼也'通俗化、直接化了。汉口人从不搞么事'君子报仇，

---

① 池莉：《滴血晚霞》，《太阳出世》，长江文艺出版社1992年版，第292页。

100

十年不晚'的赊账事，喜欢的是'黄陂到孝感县（现）过县（现）'！"①想到就做，率性而为，不深思熟虑，不拖泥带水，正是许多武汉人的性格。这种性格的形成恐怕不能全归于天气地理的原因，火炉一样的城市全国不止武汉一个。武汉人的泼辣蛮横好斗恐怕还与武汉的商业文化、与古老的楚文化有关。在码头上讨生活，嘴皮子不厉害是混不下去的，往往只有泼辣蛮横才能站稳脚跟，而楚人本来又是"勇武喜斗"、"热烈狂放"的。②

与武汉人的性格相连，许多武汉人语言粗俗，好骂人。俗语云："湖北的老子，四川的娃子。"武汉人生活中骂人的话说得太过频繁，以至将一些骂人的话当做了口头禅。《冷也好热也好活着就好》中有这样的一段描写：嫂子膝下的小男孩爬竹床一下子摔跤了，哇地大哭。她丈夫远远叫道："你这个婊子养的聋了！伢跌了。"嫂子拎起小男孩，说："你这个婊子养的么样搞的！"猫子说："个巴妈苕货，你儿子是婊子养的你是么事？"嫂子笑着拍了猫子一巴掌，说："哪个骂人了不成？不过说了句口头禅。个巴妈装得像不是武汉人一样。"③武汉人哪有不骂人的？方方在小说中表达了同样的意思："汉口人到哪儿不都骂骂咧咧的？要不岂不枉为武汉人？"陆建桥牢骚劲上来了就"想站在江汉路的立交桥上顶天立地的骂一通娘"（《黑洞》）。对于"汉味小说"中表现的武汉人爱说脏话和粗话的习惯，有人曾以《汉口永远的浪漫》为样本作过具体的统计。"标题为'浪漫'（指《汉口永远的浪漫》）的那一篇，8000字左右，三四个人物，却说了几十人次的脏话丑话。计有：日他妈（徐华2次）、杂种（巡警1次）、狗日的（商厦经理1次）、这小子（徐华2次）、我操（胡东1次）、他妈的（徐华1次，鲁宏钢1次）、个婊子养的（胡东1次，鲁宏钢1次）、老子（鲁宏钢4次，胡东2

---

① 彭建新：《孕城》，武汉出版社1996年版，第434页。
② 张正明：《楚文化史》，上海人民出版社1987年版，第108页。
③ 池莉：《冷也好热也好活着就好》，《一冬无雪·池莉文集2》，江苏文艺出版社1998年版，第345页。

次)、卖骚粉的(胡东 1 次，小越 2 次)、把卵子咬下来(鲁宏钢 1
次)、屁精(鲁宏钢 1 次)……"①

武汉人的好骂人，语言粗俗是有年头的。彭建新为我们描摹的
旧日汉口人的历史影像中，就有这样的形象。汉口侦缉处处长张腊
狗的老婆黄菊英，无架可吵无人可骂就感到难受，好不容易碰到荒
货，就痛痛快快地骂了一场。骂完后，"黄菊英好一阵酣畅淋漓，
好像七经八络都畅通了，全身无比通泰"②。黄菊英骂人时，其用
语的粗俗和下流，在新时期的其他城市地域文化小说中还不多见。
这部作品中的另一个重要人物陆疤子也是整天脏话不离口，如果让
他去掉这些词，"他就不知道怎么讲话了"。"汉味小说"中的人物
多是旧日汉口和 20 世纪八九十年代的武汉人，这些言语的操持者
多是由周边乡下进入城里谋生的农民，语言粗俗、充满野性，表达
出来毫不修饰。近些年随着武汉城市文化的发展，随着市民素质的
提高，武汉人对其生活用语中粗俗的一面已经有所警惕，脏话粗话
在人们的语言中也逐渐减少，但流风所及，要完全清除，恐怕还需
很长时间。

如前所述，武汉又是一个极商业化、极市民化的城市，商业气
息浓厚，长期浸淫于这种风气之中，很多武汉人市侩气十足。精于
算计、逐利忘义表现在武汉人从语言到行为的方方面面，"汉味小
说"对此有很形象的表现。《白驹》中的小男死后，"我们"去看望，
小男妈知道"我"可能要写关于小男的文章，立即一脸堆笑地迎了
上来，仿佛家中并未死人而只是死了一条狗或一只鸡什么的，希望
与"我"分稿费，追着"我"喊："钱要亲自交我手上，寄来也行，我
的名字叫黄细姣。"而小男的女朋友在误认为有人真欠了小男的钱
后，便追着夏春秋冬问："夏姐姐，我想问问是谁欠了小男的钱，
欠了多少……这是很重要的事，我要请律师来过问，我男朋友的爸

---

① 刘川鄂：《小市民，名作家——池莉论》，湖北人民出版社 2000 年
版，第 68 页。

② 彭建新：《招魂》，武汉出版社 1999 年版，第 92 页。

爸是公检法的炊事员。"①这种对自身利益的计较大量体现在武汉人日常生活的只言片语中。"也不晓得丑卖几多钱一斤?""弄不好他把你卖了,你还得帮他数钱。""小金真是对的。这小娘们真不愧商贩世家出身,真正的城市人,为家里打一副小算盘,打得精着呢!……他们要默契地过日子啊,能够为自己的小家庭省一点就省一点。大家不都是这么在过吗?不杀熟杀谁?哪一户人家,面子不是温情脉脉的,可实质上呢?不都是打着自己的小算盘。"②连来双扬给侄儿取了"来金多尔"这样一个闪着金钱光芒的名字,周围的人都一致叫好,叙述人也是非常赞赏的语气(《生活秀》)。

这种逐利而不计义理廉耻之风的形成,也有一个历史的过程。叶调元在其记录武汉市风民俗的《汉口竹枝词》中写道:"夫逐末者(从事商业活动)多,则泉刀(指货币)易聚;逸获者众,则风俗易颓。富家大贾拥巨赀,享厚利,不知黜浮崇俭……中户平民耳濡目染,始而羡慕,既而则效,以质朴为鄙陋,以奢侈为华美,习与性成,积重难返。"③

过于注重物质利益,轻精神品格,品评人物只问精明与否(精明意味着容易谋利,不会吃亏),这种观念影响至家庭,夫妻之间,父母与子女之间,莫不以利益相较。丁家兄弟为赡养老母,互相推诿,为省掉医疗费,将活着的老母亲送入火葬场,一家人欢天喜地,几乎没有经过内心的挣扎(《黑洞》)。"分数就是金钱,起码来说顶一部分钱。""养孩子和做生意是一个道理。"④"找老婆就得找这样的,不仅自己吃不了亏,而且还能占到别人的便宜。"这种在婚姻中的

---

① 方方:《白驹》,《行云流水》,长江文艺出版社1992年版,第259页。

② 池莉:《生活秀》,《池莉近作精选》,长江文艺出版社2003年版,第235页。

③ 徐明庭辑校:《武汉竹枝词·叶调元著·汉口竹枝词·卷一市廛》,湖北人民出版社1999年版,第364页。

④ 魏光焰:《陶兰秀》,《大雪流萤》,长江文艺出版社2003年版,第253页。

算计，正如一首古老的竹枝词所感叹的那样："楚人嫁女利为罗，不管新郎鬓发白。要戴金珠穿锦绣，更无妯娌与公婆。"①

武汉人的独特民性使武汉方言也极有特色，或者说武汉人的许多特性正表现在他们的语言之中（武汉方言的粗鄙特质，与北方方言相近，而与同一纬度上的"苏白"相去甚远）。"汉味小说"作家一方面在人物对话中直接使用武汉平民生活中活生生的方言，给人以生活的原质感；另一方面在叙述语言上自然地化方言为别具表现力的"汉味文学语言"。

武汉话语音硬，语速快，加上日常生活用语中常常夹杂着如上所述的许多下流词汇（即武汉人所谓的说话"带把儿"），这样初来武汉的外地人，会感觉武汉人讲话像吵架，感觉武汉人粗野蛮横。其实未必真是如此，高门大嗓中可能正透着热情，透着情绪的热烈，这与武汉人喜欢热闹的性格有关。武汉人认为"人活着就得热闹，不热热闹闹的跟躺在棺材里有么事区别"（《落日》）？而一些带着脏话的口头禅，比如"个把妈"、"婊子养的"，等等，在武汉方言中有着双重的意义，既可实，也可虚。在表示愤怒，与人对骂的场合中使用，就取原义，但更多的时候是虚化了骂人的意思，成为相当于"喂"、"啊"之类打招呼或感叹的虚词，有时还包含着一种热情、不见外的感情色彩在里面。除了这些"脏话"以外，地道的武汉方言突出地表现在一些使用频率很高的词汇上，比如"么事"、"么样"、"冇"、"唦"、"晓得"等，这些简单的词汇同样表意丰富，用在陈述句中，读降调，显得干脆利落，不拖泥带水；若用于疑问句，声调高扬，听的人会觉得说话人极不耐烦，性情暴躁。汉味方言中还有一些特殊的词也极富表现力，比如这样两句话："那个人来了好几趟了，说是有蛮大蛮急的事。我看到您家不是蛮想耳，我也就冇么样耳他。"②汉口人把答理人叫"耳人"，想想也很

---

① 徐明庭辑校：《武汉竹枝词·叶调元著·汉口竹枝词·卷四闺阁》，湖北人民出版社 1999 年版，第 68 页。

② 彭建新：《招魂》，武汉出版社 1999 年版，第 37 页。

形象，答理某人，首先是要听他说话，听人说话，自然是要用耳朵的。"上车之前，赵吉夫就向这位学生模样的参议灌了好几瓢'米汤'"。① 米汤这东西，酽酽糊糊的，对人吹捧拍马屁，目的就是让人晕乎，然后乘此为自己谋利，用在这里也十分贴切。

每一种地方方言中都有为该方言所独有或经常为该方言区人们所使用的俚谚俗语、歇后语，武汉话也不例外。汉味作家们将这些语言引入自己的作品中，对于表现人物性格、刻画人物形象、阐述事理，起到很好的作用。仅就歇后语的使用而言，比如说一个人精明，能力强，就用"光屁股坐板凳——有板眼咧！"说一个人乐观放达，就说"坐在磨盘上吃藕——看得穿想得转"。其他散见于各种"汉味小说"中的歇后语还有："一门亲戚满门转"、"床底下放风筝，越玩越玩转去了！""瞎子打堂客，捞到一下是一下。""鸭棚的老板睡懒觉——不捡（简）蛋（单）咧！""八十岁婆婆打哈欠——一望无涯（牙）宽得很。""卖玻璃的遇到卖镜子的——都是亮的。""腰里别只死老鼠——冒充打猎的。"……这些语言是从老百姓的日常生活中得来，轻松活泼、俏皮幽默。一些俚谚、歇后语中还包含着武汉地域文化中特有的信息，像"黄鹤楼上看翻船"，"四官殿的东西——活的"，等等。对于后一歇后语，方方在《落日》中曾这样叙述它的由来："四官殿是个极热闹之处，商贾云集，人烟稠密。那里扎灯扎花的手艺人极多。买灯的人能将竹扎纸糊的花灯扎得活灵活现，鱼鸟马兔虾等都如活的一般。卖花灯的人沿街吆喝时就只是喊'活的——''活的———'"

不知是性格决定了语言，还是长期的语言实践影响了性格，汉味语言似乎特别适合于表达武汉人精明又粗鄙、泼辣又幽默的脾性气质。这在小说的人物语言中表现得最为生动。《落日》中祖母看不惯汉琴的风骚，跺脚骂她像花楼街的婊子，汉琴的回答是："我是婊子，那你的孙子是嫖客，你是嫖客他太，大家都是一根藤上的瓜。"《白驹》中小男被一个女人恶骂，"那女人不示弱连骂脏话且动

---

① 彭建新：《招魂》，武汉出版社1999年版，第38页。

用一些内涵复杂的词汇"，小男跟着人们叫好，叫完后说："我跟你头回见面，还没来得及上床，你怎么把我体会得这么深刻？叫我都觉得自己有点儿雄伟壮丽了。"①这样的回应，既是反击，又不直露，还让对方无懈可击，武汉人吵架，惯于使用这一手段，这语言粗俗可能是粗俗了些，但其中的逻辑运用显示了武汉人的幽默和智慧。还是在《白驹》这篇小说中，麦子说："你倒讲究，你的手不也又揩屁股又拿油条吃吗？完了还用指甲进嘴里挑牙缝里的肉碴。"②幽默在许多地域文学中存在，比如李劼人、沙汀笔下的川味幽默，老舍、王朔笔下的京味幽默，但像汉味幽默中粗话这样多，这样粗俗率真到毫无遮掩、百无禁忌的程度，还是不多见的。

汉味作家的创作不可能完全采用地道的汉味方言，那样不仅会给外地读者带来阅读的困难，而且还可能因为地道方言中存在着的诸多"杂质"而影响作品的审美效果。将地道的武汉方言加工处理，融入到普通文学语言中，形成一种带有汉味特色的文学语言，是许多汉味作家的共同选择。

《白驹》中的叙述人这样感慨市政建设的荒诞："城市里的宾馆饭店酒楼商场日见豪华，个个膀大腰圆，一如大丈夫比试肌肉看谁强壮丰实，唯将医院学校幼儿园挤得宛若大户人家的小媳妇一脸酸楚地蹲在高墙大院的角落。极让人觉出人活一世有吃有喝有商场逛即足矣，至于生病上学入托那都是外国人的事。"③彭建新在《招魂》中这样描写湖北督军齐满元"上眼泡肿得像两枚要熟不熟的不青不黄的杏子。下眼睑鼓起，像挂着两颗死鸡嗉囊"④。善用比喻、善于夸张，想象新颖，比喻奇特，正是汉味文学语言的特色所在，这种语言也正好表现武汉人好显摆、喜夸张、情绪强烈的脾性。这

① 方方：《白驹》，《方方自选集》，海南出版社 2008 年版，第 259 页。
② 方方：《白驹》，《方方自选集》，海南出版社 2008 年版，第 246 页。
③ 方方：《白驹》，《行云流水》，长江文艺出版社 1992 年版，第 237 页。
④ 彭建新：《招魂》，武汉出版社 1999 年版，第 66 页。

种夸张的语言用在人物性格的刻画上，用于彰显人物性格中的可笑因子，极为传神。比如何祚欢在《失踪的儿子》中写老地主韩同璋盛怒之下冲进厨房找东西摔的情景："他没有拿刀，也没有摔碗，他在碗柜里找了一个装粗盐的破瓦罐子。想就手打破它，又可惜那点盐。于是拿了个干净碗，把盐腾出来放好，再才高高举着那破罐子，口里接着刚才喊的话头，'你去死！你去死！'一把将瓦罐子送上了粉身碎骨的绝路。"这个可笑的老地主性格中易于冲动、装腔作势、吝啬的一面，在这几句话中被表现得淋漓尽致。①

"了解语言就是了解一种生活方式"（维特根斯坦语），语言影响着人们的思维方式。这种人与语言相互依存的关系在何祚欢、彭建新的创作中表现得最明显。他们都是土生土长的武汉人，他们的作品汉味特色最为浓厚，使用汉味语言，对于他们而言是自然的选择。在彭建新新近出版的散文集《武汉老街巷》中，我们可以鲜明地感受到这一点，这本由几十篇千字文连缀而成的小书，前面几篇作家似乎还试图采用"纯正"的文学语言，到了后面，带有武汉方言的汉味语言便自然流露出来了，不可遏制。这正像苏珊·朗格谈到的英国著名诗人彭斯的诗作中的情形："方言的运用表现出一种与诗中所写、所想息息相关的思维方式。彭斯不可能用标准英语说到田鼠，甚至注意田鼠时也不能想它的标准英语的名称。"②

武汉人说话语速快，情绪热烈，话说到得意处，常如水银泻地。这种说话的风格影响到汉味作家的创作，即使是用于小说叙述的汉味文学语言，也莫不带有这一特点。方方在《白驹》中这样写夏春秋冬的头痛："休假之时，夏木想借睡觉让自己放松放松，结果却将头睡得宛若有人装了炸弹随时可能起爆般的痛。便又去吃去痛片又抹风油精又刮痧按摩热水袋敷凉毛巾浸，用尽世间去痛方

---

① 刘富道：《天下第一街·武汉汉正街》，解放军文艺出版社 2001 年版，第 414 页。

② ［美］苏珊·朗格著，刘大基等译：《情感与形式》，中国社会科学出版社 1986 年版，第 251~252 页。

法，仍未将炸弹取出。"①这样的夸张和铺排正得汉味语言的神韵。池莉的《你以为你是谁》中有一段描绘主人公陆武桥的父母——陆尼古和吴桂芬对待儿女的不同态度："陆尼古认为儿孙自有儿孙福，他们爱怎么着就怎么着，自己退休拿点工资，喝点革命小酒，打点居委会组织的麻将，交点老工人朋友，如此安度晚年就行了。而吴桂芬认为全家一条心，黄土变成金，认为幸福不会从天降。要想陆家人人过得好，必须父母护儿女，儿女敬父母，大家拧成一股绳。"②虽然作者为这段话加了标点，但是读者读起来仍然感觉几乎没有任何停顿，这样的一气呵成，正体现着汉味语言的典型特色。

第三节 "汉味"与"京味"及"海派"之比较

新中国成立以来，中国的沧桑剧变表现在方方面面，其中最为明显的就是在中国的地域版图上、在"乡土中国"的躯体上如雨后春笋一样生长起来的都市和城镇。在近六十年的时间里，中国这块土地上诞生了 20312 座新城镇、213 座中等城市、78 个大城市、49 个特大城市和 15 个城市群。中国的城市化率，1949 年仅为 10.6%，到 2007 年这个数字已经上升到 44.9%，而且这个数值还在迅速提高。③ 城市在中国的政治、经济、文化生活中已经取得了不可置疑的支配地位。

随着城市化的迅猛发展，许多作家也纷纷移居城市，他们与本来就生活于城市中的作家一起，将关注的目光更多地投向城市。与此相呼应，地域文化小说对乡土的书写也必然更多地从农村转向城

① 方方：《白驹》，《行云流水》，长江文艺出版社 1992 年版，第 254 页。

② 池莉：《你以为你是谁》，《池莉小说精选》，长江文艺出版社 2000 年版，第 273 页。

③ 张杰：《都市文化研究与全球化时代的新实学》，《中国都市文化研究·第一卷》，上海人民出版社 2009 年版，第 1～2 页。

市。这正如美国著名的小说家和文学评论家加兰在 19 世纪末对美国文学的预言："日益尖锐起来的城市生活和乡村生活的对比，不久就要在乡土（地域）小说反映出来了——这部小说将在地方色彩的基础上，反映出那些悲剧和喜剧，我们的整个国家是它的背景，在国内这些不健全的，但是引起文学极大兴趣的城市，如雨后春笋般地成长起来。"①昔日地域文化小说在对乡村书写中所表现出来的地域文化的差异性，也将在不同的城市文学中体现出来。

新老"京派文学"（这里当然是指京派文学中的城市书写，像老舍、邓友梅、刘心武、陈建功、王朔、邱华栋、叶广芩等人的创作）与新老"海派文学"（像施蛰存、刘纳鸥、穆木天、陶晶孙、张爱玲、苏青、茅盾、周而复、王安忆、程乃珊、王晓玉、唐颖、卫慧等作家的创作）的差别自不必说。"苏州文学"自陆文夫到范小青、朱文颖、燕华君就勾勒出了一部不同于其他城市的苏州市民文化心态的变迁史。而主要由一批女作家谱写的"深圳特区文学"，像缪永的《驶出欲望街》、《爱情组合》，文夕的《野兰花》、《罂粟花》、《海棠花》，央歌儿的《我在 B 镇的岁月》等，在表现特区人的紧张生活、激烈竞争、紊乱情感方面又写出了各自的特色。它们有着不同于"海派文学"和"苏州文学"的意味，充满了特区特有的青春期的激情与苦闷、现代生活的喧哗与躁动。而以冯骥才（如《神鞭》、《三寸金莲》、《阴阳八卦》等"怪世奇谈"系列小说）、林希（如《高买》、《蛐蛐四爷》）为代表的"津味文学"则以凸显老天津的奇风异俗为特色，其中方言土语的运用，人物性情的夸张气势，又使它迥异于同处北方的"京味文学"。还有以贾平凹的《废都》为代表的"西安文学"，以叶兆言的夜泊秦淮系列小说为代表的"南京文学"，以莫怀戚的《陪都旧事》、李元胜的《都市脸谱》为代表的"重庆文学"，以阎连科的系列小说《东京九流人物志》为代表的"开封文学"，以何顿的《生活无罪》、《我们像葵花》为代表的"长沙文

---

① ［美］赫姆林·加兰著，刘保端等译：《破碎的偶像》，《美国作家论文学》，三联书店 1984 年版，第 92 页。

学",以阿成的《哈尔滨故事》为代表的"哈尔滨文学"。这些作品各以浓郁的风俗画风格画出了一座座城市的一部分灵魂,为繁荣中国的城市文学作出了独特的贡献。正如有的评论家所言,"20世纪80年代以来城市文学的长足发展在一些方面已经超越了20世纪30年代的城市文学"①。

但人们对城市文学的认识通常仍旧停留在以往对"京派"、"海派"的简单划分上。这当然有着历史的原因,这两派城市文学在中国现当代文学史中有着很长的历史,很早就为文学史家所承认,而且这两个以城市命名的文学流派,还常被人们赋予文学之外的更多意义,代表了传统中国和现代中国两种不同身份。如今人们谈论"京派"、"海派",已经远远超出文学的范畴,而涉及衣食住行、政治、经济、生态、艺术、语言、教育、传媒、民俗民风等方方面面。其他许多城市文学的发展或多或少地受到它们的影响,或处在这种传统与现代两分法的话语模式的笼罩之下。当人们把目光过多地聚焦于"京派"与"海派"的探讨之时,便容易忽视其他处在不同地域的众多城市文学所表现出来的不同于"京派"与"海派"的个性特色。不过由于京派与海派在中国现当代文学历史上特殊的话语意义,以及现实中仍然特色鲜明,保持发展的势头,我们在论述"汉味"文学时,将其作为参照的对象,通过对这三个城市文学的比较,发现其异同,寻绎潜藏在文学背后的种种不同地域文化影响的因子。对这三个城市文学流派作全面细致的比较不是本书的任务,我们要做的是,在对三个不同城市的文化特征有了基本认识之后,主要通过对几位作家的具体作品的解读,来感受地域文化对他们创作的影响。

新时期以来的"汉味小说"作家中,方方、池莉成名较早,影响最大,而且其创作风格前后基本保持一致,她们是最能代表"汉味"风格的作家。新时期"京味小说"中的城市书写者,代表人物是

---

① 樊星:《二十世纪中国城市文学的风景》,《湖南城市学院学报》2004年第1期。

邓友梅、陈建功、刘心武、王朔、叶广芩。这些作家中，叶广芩是女性，而且其仍在继续创作中的以家族系列为代表的"京味小说"深受读者喜爱和专家好评。我们主要将方方（多数评论家认为方方的创作较池莉更具文化内涵）与叶广芩一起比较。这两位女性作家，年龄相仿，至今创作力旺盛，而且都写作过戏剧小说，她们具有一定的可比性。新时期的"海派"作家创作，以王安忆、程乃珊、卫慧等人为代表，这三位都是女性作家，其中大家较为公认的是王安忆的创作成就较高。她的"海派小说"也注重日常生活叙事，这与池莉着重书写市民人生是一致的，因而将她们置于一处加以对比。王安忆的日常生活叙事上承张爱玲，有评论家认为在对市民生活的热爱上，池莉是与张爱玲走得最近的，池莉也曾受过张爱玲的影响，因而我们在比较时，也会涉及张爱玲。

　　叶广芩的家族系列小说，开始于20世纪90年代初她第二次从日本归国之后。其时国内的寻根热潮已经过去，市场经济在中国已经全面铺开，传统文化的热潮在国内兴起，一些清宫历史小说，清宫故事的电视剧不断上演。叶广芩敏感地意识到她的皇亲贵胄家族的题材意义，从1994年的《本是同根生》起，她相继创作了《祖坟》、《梦也何曾到谢桥》、《黄连厚朴》、《采桑子》、《豆汁记》、《三击掌》、《逍遥津》、《大登殿》、《小放牛》等，其中后面的几部小说还与戏剧紧密相连，被人称为"戏剧小说"。她的这些小说之所以广受好评，主要有三个方面的原因：首先是题材的陌生化，她为读者打开了不为常人所知的生活领域，故事情节与一般人熟悉的日常生活经验相隔膜；其次，笔下那些皇室后裔的生活态度特别吸引人，他们的特立独行，他们对人格操守在退守之间的那种挣扎，那种即使在"吃了上顿愁下顿"的情形下仍然追求精神享受的生活格调，在这样一个物欲横流的时代，有着特别能打动人的力量；再次，由于这些人物、故事与饱含古典韵味的语言所共同形成的意蕴和气息，能够给人宽和温暖的艺术享受。正如作家本人在《没有日记的罗敷河》中对《采桑子》意蕴和氛围的概括："一种广大而深邃的文化氛围，一种历史的沧桑感和人情变异史，一种时代风云与家事感情相纽结的极为复杂的情绪。"①

这三点原因，恰好都与北京特有的文化有关，作为元明清三朝古都，北京有着极为发达、源远流长的贵族文化传统。帝制被推翻以后，大量没落的贵族和历朝历代的遗老遗少一样，大量流入民间。他们将昔日在衣食无忧的生活中形成的种种讲究和作派，带到中下层市民中间，促进了北京宽厚温柔、和平幽默的城市文化风格的形成。从老舍到邓友梅、汪曾祺、陈建功、刘心武、王朔，许多北京作家的创作中，共同表现出那种北京特有的悠久深厚的文化内蕴、帝王气象、大家风范，以及在精神气质和生活情趣上的闲适、幽默、平和的格调，也就是"京味"。叶广芩自然也不例外，由于她出身于数代显赫的叶赫那拉家族，展现在她笔下的北京生活场景多是上流大贵族家庭的，而不是老舍、邓友梅笔下的城市贫民或者没落的中小贵族。叶广芩的家族小说，写出了北京贵族社会的风俗史，画出了京城贵族生活的百相图。从题材的意义而言，她的创作拓展了"京味小说"作为市民文学的定位。

出身高门大族的人往往见多识广，这从叶广芩对贵族家庭生活看似平淡，其实内含着一种骄傲的叙述中可以看出。比如对官府菜制作程序的熟稔（《注意熊出没》），对古玩鉴别知识详尽而细致的阐述（《雨也萧萧》），对京剧的丰富知识以及对大宅门内京戏"票友"的深切理解（《谁翻乐府凄凉曲》），对古建筑行业的熟悉（《全家福》），对宫廷御医家族人生的体味（《黄连厚朴》），对皇家建筑风水的介绍（《不知何事萦怀抱》），对大宅门里旗人礼仪的温情回味（《瘦尽灯花又一宵》），等等，这些北京文化中特有的内容，对于别人而言，只是一种陌生的资料记录，对于她却是一种经验的叙述。

生活在这些家族的人物，即使穷困潦倒，但对生活的讲究却一点也不马虎。像《逍遥津》中的七舅爷，老婆要死了，临死前想吃

----

① 叶广芩：《没有日记的罗敷河》，吉林人民出版社 1998 年版，第 233 页。

口水萝卜,他出去买,却在街上忙着让人雕萝卜花玩。挨了日本人的揍后,还想着要日本人赔鸟,"不要命也要鸟"。他对京剧的热爱,真是将人生化入了戏里,临死前唱的那段:"……欺寡人好似……犯人受罪……"读来令人潸然泪下。贵族有着与生俱来的"心灵的骄傲"和"天生的自信",只要是他们喜欢的事,做起来都似乎比别人强。七舅爷就是这样的人物,他说:"能在院里放风筝的也就是我,别人没这本事,他们得找空场等风……"①他看不起别人卖的冰塘葫芦,让大秀拿出仅有的两块钱,自己买原料做。"七舅爷不干是不干要干还真像回事儿,做糖葫芦的认真程度,不亚于画一幅工笔画,舅爷把糖葫芦是作为一件艺术品来处理的,从果料的选择,到造型的设计都讲究到极点。他将山楂破开去核,使每个山楂都半开半合,有的填上自做的澄沙,有的填上枣泥,有的填上豌豆黄,再将瓜子仁按在吐露的馅上,成为一朵朵精致的小花。山药去皮,挖出不同形状的窟窿、填上各种馅,按上红山楂糕和绿青梅丁,成为色彩斑斓的圆柱……冰糖熬得恰到火候,一根一根蘸了……"②这就是将生活艺术化了。对于七舅爷的人生,"我父亲"在七舅爷的坟前有一段评价:"您这一辈子活得洒脱,活得自在,活得值。其实人就应该活成您这样,您是上天的仙儿。跟你比,我们都是俗人……"③

《小放牛》中的完占泰是金世祖的后裔,也是一个特立独行的人。他是清华的高材生,学的是数学,却有着仙风道骨的作派,练太极,走禹步,辟谷,婚后与"五姐"不行人道之事,整个一化外之人。不仅是这些没落贵族,即使是在宫中做过太监的张安达也恪守着自己的人格操守:讲礼数,不贪;极有自尊,知道自己做过为人看不起的差事,尽力遮掩;与人接触时,总是为他人着想;重感情,对给过自己帮助的刘掌案、完占泰一辈子都敬着,直到临死,

---

① 叶广岑:《逍遥津》,《小说月报》2007年第2期,第33页。
② 叶广岑:《逍遥津》,《小说月报》2007年第2期,第33页。
③ 叶广岑:《逍遥津》,《小说月报》2007年第2期,第40页。

还将自己的遗产分一半给完占泰。

这些上流贵族家庭特有的故事和人物，只能诞生于北京，但这只是构成"京味小说"的最基础的部分。叶广芩的语言，与她的题材、人物一样，也是体现小说京味的重要标志。她的作品中，除了人物口中说出那些富于人情味的"多谢您啦"、"回见您啦"、"当心别摔着您哪"等具有北京语言特色的委婉语外，她叙述情节、品评人物的化用北京方言的文学语言，都透着轻松的幽默、温婉、宽和，是一种历经沧桑后的温情回味。这种语言风格大大增强了其小说的审美力量，它能使读者在阅读时很快地进入到愉悦的审美过程之中。正如赵园所言："北京方言是北京文化、北京人文化性格的构成材料。"北京话的"'甜亮脆生'与'平静安闲'中，有闲逸心境，有谦恭态度，有潇洒风度，有北京人的人际关系处置，有北京人的骄傲与自尊。北京话中极为丰富的委婉语词，更标志着一种成熟的文化，敏于自我意识、富于理性的文化"①。这种语言是有教养的证明，是一种文化素养的体现。

叶广芩笔下的描述文字也辞藻华美，优美动人，一派大家风范。我们看她在《谁翻乐府凄凉曲》中描写名媛义演时大格格优美的唱腔和琴师董戈动听的琴声的一段文字："大格格圆润的嗓音，那些裹腔包腔的巧妙运用，一丝不苟的做派、华美的扮相，无不令人心动，加之那唱腔忽而如浮云柳絮，迂回飘荡，忽而如冲天白鹤，天高阔远；有时低如絮语，柔肠百转，近于无声，有时又奔喉一放，一泻千里，石破天惊，真真地让下头的观众心旷神怡，如醉如痴，销魂夺魄了。董戈那琴也拉得飘洒纵逸，音清无浊，令人叫绝，有得心应手之妙。琴声拖、随、领、带，无不尽到极致，如子规啼夜，迂曲萦绕；如地崩山摧，激越奔放。琴与唱相糅，声中有字，字中有声，如风雨相调，相依相携；如水乳交融，难离难分，

---

① 赵园：《北京：城与人》，上海人民出版社 1991 年版，第 148～149页。

感人之深，使人如入画境。"①

在谈到近年的"京味小说"创作与北京文化的关系时，叶广芩说："近些年写了一些'京味小说'……人们可以不看，但我不能不写，因为它们是北京的一部分。""北京是我的故乡，年轻时走向了西北……但儿时的精神烙印一直起着决定作用，幼年的性格铸造已经定型，即便是走南闯北，即便是鬓间白发丛生，也是无法改变的，命运的根把我牢牢地系在了北京，系在东城那座老旧的四合院里，无论走多远也离不开这个中心。"②

北京有国粹京剧，武汉有汉剧和楚剧，而且据称汉剧正是京剧的正源。无独有偶，近年方方也十分关注作为武汉传统文化之一的汉剧艺术，她除了在散文中多处谈到汉剧之外，还创作了长篇小说《水在时间之下》。同是写人生与戏剧的作品，方方与叶广芩的作品，在处理方式上有很大的不同，这种差异的产生有多方面的原因，地域文化的不同即是其中的一种。

《水在时间之下》叙述的故事前后跨度近三十年，两个先后红遍汉口的名角——玫瑰红、水上灯，是作品中最主要的人物。她们各自的三角情爱生活贯穿了小说始终，是小说情节的主体。这两个作家花费最多笔墨的人物，都贪图享受，嫌贫爱富，充满了市侩气。玫瑰红与肖锦富婚期将近之时，两人上街购物，作品有一段将叙述与人物对话混合在一起的文字："玫瑰红的婚期一天天临近。她去上海买了一批首饰和衣服，觉得还不够，又天天坐着肖锦富的汽车，在汉口采买。玫瑰红觉得购物是比唱戏更让人兴奋的过程。肖锦富说，早知你这么喜欢买东西，我带你去趟香港你恐怕老早就跟我了。玫瑰红说，你现在带我去也不迟。肖锦富说，结婚后，多的是时间去，别说香港，去趟巴黎也是没问题的。玫瑰红说，那我可不去，太远了，小心回不来。肖锦富便大笑，说她虽是名角，却

---

① 叶广芩：《采桑子·谁翻乐府凄凉曲》，北京十月文艺出版社 1999 年版，第 39 页。

② 叶广芩：《心之声》，《小说选刊》2009 年第 10 期，第 72 页。

尽是汉口的土气。"①

肖锦富说得对,这红遍汉口的名角玫瑰红就是一个充满了"土气"和市侩气的女人。当水上灯责问玫瑰红为什么抛弃万江亭时,玫瑰红的答复是:"放着现成的路让我将来的日子自在舒服,我为什么不去走?"这不过是托辞,玫瑰红与万江亭都是名角,在一起过日子也会舒服,无非是肖锦富更有钱有势而且有枪罢了。玫瑰红的话正击中了水上灯的要害,因为她知道其实"她和玫瑰红的心思一模一样,她们是同样的人"。在她放弃陈仁厚而选择张晋生时,其内心想法与玫瑰红如出一辙。她有这样一段独白:"她想,仁厚,对不起,虽然我爱你,但若和你在一起就必须过那种动荡漂泊以及恐怖的日子,我实在害怕。现在,能给我安全和宁静的,就只有张晋生。是你把我还给他的,你恐怕再难收回去了。"②小说结尾,玫瑰红和水上灯这两个在不同时段红遍汉口的名角,她们的人生都以悲剧谢幕。但作家这样安排情节,其意图并非是在否定她们的选择,而是为了得出一个人逃不出宿命的结论,即所谓"水在时间之下"。

同为戏剧小说,比较而言,叶广芩笔下的人物与戏剧内容是互相生发、互相丰富的,那传唱千年的戏剧唱段、那穿越时空的爱恨情仇在作品中的人物身上再次得到映现,真正是戏如人生、人生如戏。小说的文化内涵由此大大加深(《谁翻乐府凄凉曲》、《大登殿》、《逍遥津》、《豆汁记》、《小放牛》莫不如此)。即使像《小放牛》中的钮青雨这样在恶劣的环境之中被迫"沉沦"的"票友",也以自己最后的壮举翻转了人们先前对他的认识。《水在时间之下》里,却戏是戏,人生是人生,戏与人生两相剥离。戏里,玫瑰红、水上灯唱着《宇宙锋》,演着不慕荣华富贵的赵艳容,情真意切;戏外,她们都抛弃了真正爱着自己的男人,奔着富贵安逸去了。小说的情节、人物形象,只是作家表达思想意念和情绪的道具,本身并不能

---

① 方方:《水在时间之下》,《收获》2008 年第 6 期,第 141 页。
② 方方:《水在时间之下》,《收获》2008 年第 6 期,第 169 页。

说明什么，但作家对笔下人物的态度却显露着不同作家思想认识的差异。对玫瑰红、水上灯这两个"始乱终弃"的主角，作家给予了充分的理解和同情，将其人生"事与愿违"的结局，归结到"宿命"上来，显然缺乏思想力度和审美的震撼力。①

这部小说如同她的《风景》、《落日》等早期"汉味小说"一样，充满了对理想彼岸世界的怀疑，走的仍是"新写实主义"的路子，她的作品没有给读者提供一种引人向上的超越性的东西。叶广芩对笔下人物也充满了同情。那些曾经的贵族子弟虽然任性胡闹，甚至常有荒诞之举，但他们无意伤害别人，善良纯真，在他们看似荒诞的人生中有着对生命底线的坚守，有着对生活情趣、生命尊严的维护。七舅爷、钮青雨、完占泰这类谪仙一样的人物只能出现在京城贵胄之家，而玫瑰红、水上灯等带着"汉口的土气"的人物也只好做"汉味"文学的主角。

与"汉口的土气"相一致的不仅仅是人物，还有语言。《水在时间之下》全部采用叙述语言，即使人物对话，也不加标点，不直接引用，而是全由作家转述。人物语言是表现人物性格、再现生活场景、营造地域文化氛围的重要手段。作家将这种方法抛弃，在转述人物语言时，采用一种记流水账式的"A说B说"的模式，这样很容易削弱文学语言所应有的美感，比如上文提到了玫瑰红与肖锦富购物时的那段对话。

在具体的用词上，常常是文白夹杂，既失去了地道汉味语言的率真活泼，又与古朴典雅相去甚远。比如这样一些话："水文冷然一笑，说你不知道我是谁吗？红喜人亦冷冷道，我与你素不相识，我也不需要知道你是谁。"②"管事老木负责卖戏，也急得上火，两个嘴角成天烂着，乍望去，嘴巴都比别人宽了两寸。"③在总体通俗

① 宿命意识是贯穿方方小说始终的一条思想主线，参见拙文《论方方小说的宿命意识》，《北华大学学报》2010年第1期。

② 方方：《水在时间之下》，《收获》2008年第6期，第147页。

③ 方方：《水在时间之下》，《收获》2008年第6期，第125页。

的语言、庸常的人生故事叙述中，突然出现"冷然"、"亦"、"乍"这样一些词，显得很突兀。其实这是方方一贯的语言风格，她早年的中短篇小说中，这样充满"杂质"的语言比比皆是（就语言的纯粹性而言，她比不上池莉）。像"每逢此，工地上便笑开了花"①，"栖心里寡然得很"，"位于栖和星子家那一排平房已赫然于眼前了"②，"栖想他以前竟是没有注意"③，"栖好是懊悔了一阵"，"栖的母亲闻知星子一直等栖张口的事时"，"栖初始不以为然，觉得母亲乃出自偏见，直到后来，栖才晓得母亲的判断是何等的正确"④，"余仲明似乎愣了愣，俄顷又点点头，不知其意"，"麦子给夏春冬秋打电话告说小男自杀的消息时，夏春冬秋立即笑出了声"，"麦子搁了电话，呆然几分钟，甚无味"，"久望之"。⑤

　　武汉曾经是全国闻名的戏码头，不同流派的戏剧名角云集。演戏、听戏曾经是武汉人文化生活中极重要的一部分，这里面有许多值得书写的人生故事。方方为写这部关于戏子的小说，显然下过很深的工夫。小说中对学戏、演戏及戏剧界的种种规矩都有真实的表现，可惜在作家浅俗直白的叙述中，我们常常感觉戏剧只是一种职业，而不似叶广芩那样富于艺术的美感。我们看作家写水上灯对"花猫捕蝶"的感受："水上灯很喜欢《打花鼓》这出戏，而其中的'花猫捕蝶'的身法，更是令她喜爱得如痴如醉。徐江莲说，算你还识货。她拿出汉戏代代相传的'花猫捕蝶'的一百零八套身段谱。

　　① 方方：《桃花灿烂》，《行云流水》，长江文艺出版社 1992 年版，第 17 页。

　　② 方方：《桃花灿烂》，《行云流水》，长江文艺出版社 1992 年版，第 19 页。

　　③ 方方：《桃花灿烂》，《行云流水》，长江文艺出版社 1992 年版，第 21 页。

　　④ 方方：《桃花灿烂》，《行云流水》，长江文艺出版社 1992 年版，第 26 页。

　　⑤ 方方：《白驹》，《行云流水》，长江文艺出版社 1992 年版，第 215、216、217、226 页。

水上灯看罢,照样试着练习,觉得完全像是在跳舞。水上灯想,如果真到舞台上跳这样的舞,整个台面都会跟着人旋转。那样演戏才真真叫作过瘾……"①这样的叙述就像在谈论汉正街上的一件商品一样,"花猫捕蝶"真正的美在哪里,我们感觉不到。女性作家笔下语言通常所具备的婉丽、清新、韵味悠长(像迟子建、范小青、铁凝、毕淑敏、王安忆等人的语言)在这部小说中都消失了踪影。不仅这部长篇,作家此前的创作及池莉、彭建新等其他汉味小说代表作家笔下的语言也有这一特征。蒋孔阳、郜元宝在谈到中国当代文学的语言问题时曾说:"语言的生机与华美自有一种文化的衬托,二者互为表里。语言的松懈、散漫、随便、媚俗、驳杂不纯等等,说到底,还是由于文化底蕴的萎靡不振。"②这"文化底蕴的萎靡不振"不仅仅指作家个人,也包括作家身处其中的地域文化。

与北京比较,武汉缺乏深厚的文化底蕴,没有北京作为三朝古都的那种大气,市民的文化层次整体上也低于北京。在"汉味"作家笔下,既少见老舍、邓友梅作品中那些注重生活礼节、讲究风俗规矩的"老派"人物、没落旗人,也少有叶广芩小说里在生活困顿中仍坚守人格操守和对生活艺术化追求的"精神贵族"。人们提起"汉味小说",常常想到的就是粗俗精明的小市民,就是"汉味"作家对小市民生活的满含热情的书写,语言浅俗,这种书写少有"京味小说"中常见的那种蕴藉深沉的沧桑感和文化韵味。城市文化的差异决定了北京能产生《逍遥津》、《采桑子》,而武汉只能产生《水在时间之下》。

事实上"京味小说"的格调在其发展的历程中,也是不断变化的:从最初老舍、邓友梅、刘心武的淳厚从容深沉,到张辛欣的泼辣、王朔的调侃,再到叶广芩的温情宽和。京味小说风格的这种变化,既是京味的丰富内涵在不同生活层面上的体现,也是时代文化思潮发展变化的投射。王朔、徐星等人的"新京味"中所呈现的京

---

① 方方:《水在时间之下》,《收获》2008 年第 6 期,第 136 页。
② 蒋孔阳,郜元宝:《当代文学八议题》,《上海文学》1994 年第 12 期。

腔的粗鄙化和芜杂化，就与"文革"之后人们蔑视一切"假大空"的谎言，与20世纪80年代"告别革命"、"解构崇高"、"回归本真生活"的文化思潮有关。20世纪80年代"新写实主义"的兴起，也正是这一思潮在文学上的体现。"新写实主义"注重"原生态"地表现市井细民日常生活的创作观念与武汉市民文化中本来存在的粗野、庸俗的内容相叠加，终于成就了方方、池莉这两位以写"新写实主义小说"而闻名的女作家。与她们不同，叶广芩开始创作以家族叙事为代表的"京味小说"时，正是中国传统文化重新得到重视的时候。现实的不如意，使传统文化中的一切在人们面前似乎都变得温馨起来。如此情势之下，"京味"中宽和淳厚温情的一面也被挖掘或被重新恢复起来。当然"京味"雅得自然、俗得不粗，大气淋漓的基本格调，"京味"的灵魂，纵使短期内时代骤变，它也是不变的。王朔的"京痞"是这样，叶广芩写平民普通生活的长篇《全家福》也是这样，有着"京味"一贯的幽默温厚风格，像一出单口相声。

"新海派"的代表作家中，像王安忆、程乃珊、王晓玉、卫慧、棉棉等人，都是女性作家，其中王安忆更被认为是"新海派"的标志性作家。她的《长恨歌》也被认为是近年来不可多得的"新海派"创作中的标志性作品。深入剖析这个作品，可以管窥海派自诞生以来延续至今的某些深潜在时代巨澜中的基本特色。

在这部作品中，作家将主要人物安排在远离霓虹灯的里弄，将笔力放在主人公身体和心理的细微变化上，着重对日常生活细节的描写和呈现。像在小说的开头花费很大的篇幅细致地书写弄堂、鸽子、闺阁和流言，这正是上海市民日常生活中通常的场景和氛围。小说故事情节的起讫时间是1945年到1986年。这段时间的中国包括上海发生过许多轰轰烈烈的大事件，但这些在小说中都只是深深地隐在幕后的背景，时代的变化只体现于人们日常生活的点点滴滴之中。作家这样处理，不同于当代许多作家惯用的以小事写大时代的"以小见大"的手法。作家无意表现"大"时代，相反，她要写出在"大"时代中主人公对这些"小"的坚守，对一种生活精神、一种情调的维护,进而表现普通人日常生活中恒久不变的、稳定的一面。

正是日常生活中衣食住行这些最具体的内容,生活中对情趣、品位、格调最执著的坚守,超越了时代。王琦瑶对物质生活的在意,她对那种蕴含在旗袍、香水、咖啡中的生活情调的追求,终于从深巷里弄中走出来,成为时代的潮流。从一定意义上讲,不是时代驯服了"王琦瑶们",而是"王琦瑶们"征服了时代。正如张清华所言:"'革命的上海'看起来永远不能取代那个'都市的小资的上海'——革命和政治在上海与时俱进,但都市小资的生活却在每一个街道和角落中根深蒂固。"①的确,上海也是革命的,无论是现代和当代,它都是中国政治、经济生活中心之一,但这似乎并不妨碍上海人对精致优雅生活的追求、对从日常生活中得来的理性精神的维护。在"文革"初期的狂热中,全国许多大城市发生过学生打死老师的事(北京最多),而在上海却没有发生一起类似的事件,20世纪80年代的几次大的政治运动中,也鲜见上海人的身影。在禁欲的年代,全国人民的服装一个样式,但上海女性却能将呆板的上衣加以改造,束腰,小翻领,尽量显露女性的妩媚。上海生产的产品,在很长一段时间内,都是高质量和高品质的象征。

由此反观20世纪40年代张爱玲的创作,在国破家亡之时,她仍执著于对上海人"饮食男女"的书写,就很好理解了。张爱玲说过"我发现弄文学的人向来注重人生飞扬的一面,而忽视人生安稳的一面。其实,后者正是前者的底子。"②她的作品就是着重书写作为"底子"的"人生安稳的一面"——"沉重累赘的一日三餐"、婚姻与家庭、人情与世情。她惯于将那些生活在公寓中的男人和女人放到日常生活的层面,在吃、穿、住、行的琐细描写中展示他们复杂

---

① 张清华:《从"青春之歌"到"长恨歌"——中国当代小说的叙事奥秘及其美学变迁的一个视角》,《当代作家评论》2003年第2期,第86页。

② 张爱玲:《自己的文章》,《张爱玲文集》(卷四),安徽文艺出版社1992年版,第175页。

的人性。即使所谓浪漫的爱情，在她笔下也与家国、道德、美善等宏大的概念无关，范柳原和白流苏在婚姻面前的徘徊，不过是一项交易暂时难以持平，于是出现了"美丽的对话真真假假地捉迷藏，都在心的浮面飘滑；吸引、挑逗、无伤大雅的攻守战，遮饰着虚伪。男人是一片空虚的心，不想真正找到着落的心，把恋爱看作高尔夫和威士忌中间的调剂；女人，整日担忧着最后一些资本——三十岁左右的青春——再一次倒账"。二人之间真真假假、进进退退进行了许多回合，只是当太平洋战争爆发、他们连生命也得不到安全的保障时，两人这才达成了互不吃亏的婚姻协议。

王安忆也有与张爱玲类似的看法，她认为，"历史是日复一日、点点滴滴的生活的演变"。① "无论多么大的问题，到小说中都应该是真实、具体的日常生活"。这些具体的、琐碎的日常生活"是各朝各代，天南地北都免不了的一些事，连光阴都奈何不了"②。在时代风云的不断变换之中"浮光掠影的那些东西都是泡沫"，唯有"底下这么一种扎扎实实的、非常琐细日常的人生，才可能使他们的生活蒸腾出这样的奇光异彩"③。

王安忆也善于通过对琐碎细节的描写来向读者展示上海人生活中的"奇光异彩"。这大量地表现在她作品中对服装、饮食、建筑、人的生存空间与心理活动、内心细微感受的细致描写上。王琦瑶穿着白色的旗袍，感觉显得太素，要挽一件"米黄的开司米羊毛衫"，这样配起来才好看；她请严师母吃饭，分寸是掌握在"家常与待客之间"，既显得热情，又不过分；《富萍》中的吕凤仙，即便是吃简单的饭菜，也要用"金边细瓷碗"盛。还如对居住环境的讲究，作家这样写爱丽丝公寓："这又是花的世界，灯罩上是花，衣柜边雕着花，落地窗是槟榔玻璃的花，墙纸上是漫洒的花，瓶里插着花，手帕里夹着一朵白兰花，茉莉花是飘在茶盅里，香水是紫罗兰香

---

① 王安忆：《王安忆说》，湖南文艺出版社 2003 年版，第 155 页。
② 王安忆：《王安忆说》，湖南文艺出版社 2003 年版，第 110 页。
③ 王安忆：《寻找上海》，学林出版社 2001 年版，第 192 页。

型，胭脂是玫瑰色，指甲油是凤仙花的红，衣裳是雏菊的苦清气。这等的娇艳只有爱丽丝公寓才有，这等的风情也只有爱丽丝公寓才有，这是把娇艳风情做到了头，女人也做到了头。"①这到处是花的居室正是把"娇艳风情"做到了头的女人精神的写照。

作家不仅乐于对市民日常生活进行细密缠绵的书写，而且似乎陶醉于对市民日常琐碎的生活进行审美提炼。像《富萍》中对吕凤仙包粽子的一段描写："吕凤仙坐在小凳子上，面前一盆拌了赤豆的米，一盆浸过酱油的米，再有一盘挑选过的肋条肉，粽叶完成一个三角兜，托着，空出手舀米，一勺正好，再填肉，又一勺米，也正好。粽叶盖上去，窝下来，包住，又是正好，稍拖下一点粽叶的尾。角和棱略略掐一道，然后开始捆，这一回，嘴也凑上去帮忙了，来不及看明白，一只模样俏正的粽子出来了。"②包粽子这样寻常日子中的一件小事，在作家的描绘下，却像一幅工笔画一样。由此可见上海人对细微而琐碎的日常生活的爱好，她们把日子总是过得细密周到，无论生活怎么改变，她们体现于俗世生活中的那种精致和细密却永远不变。

还比如王安忆对上海弄堂的细腻感受："站一个制高点看上海，上海的弄堂是壮观的景象。它是这城市背景一样的东西。街道和楼房凸现在它之上，是一些点和线，而它则是中国画中称为皴法的那类笔触，是将空白填满的。当天黑下来，灯亮起来的时分，这些点和线都是有光的，在那光后面，大片大片的暗，便是上海的弄堂了。那暗看上去几乎是波涛汹涌，几乎要将那几点几线的光推着走似的。它是有体积的，而点和线却是浮在面上的，是为划分这个体积而存在的，是文章里标点一类的东西，断行断句的。那暗是像深渊一样，扔一座山下去，也悄无声息地沉了底。那暗里还像是藏着许多礁石，一不小心就会翻了船的。上海的几点几线的光，全是

---

① 王安忆：《长恨歌》，上海东方出版中心 2008 年版，第 73 页。
② 王安忆：《富萍》，上海文艺出版社、文汇出版社 2005 年版，第 106页。

叫那暗托住的，一托便是几十年。这东方巴黎的璀璨，是以那暗作底铺陈开的。一铺便是几十年。"①这弄堂正是上海城市精神与市民文化的载体和象征，这弄堂的"暗"正是上海这座城市的底色，是它在背后托起了这城市的"几点几线的光"。这样对城市的细腻感受和精致描绘正体现着海派文学的神韵。

作为上海的外来人，王安忆曾在淮海中路的一条新式弄堂里生活了19年，上海的弄堂文化对她的影响是明显的。在她的记忆中，淮海路及其附近的思南路上，经常可以看到像王琦瑶、摄影师这样的摩登男女，"他们穿扮得很讲究，头上抹着发蜡，裤缝笔直，女的化着鲜艳的晚妆，风度优雅"出入淮海路那些华丽雅致并且昂贵的消费场所，"似乎去赶赴上个世纪的约"。"弄堂前的淮海路上有着一些著名的西餐社，'宝大'，复兴园'，'复兴园'在夏季有露天餐厅，在后门外的一片空地上，桌上点着蜡烛。"②这样的生活情调也只有上海才有。即使在20世纪五六十年代的困难时期，一般的市民家庭除了果腹已没有余钱再去那样的地方享受，但是那里依然聚集着一批穿着讲究、神情安闲的人，他们依然在尽力维持着生活中的那份优雅。优雅的上海终于熬过了那个艰难的时期，它也征服了王安忆这个上海的"外来者"，并且通过这个"外来者"精细的描绘，将它的优雅呈现在读者眼前。

池莉同样也热衷于对日常生活的书写，但展现在她笔下的武汉市民人生却是另一番风景，利益纷争，名分计较，争吵不断，语言粗俗，不像王安忆笔下的日常生活，一切是在静悄悄地发生着，大家都心知肚明，用不着大张旗鼓、大吵大嚷。与"汉味"的人物故事相一致，池莉的语言也不够精致和细腻，只能是一种风风火火的快节奏的流泻，没有细致的品评。同样是写日常生活，池莉重在故事的讲述，反反复复书写市民日常生活中的酸甜苦辣、悲欢离愁，有时陷入对生命自然流程的复制之中。像《太阳出世》中写一对年

---

① 王安忆：《长恨歌》，上海东方出版中心2008年版，第3页。
② 王安忆：《忧伤的年代》，上海文艺出版社2002年版，第123页。

轻人结婚、怀孕、分娩、育婴的全过程,《烦恼人生》中几乎并列式地罗列印家厚在一天生活中的各种"烦恼"。王安忆的书写虽然较池莉更为琐碎细密,却不让人觉得唠叨。在她语言的引领下,读者常常如感同身受一般,能与她一起细细品咂出蕴含在日常生活细节中的美感。王安忆、张爱玲笔下的上海人是世俗的,但他们似乎世俗得更加纯粹,对生活更加投入,更加用心,更加懂得怎样去细心体味享受生活的美好。同样是热情地拥抱现实人生,池莉笔下的人物,常常是得过且过,"冷也好热也好活着就好",王安忆的人物却将其表现在对日常生活的细细打磨上。王安忆笔下的人物常常是远离政治的,池莉的人物身上还时常闪烁着政治的影子。许师傅因为给毛主席做过豆皮,而成为他常常吹嘘的资本(《冷也好热也好活着就好》)。乐卫红因为曾经做过毛主席的服务员,总有一种飘飘欲仙的感觉,终于形成了畸形病态的人格(《梅岭一号》)。康伟业与段丽娜的交往本来要终结了,是毛主席的死让他们终于走到了一起。毛主席逝世的消息发布以后,段丽娜与康伟业都处在一种无助的状态,两人相约在公园见面,见面时,相互间只说了一声"毛主席"就泣不成声了,然后不知不觉地拥抱在一起,"他们絮絮丝语,从国内形势说到国际形势,又从国际形势说到了他们自己的状况,康伟业和段丽娜正式确立了恋爱关系"①。因为"毛主席"而确立起恋爱关系的人,当然不可能如"王琦瑶们"一样坚持自己的生活哲学,与流行的时潮逆向而行。

从张爱玲到王安忆,对宏大话语的疏离,是海派文学风格中最重要的部分之一,这一风格在更加年轻的海派作家身上得到了延续。新旧世纪之交,当文坛高呼"人文关怀",倡导"底层苦难叙事"的时候,出现在卫慧、棉棉笔下的却是一种沉醉于感官刺激和物质享受的景象。这些宏大的话题似乎与上海无关,上海是一个另类的存在,正如卫慧所言:"我的本能告诉我,应该写一本世纪末

---

① 转引自张荣翼:《日常生活中的意识形态——当前都市通俗文学中汉语形象的蕴含》,《文艺争鸣》2004 年第 2 期,第 21 页。

的上海，这座寻欢作乐的城市，它泛起的快乐泡沫，它滋长出来的
新人类，还有弥散在街头巷尾的世俗、伤感而神秘的情调。这座独
一无二的城市，从 30 年代起就延续着中西相交衍变的文化，现在
又进入第二波西化浪潮……"①

　　上海虽然与武汉一样没有北京那样深厚的传统文化积淀，但它
却有着在中国最为发达的资本主义现代工商业体系，是中国面向世
界的窗口，受西方文化影响很深。其敢于冒险、精明务实、追求精
致生活的"海派"文化，在中国是独一无二的。武汉也曾是中国仅
次于上海的工商业发达城市，但终因其深处内地，在国家总体发展
战略中的位置远不如上海，加之在城市自身发展中与乡村的紧密依
存关系，以及历史文化传统中勇悍粗犷的精神遗传，使武汉成为了
"中国最大的最农业化的大都市大集镇"，而与上海相去甚远。武
汉和上海两地的女作家们虽然都热情书写市民普通的日常生活，但
出现于她们笔下的人物，无论身份、气质、性格、生活情趣，还是
对日常生活的态度都很不相同，而两地作家对语言的把握、对笔下
人物的情感倾向也有明显的差异。俗语说"一方水土养一方人"，
这"人"里面自然也包括作家，作家与他们笔下的人物一样，都受
制于地域文化的影响。

第四节　城市现代化进程中"汉味小说"的境遇

　　20 世纪 80 年代中期以来，方方、池莉创作了大量以武汉为背
景的小说。她们的小说不同于湖北的前辈作家们弘扬主旋律、进行
宏大叙事的传统现实主义作品，而是对生活进行"原生态"的展现。
这种被表现的"原生态"生活，带有浓厚的武汉地域文化特色。因
而她们的作品和彭建新、何祚欢、吕运斌、魏光焰等在武汉土生土
长的作家的作品一起，被一些评论家称为"汉味小说"。

　　以方方、池莉的创作为代表的"汉味小说"最初是以"新写实主

---

①　卫慧：《上海宝贝》，春风文艺出版社 1999 年版，第 265 页。

义小说"的身份而被评论家提及，因此我们在论及"汉味小说"与社会文化思潮的关系时，必须首先考察"新写实主义小说"。"新写实主义小说"的出现与 20 世纪 80 年代社会文化思潮的变化息息相关。20 世纪 80 年代中后期文学乃至文化思潮变化的新动向，我们认为主要体现在三个方面。

一是随着西方"垮掉的一代"思潮和后现代主义思想的影响，20 世纪 80 年代的中国文学表现出很多新的特征，消解历史深度、去神圣化和文本游戏化，在一些作家的创作中开始显现。其中行动最快的是素来对文艺思潮最为敏锐的诗歌。以韩东、于坚等人为代表的"他们派"和以李亚伟为代表的"莽汉派"，以及当时出现的众多诗歌团体，抛弃传统诗歌的典雅优美，也抛弃了北岛、舒婷、顾城等"朦胧诗人"笔下的忧愤、凄艳与纯净，将世俗和粗鄙展示在读者面前，表现出对市民文化中粗俗成分的认同、对传统文化精神的背弃。像于坚笔下的诗句："隔壁的大厕所/天天清早排着长队"，"那年纪我们都渴望钻进一条裙子/又不肯弯下腰去"，"恩恩怨怨，吵吵嚷嚷/大家终于走散"(《尚义街六号》)。像李亚伟以粗俗的风格、纪实的笔触书写的大学空虚生活："万夏每天起床后的问题是/继续吃饭还是永远/不再吃了/和女朋友一起拍卖完旧衣服后/脑袋常吱吱吱地发出喝酒的信号"，"现在中文系在梦中流过，缓缓地/像亚伟撒在干土上的小便，它的波涛/随毕业时的被盖卷一叠叠地远去啦"(《中文系》)。① 他们在诗歌中肆意践踏知识、文化、哲理、使命等崇高的词汇，公开宣称："我们已经与文化划清了界限，我们决定生而知之……让那些企图学而知之的家伙离我们远点，我知道他们将越学越傻。"②(这些语言很容易让人想起池莉笔下庄建非对知识分子父母的感慨："饱学了人类知识的人反而会疏远人类。")不仅是诗歌如此，在解放思想、打破一切旧的传统束

① 徐敬亚等编：《中国现代主义诗群大观》(1986—1988)，同济大学出版社 1988 年版。

② 沈浩波语，转引自徐江：《从头再来》，《芙蓉》2001 年第 2 期。

缚的冲动下，以孙甘露、格非、余华、吕新等人为代表创作的"新潮小说"，在语言的狂欢中编织叙事迷宫，解构了传统小说对思想、情节和人物性格的理解。还有以钟鸣、任洪渊、柯平、张锋等人的创作为代表的光怪陆离的"新潮散文"，以魏明伦、沙叶新、林兆华等人的创作为代表的拆解经典的"荒诞戏剧"。他们的作品大胆冲破传统束缚，各自以奇异的面目呈现在读者面前，对于消解民族文化传统重负和长期以来形成的僵化政治话语，有着一定的意义。

二是与中国改革开放同时开始至 20 世纪 80 年代中后期愈益汹涌的"世俗化"浪潮。在西方，"世俗化"是与"宗教化"相对而言的，在中国的具体语境中，"世俗化"更多的是相对于"精英化"、"政治化"。在当代中国的很长一段时期里，"精英化"又常常是与"政治化"合二为一的，许多知识分子只是"政治"的附庸，虽然也不乏特立独行之人，但终究还不足以成为一个对社会产生影响的"阶层"。在"解放思想"旗帜引领下的"世俗化"浪潮中，大众文化开始兴起，老百姓也敢于将人性中各种合理的欲望展露出来，对当代历史中的各种"假革命"、"伪崇高"进行无情的批判。这种思想逐渐蔓延，进而发展为一种波及广泛的"告别革命"、"远离崇高"的社会思潮。许多作家在创作中抛弃了对理想、信念、主义、自我实现等宏大价值的追求和探讨，不少"新生代"的诗和小说都"只到语言为止"。

三是时代文化思潮的不断变化强化了文学自身求新求变的内在冲动。文学总是渴求创新，新时期以来的当代文学表现得尤为明显，从"伤痕文学"到"反思文学"、到"改革文学"、到"寻根文学"、到"新潮小说"……一波接着一波，各领风骚三五年。20 世纪 80 年代中后期，"寻根热"和"新潮小说热"已经由热变冷，作家和评论家都在开始寻找新的话题。这时，刘震云的《单位》《一地鸡毛》、刘恒的《狗日的粮食》《伏羲伏羲》、王安忆的《小城之恋》《岗上的世纪》、铁凝的《棉花垛》《玫瑰门》、余华的《十八岁出门远行》《现实一种》等作品先后问世。方方和池莉也一改早期作品中的浪漫美好、清新明丽(像方方的《大篷车上》,池莉的《月儿好》),写出了被称为"新写实主义"代表作的《风景》和《烦恼人生》。这些作家以朴素的笔调、自然主义风格的写实手法,在作品中展现当代中国普通百姓毫无诗意的艰难人生。他们的创作一改当时各种"新潮"文学中惯用的夸张、变形和隐喻的手法,引领了文坛的新时尚。他们的创作是对"世俗生活的一种认同","是对个性主义的一个反动……'自我实现'的情绪整个没有了,承认现实,悟透了,无可奈何"。"新写实"作家笔下,"语言也世俗化了,非个性化了"。[①] 面对平庸无聊的人生、无尽的烦恼和司空见惯的悲剧,"新写实"作家们没有惊讶,没有感慨万千的情绪,他们对作品中的人物持一种"零度情感"的态度。许多作家几乎不约而同地从最初发掘人生的明朗、温馨转向暴露人生的阴暗、残酷和冷漠。"冷酷"、"冷漠"和"冷嘲"成为"新写实小说"最突出的色调。这种状况与批判现实主义的人道主义激情相去甚远,却与"新潮小说"在精神气质上有很多相似("新写实主义小说"对"新潮小说"的反拨,更多的是体现在创作方法上),这也证明了时代文化风尚对文学的影响。

　　但在"新写实主义小说"总体冷漠的风格之下,许多作家在对普通百姓日常生活的细致书写中,也融入了自己对他们的热爱之情。方方和池莉是这其中的典型代表,在谈到《风景》这部作品时,方方说,"自下而上环境的恶劣,生活地位的低下和拼命奋斗的艰难,产生了七哥那样的人物","他们采用了别具一格的奋斗方式和生存技巧","该谴责和痛恨的是生长七哥们的土壤"。[②] 这里面表达了作家对笔下人物的"理解之同情"和对社会不公的隐隐批判。同样的意思也出现在池莉关于《烦恼人生》的创作谈中,她说:"我们普通人身上蕴藏着巨大的坚忍的生活力量。用'我们不可能主宰

---

①　王干等:《新写实小说的位置》(对话录),《上海文学》1990 年第 4期。

②　方方:《仅谈七哥》,《中篇小说选刊》1988 年第 5 期。

生活中的一切，但将竭尽全力去做'的信条来面对烦恼，是一种达观而质朴的生活观。"①

　　这两位来自同一地区的"新写实主义"代表作家，不仅在她们的作品中将城市普通市民无聊粗俗的人生表现到极致，持续地在作品中不厌其烦地反复书写普通市民的庸常人生（池莉尤其如此），而且还不约而同地对笔下人物倾注着自己的热情，表现出一种与笔下人物在精神上"同构"的热烈洒脱的人生态度，呈现出一种不同于其他"新写实主义小说"和其他"城市文学"的独特气质。这就是所谓的"汉味"。

　　这种独特的"汉味"当然与武汉的地域文化有关。"汉味"的具体表现，我们在本章第二节已经详细论及，这里我们仅就其中的"粗俗""热烈"风格和"非知识分子"立场问题再作论述，因为这与"汉味小说"在城市现代化进程中的未来发展密切相关。

　　武汉是一个与乡村联系极为紧密的城市，武汉人的文化品格、行为准则及社会生活规范，有着浓重的宗法味和乡土味。这个在"体貌"上可以跻身世界特大都市行列的城市，在其内部不过是一个由血缘、宗族、同乡、街坊、同事、同学、师徒、朋友、哥们儿、上下级等一系列关系聚合起来的无数个小"村社"。在这个"村社"内部，武汉人常常很义气、热情、随和、乐于助人，甚至为朋友两肋插刀；但在这个利益集团之外，则是另一副面孔。② 无论是对"内"的格外热情，还是对"外"的异常冷漠，都是传统乡村宗法社会中重视血缘宗族关系的遗传。当然这些小"村社"内部也有争斗，那只是将"村社"的组织及规模进一步小型化，其背后的逻辑是一样的。这种情况在中国内陆的其他城市可能也普遍存在，但在武汉似乎表现得尤其严重。对于武汉城市的这种宗法性特质及其与乡村的深刻联系，何祚欢在他的"儿子"系列小说中有过形象的书

---

① 池莉：《也算一封回信》，《中篇小说选刊》1988 年第 4 期。
② 胡发云：《死于合唱》，武汉出版社 2006 年版，第 348 页。

写。我们通过对其笔下几个文本的详细解读来进一步认识传统的宗法思想对汉正街乃至对武汉的渗透和影响，以及对武汉现代化发展的制约。

何祚欢自 1987 年起陆续发表和出版了中长篇小说《养命的儿子》、《失踪的儿子》、《舍命的儿子》。三部小说中，最早写出的是中篇《养命的儿子》，发表于《芳草》1987 年第 2 期，最后写成的是长篇《舍命的儿子》，完成于 1996 年 7 月。几乎是同一主题的三部小说，前后跨度近 10 年，可见"儿子们"的人生故事在作家心目中的分量。

《养命的儿子》中的何昌农，一生勤劳谨慎，生意场上兢兢业业、如履薄冰，终于小有所成。二哥和二嫂便想着法子要"败坏"他，老太爷也不喜欢他。因为怕二嫂生事，辛苦一年回家，何昌农还不能给妻子带一件像样的礼物；自己为给家人撑门面盖起的新房也不能住；二哥给家庭带来的屈辱，都要算在他的头上。他最后只有选择逃离。"养命的儿子"何昌农被父亲逼迫着漂泊到异域他乡。"失踪的儿子"韩春泰，十年后却被亲戚在"汉正街"上撞见了。家人团聚，本该有几多喜悦，哪知接踵而来的却是无尽的烦恼。先是发妻云香要搬来与他同住，接着又要干涉茶庄的生意。一个云香还好容忍，可云香的后面还有为其撑腰的一帮娘家人，有自己昏昧不清的父母亲。这些家人亲戚或是为了自己的眼前利益，或是为了面子，像条条绳索一样将韩春泰紧紧地困缚住，让他施展不开手脚，直到最后亲眼看着自己苦心经营的茶庄在家人的折腾下一天天衰败下去。他能够做的，要么回到家族亲人形成的那个"酱缸"中，要么再一次失踪，失踪到远离家乡、远离亲人的上海。

远走南洋和上海的"儿子们"毕竟只是极少数，大多数的"儿子们"还得在本乡本土打拼，还得生活在家人亲戚的包围之中。何祚欢在长篇小说《舍命的儿了》中，为他的主人公刘怡庭编织了一张更大更复杂的网。在这张由亲戚结成的网中，刘怡庭百般容忍，左冲右突，最后仍落得个凄凉而死的下场。刘怡庭至死都没有明白："好生生的亲戚，为什么关照关照总是关照成了仇人"？为什么"一升米养个恩人，一斗米养个仇人"？外甥被人当了"红帽坨"，他替外甥抹平；外甥越狱逃跑，他替外甥坐牢。姐姐一家人不但不感激他，还将怨恨种在他头上。二哥刘怡宾与连襟王厚成合伙骗他的钱，到外面私开"九万年分号"。自认为有恩于弟弟的巧云，"自己屋里一塌糊涂，管弟弟的事却生怕抢不到头功"，一再干涉刘怡庭的家庭生活。

家族的创业者、奉献者与家族的乞食者之间的矛盾纠葛，是"儿子"系列小说共同的情节主线。三个"儿子"与家人之间的对立其实是两种不同价值观、两种不同文化的差异。"儿子们"身处都市，受到现代商业文化的影响，更加注重理性和效益。汉正街上残酷的商业竞争，淘汰了一批又一批没有摆脱农民思维模式的淘金者。何昌农、韩春泰、刘怡庭都不止一次地对家人亲戚们强调"汉口不是乡下"，企图以此强化家人亲戚对汉口"城市性"的认识。家人亲戚们并非是品质恶劣、十恶不赦的"坏人"，他们所遵循的是前现代农业文化的道德尺度，血缘、家庭、宗族的观念深入他们的骨血之中，他们讲究有福同享、有难同当，所以，很多时候他们并不把自己的所作所为看成是对"儿子们"的伤害。

事实上，这些"儿子们"自身对汉口"城市性"的认识也有待深化。因为他们一方面痛恨于家人亲戚的蛮横无理、自私贪婪；另一方面自己也深受宗法文明的濡染，割不断家庭宗族的血缘纽带，一旦事业上小有所成，马上就想着荫庇家人。正如吴奶奶对刘怡庭的分析一样："刘怡庭雄心勃勃，不失为一个男子汉，但他那种上托着爹娘，下荫着亲戚六眷的'胸怀'，实在博大得大而无当。它让很多人无须付出就可收获，却使他自己在'泽被一方'的陶醉里失去自己。"（《舍命的儿子》）韩春泰和刘怡庭倒是都有把事业做大的意愿，可他们的行动最终都是由玉秀和吴奶奶促成的。他们对家人亲戚的宽容，不但没有得到应有的亲情回报，反而助长了亲戚们的依赖心理。这样，不仅仅是那些"在乡者"，就是如"儿子们"一样的"汉口人"，也面临着一个如何摆脱血缘、家庭、宗族的束缚，迅速融入现代社会的问题。当然乡村宗法文明中也存在许多有价值

132

的东西，而且血缘、家庭、宗族的联系任何人都无法割断，因为它们是一种自然的存在。真正的问题是，我们应该如何以现代的理性眼光来看待并处理这种联系。

何祚欢的"儿子"系列小说一方面表现了武汉与农村的深刻联系，另一方面也指出了这种联系对城市个体及城市文明发展的阻碍。在市场经济的大潮中，当利益追逐、金钱至上的观念占据人们头脑的时候，乡村式的粗蛮、鄙俗、泼辣、小算计在武汉市民文化中便表现得格外突出。在以"原生态"书写为特征的"新写实主义小说"中，方方、池莉等作家笔下的"汉味"便显得格外粗粝。她们在作品中大量表现丑，表现粗鄙、庸俗的人生形式，丑陋、病态、卑污的生活细节。她们表现"丑"常常似乎不是为了要引向"美"，而是包容"丑"，认同"丑"。

读她们的文章，似乎耳边常有一个声音：看，这就是生活，生活原本就是这样，生活也只能这样。许多"汉味小说"作家对笔下人物的情感倾向让人困惑。以方方的《落日》为例，可以说，这篇小说尽显了人生的卑污和人性的沉沦。作为家庭最长一辈的婆婆、王母，作为儿女的丁家兄弟、王医生，作为孙辈的成成、汉琴、秀秀、建建，似乎都是作恶者。这其中如龙、汉琴最为可恶，但作家似乎对他们并无批判和谴责。小说反复交待如龙面临的家庭困境，以欣赏的笔调写了秀秀在汉琴教唆下以身体换取财物的实践，并且这实践证明汉琴的"说教"是入理的、是成功的。这样，所有被卷入将自己的亲人活着送入火葬场的事件中的人们，作家似乎无意指责其中的任何一个。如果说这些人都可以宽恕，那么究竟谁来为丁家婆婆的死负责呢？小说对此采取了开放式的结局。据说，当有读者向方方提及这个问题时，方方的答案是：环境。连儿子谋杀老母的罪过也可以轻松地推给"环境"，人类一切的道德坚守和价值追求还有什么意义？

"汉味小说"作家们对"粗俗"的沉溺，必然导向对知识、对高雅的拒斥。在池莉的作品中，"'珞珈山文化'的失势和'花楼街文化'的优胜，是一个永远的母题"，"知识分子的可怜可悲可鄙和市民阶层的可爱可喜可亲，在她的作品中成了一个不变的标准"。①
《不谈爱情》中的庄家父母、庄建非的妹妹，都缺少人情味，可一
旦涉及庄建非的利益前途时又毫不犹豫地挺身而出。作为高级知识
分子的美丽女人梅莹，背着丈夫与还是小伙子的庄建非乱搞。这里
没有爱情，只有肉欲。池莉笔下的武汉根本就没有爱情，所以她也
"不谈爱情"。《你以为你是谁》中的李老师做事都要用一套大道理
给自己撑脸面，行小人事，放君子言。这些知识分子精神的猥琐、
人格的卑下与小市民何异！

　　方方笔下的知识分子形象有一个发展的过程，她早期作品中的
知识分子书写与池莉并无二致。《白梦》中大牛、皮匠、老头儿、
丝瓜等一帮文化人，整天浑浑噩噩，困顿猥琐，不思进取。作为小
说的主角——家伙，也全无女性知识分子的细致和婉丽。与池莉小
说在取名上的总体"向俗"不同②，方方的小说惯于使用一个富有
诗意和韵味的名称，像《桃花灿烂》、《风景》、《一唱三叹》、《祖
父在父亲心中》、《白驹》、《落日》、《行云流水》、《十八岁进行
曲》、《江那一岸》，等等。其实就小说内容而言，这些名称未必相
称，有些名称与作品内容、意味全无关涉，只能是有意为之，这有
方方的创作谈为证。在谈到《何处是我家园》时，她说："我起这个
具有哲学意味的篇名，也只是故意地显显自己的学问……然后就是
蒙蒙那些见了唬人的题目才读作品的评论家。"③这种做法背后的逻
辑其实与池莉是一样的，都不是对知识、对知识分子的真正看重，
那些听起来雅致的题目，不过是一个幌子而已。

　　池莉对知识、对知识分子的拒斥和漫画式表现，固然显得过于

　　① 刘川鄂：《小市民，名作家——池莉论》，湖北人民出版社 2000 年
版，第 92 页。
　　② 董国振在其所著的《池莉一本通》的第八章《题不惊人死不休——池
莉作品的标题设计》中，专门探讨池莉小说的标题问题。池莉自称注重标题的
"上口"和"刺激性"，刘川鄂也认为她"擅取亮眼的小说名"。详见董国振：
《池莉一本通》，中国国际出版社 2007 年版，第 214~222 页。
　　③ 方方：《何处是我家园》，《花城》1994 年第 5 期。

简单，可是方方对知识分子的同情和维护除了迎合评论家口味的"策略"考虑之外，是否同样削弱了其对知识分子的表现深度？在评论家们的鼓励下，方方通过两部"家族小说"续上了自己的知识和精神谱系，如果再认真地对知识者的扭曲人性作深入的解剖则无异于轰毁其自身赖以傲世的精神根基，就意味着自己精神生命的撕裂和人格意义上的痛苦（比较而言，池莉则没有这种担忧）。① 对现实的批判性是知识分子精神中的一个核心，方方的后期创作中一方面竭力维护知识分子的脆弱形象，另一方面同样维护充满了"荒原"感的生存世界，将世界的荒诞和无奈都归结到"宿命"之中，强调一切是命运的安排，"每个人都有自己的活法，而每种活法都有自己的定数"（《定数》）。这样的见解显然是与知识分子精神背道而驰的。

　　如前文所述，"汉味小说"的"粗俗"和"反知识分子"立场，是时代文化思潮与武汉地域文化交叉影响的结果，它的出现自有其价值和意义。正如陈美兰在谈到池莉作品时所讲的一样："无论哪一个作家，他有意识地选取了他们（指市民）作为自己创作的关注点，以理解的态度真实体现他们的情感特征，他们的价值观念，写出他们乐于接受的作品，这有什么可非议的呢？如果我们以'珞珈山'为知识分子、文人精英的代名词，以'花楼街'为小市民的代名词，那么，在文学创作中难道只能以'珞珈山'的眼光写'花楼街'，就绝不能以'花楼街'的眼光写'珞珈山'，像池莉的《不谈爱情》那样？文学既然是精神产品，而精神世界是极为复杂多样的，它有许许多多不同的层次，池莉的小说，体现了今大社会一定层次的精神情绪，它受到社会一定层次读者的欢迎，它就是有其存在的根据和价值。"②

---

①　参见李俊国：《在绝望中涅槃——方方论》，湖北人民出版社 2000 年版，第 110 页。
②　陈美兰：《湖北的文学批评怎么了》，《当代文学研究》2001 年第 12 期。

　　问题是，促使"新写实主义小说"产生的社会文化环境已经发生改变，中国社会的加速发展，急需人们从思想观念到生活方式迅速跟进，知识和知识分子在这其中起着重要的作用。言行举止和思想情感上的"粗俗"与一个现代化大都市是不相称的，现代都市文化的发展要求精细、高效、理性、优雅与之相伴。"汉味"作家对"粗俗"格调和"反知识分子"立场的沉溺影响了他们对人物形象的把握，对小说语言、氛围的精心提炼和营造，削弱了作品的思想力度，制约了他们对创新的追求。

　　池莉的笔下多是恶男俗女的形象，但偶尔也会出现被人称道的人物，比如《生活秀》里的来双扬，许多评论家认为这是池莉笔下少有的一个令人感佩的市民形象。池莉在一次接受记者采访的时候也说，她就是要把来双扬塑造成自己心目中武汉优秀妇女的代表：既风情万种、柔情似水，又泼辣能干、勤劳善良。来双扬这个吉庆街上的女子也的确显示了她的精明、智慧和对尊严的维护，可就是这个"优秀妇女代表"，却引诱和利用乡下来的九妹，为自己谋取利益。当然来双扬自己并不觉得过分，她替九妹盘算过，一个农村来的女孩子，虽然嫁了个"花痴"，但有了城市户口，有了房子，划算。这就是作家眼中的"优秀妇女代表"！作家对人类精神中高贵品质认识的模糊，反映出了作家理性精神、批判意识的匮乏和创作观念的落后。不仅是诸如此类思想认识的问题，在具体的语言表达上，池莉的作品中也有许多有待完善提高之处，有评论家对她创作中的"硬伤"进行过专门统计，① 其中可能有吹毛求疵的地方，但她的作品中的确存在许多知识性和表达性的错误，却是不争的事实。

　　类似的缺陷也同样出现在其他"汉味"作家的创作中。方方小说语言中的"杂质"和她的"宿命论"思想一样贯穿了她的创作，至今没有明显改变。何祚欢的评书体小说，过分追求风俗演义式的传

----

　　① 详见刘川鄂：《小市民，名作家——池莉论》，湖北人民出版社 2000年版，第 155~196 页。

奇效果，缺乏有力度的悲剧性情境，而从民间文学中带来的诙谐幽默也影响和削弱了作品的力量。彭建新在创作时经常中断叙述，对人物、事件作一番评点，抒发自己的感慨，将本该蕴含在情节编织和人物形象塑造之中的思想意念，由作家自己说出来，这样边叙边议反而制约了读者的想象和思维的展开。

　　"汉味小说"与其他"新写实主义"作品相区别的另一点是面对平庸无聊生活时的那种热烈和洒脱。这不仅是"汉味"作家笔下人物对待生活的态度，有时也是"汉味"作家对待笔下人物的态度，这体现在他们的叙述中。这种热烈和洒脱正如戴锦华对池莉作品的理解一样："池莉对现实，对此岸的认可，不是隐忍着无奈和痛楚，也未显露出一种几近殉道者一般的忍受；事实上，池莉以一种平和温馨，不无默契，赞许的叙事口吻在书写现在。"①在许多"汉味"作家眼中，现实中的烦恼人生虽然粗粝，但也值得我们去热情地拥抱。生活对于印家厚而言是平庸、凡俗、单调而沉重的。他也想有所改变，他也想工资多点，房子大点，上班的地点离家近点，也向往理想的爱情生活。但他很快又开始嘲笑自己的痴心妄想，觉得这样的"烦恼人生"也还不错，陷入随遇而安的自我满足之中。《落日》中的成成把祖母和汉琴经常争吵当成是她们在治疗自身的筋骨。成成是"汉口街上常能见到的那种最不知忧愁的一类人……对什么都无所谓，什么事都能想得开"。

　　这种洒脱和达观是中国普通老百姓在长期艰难困苦的生活中磨砺而成的生活态度，生活的艰辛逼迫着他们养成了"知足常乐"、"好死不如赖活着"、"留得青山在，不怕没柴烧"的坚忍和豁达，这是一种来自底层的生活智慧。对于那些身处底层、屡屡抗争而境况得不到改善的小人物来说，忍从、自我调节、苦中作乐，恐怕是最切实可行的生存之道。不如此，又能怎样呢？在《冷也好热也好活着就好》的结尾，当猫子回答说自己叫"郑志恒"时，知识分子"四"对他说："不，你的名字叫人。"猫子说当然，却睡着了。"四

---

　　①　戴锦华：《池莉：神圣的烦恼人生》，《文学评论》1995年第6期。

就放低了声音坚持讲完"。在某些人标举的希望被一次次地证明不过是空中楼阁之后，"猫子们"不再相信那些虚无缥缈的东西，也不愿为那些虚无缥缈的东西伤神了。

当"上帝死了"，"人也死了"，悲凉之雾弥漫于世纪之交的时候，方方、池莉等一批"汉味小说"作家，却为我们展现了一幅幅虽不崇高，但仍然过得认认真真、红红火火的小市民生活图景，这不禁让人生出一种对生命的感动。萧兵在论及"楚辞"时指出，《离骚》尽管庄重、典丽、飘逸，但更有一重热烈，一种放浪，一阵嘶喊，那来由也不仅是个性的，而也有那个'时代'的大胆，那个'地方'的狂放，那个'民风'的强悍"①。这个狂放的地域，这种强悍的民风不仅影响到《离骚》，也影响到当代的"汉味"作家。他们笔下呈现的那样一种热爱人生、宽容洒脱的态度，不正是楚魂蓬勃生命力的体现吗？虽然这里面有生的芜杂和粗粝，但"冷也好热也好活着就好"的生的"热烈"和"狂放"也正在这种芜杂和粗粝之中。这大概就是生活的辩证法吧！有意味的是，新时期的许多作家也注意到了"宽容"和"豁达"在艰难时世中的人性意义。余华《活着》中的那种乐观和坚韧，《许三观卖血记》中的那种博大和宽厚，刘恒《贫嘴张大民的幸福生活》中的那种苦中作乐，与方方、池莉笔下的热烈和洒脱，在精神内蕴上其实是一致的。

"汉味小说"自诞生至今已有二十多年的历史，这二十多年来，"汉味"作家创作了大量的作品，他们的创作构成了城市文学中继"京派"、"海派"、"津味"之后，又一个特色鲜明的城市文学流派。"汉味"作家们将创作的根深深地扎在自己所生活的乡土大地，怀着对乡土的挚爱，书写这块土地上那些已经逝去和仍然发生着的动人故事，从各自熟悉的生活领域出发，通过对武汉这座城市从历史到现实各个方面的书写，向世人展示了一个"文学的武汉"。对于武汉人而言，经由这个"文学的武汉"，在作家提供的众多"镜像"中，观照自身，加深了对自己和自己所处的城市地域文化的认

---

① 萧兵：《楚辞文化》，中国社会科学出版社1990年版，第264页。

识。对武汉之外的其他读者而言，通过"文学的武汉"，了解另一种不同的文化形态，感受其中的丰富韵味，也有利于自身精神家园的建设。"汉味小说"无论从文学，还是从文化学的角度而言，都具有重要的意义。

文化是一种生成，城与人可以相互发现，相互影响。地域文化作家不应只是一个地域文化的表现者，还应该是这一地域文化优秀传统的阐扬者和地域文化精神糟粕的批判者。对于"汉味小说"的未来发展，老作家可以继续向城市文化的其他领域掘进（比如武汉的西洋文化、精英文化、革命文化、江河文化等），不拘囿于某一特定的题材类型。新作家应该多关注脚下这片土地，加强作品与这个城市的联系，将"中国经验"建立在武汉具体的地域文化基础之上，而不是仅凭某个外来的意念，听从某一两个地方发出的"声音"。经过若干年的发展以后，有人可能会担心，那时的"汉味"就不是以前的"汉味"了。"汉味"本来就是丰富的，它并非固定不变。几十年过去了，武汉城市文化又有新的变化，形成于 20 世纪 80 年代的"汉味"在原来的基础上正有发展丰富的必要。怎样才能写出新的具有武汉城市文化特色的"汉味"文学，也许才是作家们，尤其是青年作家们值得认真思考的问题。

第三章　鄂东地域文化与文学

鄂东地处"吴头楚尾"，北接中原，南连粤赣，使其成为各种文化交流的中心地带，时代风云的激荡最容易在这里产生回响。楚地雄强刚健的民魂，自由奔放的思绪，在新时期鄂东文学对现实的热切关注中显露无遗。本章重点分析了刘醒龙、何存中、邓一光的鄂东革命历史叙事对鄂东刚烈民性的共同表现，以及他们对革命的不同理解和在革命者形象塑造上的显著差异，探究了地域文化、时代思潮与作家主体和作品之间的复杂关系。林白的《妇女闲聊录》，集中讲述鄂东具体地域"王榨"的民情风俗，是鄂东地域文化难得的文学样本，本章对其进行了详细的解读。

第一节　鄂东地域文化与文学概述

1. 鄂东的自然环境与人文地理

本章论及的鄂东是以武汉为中心点的一种大致划分，并非严格地理意义上的将湖北分为东西两半的鄂东。鄂东在行政区划上包括四个地级市——黄冈、鄂州、黄石和咸宁。鄂东北的红安、麻城、罗田、英山诸县地处大别山南麓，发源于大别山地的倒水河、举水河、巴河、西河、东河，由北向南流经这些县域，最后汇入长江。鄂东南的通城、崇阳、通山等县地处幕阜山区，发源于幕阜山地的陆水、富水等河流由南向北、由西向东流经这些地方，最后也汇入长江。鄂州、黄石两市及黄冈市的浠水、蕲春、武穴、黄梅等县则分处长江南北。就地形地势而言，鄂东南、鄂东北较多山地丘陵，鄂东的中部由于长江纵贯，地势低平，以平原和低阜为主。

鄂东气候适宜，降雨充沛，物产丰饶。长江横贯其境，西通川陕、东至大海，鄂东北有"光黄古道"，沟通河南，连接中原，水陆交通都极为便利。在中国古代文化大体上由西北向东南传播的过程中，鄂东得地利之便，取长补短、融会创新，在宗教科技哲学等方面取得了重大成就。隋唐年间，出生于武穴的禅宗四祖道信，将当时北方盛行的《楞伽》有宗和南方盛行的《般若》空宗加以比较，一改《楞伽》旧传，教人受持《般若》，主张"坐禅守一"，以般若性空思想与参禅念诵相结合。五祖弘忍进一步发挥了这一思想，他主张"萧然静坐，不出文记，口说玄理，默授与人"的传法方式，开中国佛教特有的禅风，对后来禅宗发展影响很大，其在黄梅创建的五祖寺，被后世认做禅宗祖庭及禅宗的策源地。20世纪90年代，在英山县发现了毕昇墓碑，又将活字印刷的源头引向鄂东这个神奇的地方，虽然在毕昇的年代，鄂东及整个湖北并非全国的印刷中心，但其处于东西南北文化交流中心的位置，为这种科技创新提供了可能。

明成化年间，汉水改道之后，武汉城市得到极大发展，鄂东毗邻武汉，通都大邑对鄂东的辐射对于鄂东的发展也起到了极大的推动作用。明代以后，鄂东的生产力发展水平总体上要高于除武汉以外的湖北其他地区，物质生产的发展促进了学术文化的繁荣，鄂东在哲学、医学、史学等领域人才辈出，影响深远。黄安（今红安）三耿（耿定向、耿定理、耿定力），麻城二周（周思久、周思敬）、二梅（梅国桢、梅之焕）等人就是明代中后期从鄂东走出的思想大家。明代鄂东学风大炽、人才鼎盛也吸引了不少外省人士来此讲学或访学，仅到耿氏"天窝山房"来居住讲学的就有罗汝芳、焦竑、何心隐、李贽等人。蒲圻人廖道南，费时数十年，编成60卷，约80万言的《楚纪》，所记内容"始自神农，讫于嘉靖，上下数千年间囊括无遗"，其在史著体例的独创和保存汇集一方文献上所作的努力，给后人很多启发。① 蕲春人李时珍在我国科技史上占有十分突出的地位，为中华文明乃至世界文明作出了巨大贡献，他所著的《本草纲目》，内容宏富，除医学知识外，还包括了生物学、矿物学、化学等多个自然科学方面的丰富知识，被誉为中国古代的百科全书。

近代以来，西学东渐，西方先进的思想文化与科学技术最先在中国东南沿海产生影响，与东南相比，中国的北部和西部相对落后。近现代文化传播与古代文化传播的方向刚好相反，由东南而至西北，逆流而上。湖北正处于先进与落后、创新与保守的两种思想文化激烈碰撞的中心地带，成为近代中国"数千年未有之大变局"的漩涡中心。20 世纪初，《湖北学生界》第 1 期上就曾有人预言：湖北将是新世纪"竞争最剧最烈之场，将为文明最盛最著之地"，这是符合湖北实际的有远见的预测。张之洞督鄂期间，放眼看世界，力主"中体西用"，开展"洋务运动"，兴办现代大工业，改革文教。一时间湖北面貌大变，在 20 世纪初叶便成为仅次于上海的工商业基地，思想文化的发展，激发了人们的革命思想，湖北继之又成为了辛亥革命首义之区，从这里开始拉开了推翻中国两千年封建帝制的序幕，此后这里又成为国共两党激烈争斗的区域，成为土地革命的主战场之一，抗日战争时期，这里还短暂成为全国的政治、军事和文化中心。

鄂东与武汉紧相毗邻，前述近代以来在湖北上演的活剧中，许多主角正是鄂东人。黄冈人熊十力早年投身辛亥革命，因目睹革命后政治的依然腐败，才退而论学，穷究天人之际，提出整合儒释思想的见解，成一家之言。浠水人徐复观早年参与政治颇深，也是后来转向学术，潜心著述，取得不小成绩。时代潮流在湖北的激荡，孕育和激发了近世鄂东学子的忧患意识和深沉哲思，使鄂东一时间呈现出人文鼎盛之势。除熊十力、徐复观两先生外，近世以来鄂东

① 参见周积明主编：《湖北文化史》，湖北教育出版社 2006 年版，第 419~421 页。

文化名人，举其要者，还有哲学家殷海光、汤用彤，地质学家李四光，政治史兼经济学家王亚南，文字学家黄侃，方志学家王葆心，逻辑学家汪奠基，文学家胡风，诗人闻一多，等等。这些人各在某一文化门类中引领风潮。

学术文化之外，近代以来鄂东地域文化中最为重大的事件就是持续多年、为中国革命作出重大贡献、给鄂东当地人民生活造成重大影响的武装革命斗争。1927年在鄂东北爆发的黄麻起义，与秋收起义、海陆丰起义、湘南起义齐名，与后三次起义一起共同成为中国共产党领导开展武装革命的开端。为创立新中国，鄂东人民前仆后继，为中国革命作出了巨大牺牲。以著名的"将军县"红安为例，仅在大革命和土地革命时期就牺牲群众10余万人，有记载的烈士达22000之众。① 只有18万人的英山，也有数以万计的人投身革命，仅造就师级以上的领导干部就有22人。

鄂东革命思潮激荡，人文荟萃，除其处于革命及思想文化传播的中心地带的位置之外，还当与鄂东自身的民情风俗有关。鄂东人性情豪强，有任侠之风，蕲人"性并躁劲，风气果决……视死如归"（《隋书·地理志下》），"黄冈凭大江，盖江、汉之间一都会也。其俗剽轻易发怒"，蒲圻"俗斗悍好胜"，"惟是好斗健讼，使气轻生，略相仿佛"，咸宁"其风斗狠僭越名分"。② 刚强的性格，激越的思绪，狂放率真的情感，是鄂东的民情民性。每遇不平，鄂东人必亢声而起，勇武强蛮，不轻易妥协。历史上为推翻蒙古人的残暴统治，这里就发生过徐寿辉领导的元末农民大起义，土地革命时期，革命思想一经传入，革命者登高一呼，鄂东人民便风从影动，毁家纾难，无不是这种民情特点的体现。明代人李贽"以吕不韦、李园为智谋，以李斯为才力，以冯道为吏隐，以卓文君为善择

---

① 冯天瑜：《〈红安县志〉序》，《冯天瑜文集》，武汉大学出版社2009年版，第628页。
② 转引自周积明主编：《湖北文化史》，湖北教育出版社2006年版，第1454页。

佳偶，以司马光论桑弘羊欺武帝为可笑，以孔子之是非为不足据"①，思想大胆深刻、语言尖锐泼辣，常言时人所未敢言，被当时统治者视为异端。他提倡率性自然的"童心"之说，用真心抒真情，在鄂东讲学数年，似乎独在鄂东能觅得知音，鄂东之民情风习也正合李贽的亢响之音。当时的麻城，从其学者，不可胜数，便是最好的证明。这种民情民性也潜移默化地影响到了鄂东作家的性格，闻一多的奔放、勇敢和牺牲精神，胡风九死不悔的坚强个性，都与鄂东民风的熏陶有关。

20世纪前半叶，启蒙与救亡成为时代的主旋律，鄂东作家各以自己的创作和文学活动加入到这一时代大合唱之中，既体现了一个时代文学的共性，又表现出鲜明的地域文化特征。浠水诗人闻一多以他满怀赤子深情的诗歌，赢得了中国最杰出的爱国主义诗人的称号。在20世纪40年代后期争民主、争自由的斗争中，他不畏强权，挺身而出，以生命捍卫尊严的行动，至今还影响和感染着人们。蕲春的胡风一生追随鲁迅，将全部精力和生命用在国民性改造和现代人格重铸的伟大事业中，他的以"主观的战斗精神"为旗帜的极富启蒙主义特色的现实主义文艺思想，在中国现代文学史上独具一格，影响深远。黄梅的废名，以田园诗化小说闻名，他在自己的作品中，以超然于世的宗教情绪给人们营造一个诗意的人生世界，寄托着超离现实的美妙和谐的人生理想，展示了自然古朴的优美人性。无论是造境的新奇，还是形式技巧上的独创，语言的奇俏，都给人一种浪漫飘逸、无拘无束的美感。而废名的古朴浪漫之风，又与闻一多的刚烈、胡风的执著形成了鲜明的对照，昭示着鄂东文化品格的复杂性。

富于浓烈的主观激情，奇异丰富的想象，善于追新求异，个性独具，从而整体上形成一种开放的浪漫主义，这正是现代鄂东文学以至现代湖北文学的基本特征。这种浪漫主义气息是与楚民族文化心理的积淀，与楚文学浪漫主义传统的深远影响分不开的。我们从

---

① 转引自《明实录》神宗实录卷369。

闻一多情感沉郁、想象奇特、色彩瑰丽的诗篇中能明显感受到他最崇拜的诗人屈原对其的影响。从废名小说诗文的闲适淡泊和玄妙朦胧中又能分明体验到老庄的神韵。与浪漫主义文学品格的追求相联系的，是鄂东作家对自由人格的尊崇与追求。闻一多主张"文学本出于至性至情"，反对"太多理论教训"，他的一生是反抗黑暗专制、追求自由民主的诗化人生。废名在他吟唱的"田园牧歌"中，把人的本体与宇宙本体并举，人与自然契合为一，一种自由精神和艺术人格得到完美表现。胡风现实主义文艺思想的内核，就是主张作家人格力量的扩张，提倡"主观的战斗精神"，实现创作主体个体生命意志与实践精神的高扬。为捍卫这一文学理想，他历经劫难，不屈不挠，将战士的形象和卓越的理论一同留在了中国现代文学史上。这些鄂东现代文学作家的人格精神与他们的创作一起已经成为一种地域文化和文学传统，必然会渗透和影响到新时期鄂东作家的文学创作。

2. 新时期鄂东地域文学概述

新时期以来的鄂东作家们承续了故乡先贤胸怀家国、放眼天下的忧患意识和宏阔视野，无论是书写历史还是描绘当下生活，热情关注现实的情怀是鄂东作家始终不渝的追求。姜天民、熊召政、刘醒龙、邓一光、何存中等作家创作丰富，但真正代表了其创作成就的无不是那些反映时代最为迫切的现实问题的作品，是他们以自己的创作将鄂东人的豪强刚毅的性格、狂放执烈的情绪和浪漫的情感呈现在读者面前，而这种呈现又常常是与对鄂东丰富地域文化的书写联系在一起的。

胸怀天下，感时忧世，是自屈原《离骚》以来楚文学的主旋律。鄂东是一块革命的土地，关切现实，改造社会曾是这块土地上的最强音，强烈的现实关怀精神不能不影响到这块土地上的每一个作家，熊召政就是这其中的一位。他的诗歌《请举起森林一般的手，制止！》，以充沛的激情、悲愤的情怀，倾诉老区人民的苦难，在当时为改革开放鸣锣开道的众多文学作品中显得特别醒目，被誉为

145

是一颗精神上的"原子弹"。这种悲天悯人的情怀，不但没有随着时间流逝，随着社会剧变在熊召政身上消失，相反它在蛰伏数年之后，以更浓烈的方式得到呈现。他的《张居正》虽是一部写古人的书，但其现实的观照却是显而易见的，同样是改革的年代，同样是困难重重、危机四伏。通过这种创作，作家要实现的是与历史与古人的一次精神遇合，是借历史来表达他对现实的忧思。熊召政丝毫不讳言他在《张居正》中所要表达的现实关切，他在《关于历史小说〈张居正〉的对话》中曾说："我写作这本书的目的不是为了跟着市场走，而是出于我的强烈忧患意识。……朱元璋创建的明代国家管理体制，对今日中国最值得借鉴。"①"我在 1992 年下半年就对这个人物产生兴趣。当时，中国改革正处在一种新的发展阶段，带着对现实的思考，我开始研究历史上的改革人物。"因此，"让历史复活，使今天的人们能够从遥远的过去审视当下，洞察未来，这不仅仅是历史学家的责任，同时也是作家的责任"②。

我们读这部作品时，字里行间都可以感受到 2000 年前后的时代风云变幻。不仅在宏观上，张居正主导的"万历新政"对应着当时的经济改革，而且在微观上，从施行"新政"之初以胡椒苏木支付官员工资，捕捉何心隐、取缔讲学、太学生骚动等事件中，都能看到现实的影子。对这场改革中关键人物的塑造，也遵循着与现实中的人物相对照的原则。第三卷《金缕曲》第三十二回在写到张居正同户部尚书王国光、山东巡抚杨本庵商议以山东为试点在全国展开清田这一重大改革举措时，张居正慷慨陈词："不佞早就说过，为朝廷、为天下苍生计，我张居正早就做好了毁家殉国的准备，虽陷阱满路，众钻攒体，又有何惧?"很多读者读到这里，很容易想起 1998 年 3 月那个回荡在人民大会堂里的同样坚毅决绝的声音。

---

① 周百义，熊召政:《关于历史小说〈张居正〉的对话》，《写作》2001年第 10 期。

② 熊召政:《〈张居正〉是我的文学三峡工程》，《北京晨报》2005 年 5 月 27 日。

　　类似借历史来表达现实关怀的作家还有邓一光。他的《父亲是个兵》、《我是太阳》、《走出西草地》等作品，着力讴歌革命者的英雄主义精神和崇高品质，以一曲曲理想之歌唱响于信仰缺失、人文精神匮乏的20世纪90年代，有着振聋发聩的意义，给人温暖和力量。他笔下那些从鄂东走出来的革命英雄，无论在革命战争时期，还是在和平年代，言行中的率性果决、刚烈执拗，给读者留下了深刻印象。邓声连和关山林为抒一时豪气，都曾战场抗命，率意行事，为此受到撤职处分。他们为了让快要临产的妻子上火车，可以不顾列车上的规定，拔枪威胁列车员。进城后有了舒适的享受，他们仍然执拗地坚守农民的习性，把院子里的花草全部拔去，改成菜园，养上鸡鸭。回到故乡，他们又鼓动农民哄抢国家统一调配的尿素，劲烈躁动的性情并不因为身体的衰老而改变。鄂东革命者身上的雄强之气正是狂放浪漫的楚魂的体现，作为鄂东人的后裔，邓一光也承续了前辈遗风，他在创作中不倦地歌颂英雄，追求一种高亢、阳刚的文学格调，极大地改变了人们对于革命英雄的固有印象，表现出一种追寻历史真相的执著。

　　当代小说作家成功的经验很多，其中之一就是建立属于自己的创作领地，在具体地域文化之中开掘属于自己的文学宝藏。贾平凹的"商州"，莫言的"高密乡"，刘绍棠的"运河两岸"，迟子建的"大兴安岭"都是如此。刘醒龙把自己小说创作的领地建立在大别山区，这使他的创作有着坚实的生活基础和文化底蕴。

　　在最初的《大别山之谜》系列小说中，他以写实的笔法，描摹大别山的自然景观和民俗风情，以引人入胜的故事叙说大别山的民间传奇。这组小说除了具有独特的大别山地域文化的总体氛围，其中的每一篇较成功的作品都注意到了具体氛围的营造和渲染。比较而言，他在制造艺术氛围方面比开掘作品主题、塑造人物形象更加得心应手，他善于通过对具体的不同地域环境的描绘来渲染不同的气氛。"当他要表现一种神秘、诡奇的氛围时，他爱描写黑森林。《我的雪婆婆的黑森林》、《黑蝴蝶，黑蝴蝶》、《老寨》等作品，都是靠那种神秘的黑色、幽深的森林来烘托艺术氛围的。把你带进紧张、壮烈的氛围里去的，则是西河山洪暴发的场景（东河总是温柔的）。《大水》、《西河口》中两位老人悲壮的死法，正是通过山洪暴发的场景来渲染的。而《山那边》、《戒指》等小说却是通过那座小县城的描绘而透出现代文明情调。还有一种较特殊的场景是与这片土地紧紧胶贴着的梦境与非真世界的营造。魔幻、神奇的艺术氛围由此而来，如《灵猩》等小说。"①

　　现代文明进程与传统文化的冲击是这组小说的总主题。刘醒龙善于从传统与现代的差异中，捕捉到一个个戏剧性的冲突，生发出创作的灵感，善于从新生活的脚步踏在西河这块具体地域上发出的回响中，抓住形象的契合点，衍生出故事情节。他在《大水》中写道："牛皮贩子的气体打火机有股怪味，独臂佬盯着那嘶地窜出老远的呼呼火苗，猛想起：闹暴动那年，河对岸那座巨大河摆上架着的马克辛重机枪就是喷着这样的火焰。"②这是一种与地域独特文化历史相联系的想象，真是神来之笔。这里，气体打火机的"火苗"与马克辛重机枪的"火焰"两个意象在独臂佬的意识中相互迭现，就把白区和苏区、昨天和今天、历史与现实映照在了一起。由此更进一步地引申出白区苏区的历史是否会重现的问题，小说主题得到大大深化。

　　随着人生阅历和创作思想的不断成熟，刘醒龙后来的乡土小说大多不再着意于描绘大别山独特的地域风貌，而是更多地将风俗人情，将这块土地上滋长出的个性自然地熔铸在叙述之中。在中国近现代史上，大别山经历了革命战争的洗礼，是名符其实的"血染的土地"。浸润在这样一种地域文化氛围之中的刘醒龙，他的创作很自然地表现出强烈关注现实的情结，他一直坚持对农村变革的追踪。《凤凰琴》、《村支书》表达了他对乡村人生苦难的思索；《暮时

----

① 金宏宇：《刘醒龙"大别山之谜"系列小说述略》，《黄冈师专学报》1991 年第 1 期。

② 刘醒龙：《大水》，《刘醒龙文集·荒野随风》，群众出版社 1997 年版，第 53 页。

课诵》、《秋风醉了》、《黄昏放牛》等作品则从宗教异化、工业危机、农村改革和官场风云等不同角度透视了社会转型时期鄂东具体地域的社会风貌和人的生命状态;《分享艰难》、《挑担茶叶上北京》等作品表现了乡村普通百姓的大爱和大善;《圣天门口》则写出了这块土地上人们为追求幸福的漫漫求索。他的这些作品并不以艺术技巧取胜,而是直面社会重大问题,表现了作家对于农民命运的深切忧虑和一个知识分子的社会担当意识。纵观刘醒龙的主要创作,无论是书写历史还是描绘现实,扎根于鄂东具体地域文化之中,关注乡村人们的生命状态,是他不变的特色。从早期"大别山之谜"系列小说中表现出的浪漫神奇,到后来一系列小说中表现的热切关注现实的"平实中的绚烂",再到《圣天门口》将现实细描与浪漫激情融注在一起,刘醒龙的创作显示了地域文化对他的多方面影响。

何存中是巴河的子孙,巴河是他生命的摇篮,也是他艺术的源泉。他绝大部分小说与巴河结下了不解之缘,巴河是他小说人物活动的舞台,也是他的人物历史和文化性格的基因。他反思巴河的历史和现实,解剖巴河的人性,将巴河古老的风情和沉重的历史都网罗进了他的艺术中。像他在小说《正果》中为我们描写巴河边捡滩的故事:隆冬时节,大水退去,巴河岸滩变得广阔起来,这时有许多脚鱼(就是鳖,巴河人称为脚鱼)藏在河沙里,只留一个鼻孔出气。捡滩人能够感受到脚鱼呼出的气息,顺着那缕若有若无的气息走过去就能抓到脚鱼。脚鱼佬捡滩的故事体现了巴河地域文化的独特风情,给小说增添了神奇的色彩,脚鱼佬和他那布满八卦的简陋棚屋一起,使作品在神秘的气氛中氤氲着一种仙风道骨的清奇之气。

《水底的月亮升起来》写活了巴河人独特的文化心理。倪架子与大辫子本是巴河边天造地设的一对,他们按捺不住青春的冲动,在野地幽会,被人撞见。姑娘羞愤难当,投水自杀,虽然被人救起,事情却陷入了僵局。大辫子自杀是怕乡人因幽会的事看轻了自己,看轻了自己的家庭,因此,如何让这个姑娘重拾被乡村传统礼俗文化剥去的尊严是问题的关键。这时村中文化人出主意，让倪家三媒六聘，礼数周全，以显示对大辫子的珍视，用一系列的仪式活动来证明这个姑娘还是尊贵的，并非轻薄之人。这样大辫子和大辫子家人的尊严才算捡回来了，一对有情人终于光明正大地结合在一起，大辫子度过了她人生中的一个"劫难"，以后的日子过得和美幸福。这就是乡村地域文化的神力，它既可以将人置于万劫不复的境地，以种种无形的力量，让你生不如死，也可以拯救你于危难之中，又显示出极为温和的人性之光。将传统的儒家道德与巴河具体地域特异的民俗风情相结合，在历史、民俗、文化与人性的碰撞中表现出幽深淡远的文化韵味，正是这篇小说的成功之处。

《沙街》则为我们展示了一幅乡村自然生活的优美图画，以及这种生活在"路线工作组"到来后发生的变化，写出了那个荒诞年代这一具体地域人们的生命状态。近年何存中以两部革命历史题材小说创作而为文坛所瞩目(即《姐儿门前一棵槐》和《太阳最红》)，这两部作品充分挖掘了鄂东丰富的革命历史文化资源，在对鄂东人民血与火的革命斗争生活描写中，充分展示了鄂东人执著求索的精神和刚烈的民魂，以及这种刚刚勇悍民风导致的暴力和血腥带给鄂东人民的巨大伤害。

鄂东南的作家相对较少，叶大春是其中的代表。他青少年时期曾随父母在幕阜山区生活多年，早年的生活经历沉淀在他的记忆中，成为他创作的重要源泉。他所创作的"胭脂河系列"、"幕阜山系列"、"最后一个系列"是鄂东南地域文化小说的重要收获。这组小说大多取材于他幻化了的故乡——幕阜山、胭脂河，文明与愚昧的冲突，社会转型时期人们价值的失落和错位是这组小说的总主题。奇特的山水，奇幻的故事，是这组小说带给人的直观感受，小说中的许多故事发生在野牛岭、虎啸寨、蛤蟆寨这些地方，自然风物与传奇故事相互生发，相得益彰，给人留下深刻印象。猎王与老雌熊搏斗写得神奇悲壮(《猎王》)；吉吉老爹和神鹰相知相依的情谊，人鹰互为彰显的才能让人惊叹不已(《最后一个鹰猎者》)；野牛谷郁郁苍苍、深阔无际、神秘莫测，柴老爹在那里与狼较量的场面，如猎王和熊相斗的场面一样，带给人一种力量的美感(《山魂》)。

叶大春的这些小说大多有一种悲壮的氛围，充溢着刚烈的精神，能够唤起读者对于强悍不屈的生命力的想象，对于天人合一率性自然的人情人性的追忆。德顺爷、阿虎老爹、柴老爹、厚荣、茂顺爷、吉吉老爹这些人，他们或高擎龙灯，或臂托游隼，或肩扛猎枪，行走在山地林莽之中，沉稳坚毅。他们渴望冒险和搏斗，欣赏痛快壮美的人生，从不自怨自艾。他们与何存中、邓一光笔下的那些革命者一起共同证明了鄂东民魂的雄强。主要发表于20世纪80年代中后期的这些作品与当时的"寻根潮流"有很大关系。叶大春的《老姜头的愤怒》、《赵大大住店》等作品，有着明显的寻根意味，而《猎王》、《最后一个鹰猎者》，很容易让人想到李杭育的《最后一个渔佬儿》。不过叶大春的"寻根"带有更多温暖的追忆，对传统文化的批判很少，更多的是对传统文化的失落表示惋叹。

林白不是鄂东作家，她的绝大部分创作与鄂东也毫无关系。不过她在2004年发表的《妇女闲聊录》，以"闲聊实录"的方式，极为详尽地展示了鄂东地区一个具体村庄"王榨"的人情风物和"王榨人"的生命状态。"王榨人"的恣意狂放、勇悍蛮强，带着鲜明的荆楚遗风，形象地证明了地域文化绵延不竭的生命力。

第二节　鄂东革命历史叙事(一)

鄂豫皖革命根据地的建立及其在鄂东相邻地区开展的武装斗争，是现代鄂东历史上最大的政治事件。至今鄂东很多县市的人谈起自己的家乡时，往往首先会说那里走出了多少将军，脸上写满了自豪和欣慰，由此可见鄂东革命斗争对鄂东人的影响。作为书写民族文化历史，表现人的精神和心灵生活的文学创作，自然会注意到这一事件。鄂东作家一方面注意到了革命斗争历史作为一种文化资源在文学创作中的作用，另一方面也企图在对这场革命斗争的重新书写中重构历史，表达自己对革命斗争中的生命个体和民族历史命

151

运的思考。在创作中，将这一特征表现得最为明显的鄂东作家是何存中和刘醒龙。

　　何存中于 2008 年和 2009 年连续出版了两部书写鄂东革命斗争历史的长篇小说《姐儿门前一棵槐》和《太阳最红》。这两部作品在题材选择、情节构设、主要人物安排和具体细节呈现上有许多相似之处。两部作品都力图表现革命过程中的残酷性，作品中的主要人物本是血亲姻亲的关系，因为分属不同的革命阵营，亲人之间便互相残杀。《太阳最红》的主要情节是身为县参议和麻城乡绅联合会会长的傅立松与他的女儿及王姓外甥之间的斗争，这两方势力本为至亲，结果却互相伤害，互相搏杀。因为外甥们烧了傅立松的房子，傅立松也带人数次焚烧亲姐姐住的房子。王幼勇被亲舅舅傅立松活埋，王幼勇的弟弟又亲手杀了傅立松。在《姐儿门前一棵槐》中则以县参议及乡绅联合会会长郑维新与女儿及牛儿一家人的斗争为主线。牛儿的队伍杀了郑维新的妻子，郑维新杀了牛儿的父母，牛儿又回来杀死了郑维新并娶了他参加革命的女儿郑秀云为妻。在这样的描写中，革命的残酷得到了空前惨烈的渲染，同时，鄂东人刚烈雄强的民风也展现无遗。

　　刘醒龙的《圣天门口》是三卷本长篇小说，其对革命斗争的书写上自土地革命，下至"文革"时期，力图对 20 世纪鄂东革命斗争生活做全方位的表现，时间跨度更大，情节更为复杂。要而言之，它的情节编织主要体现在三种矛盾斗争中。一是以新中国成立前傅朗西、杭九枫、阿彩为代表的共产党势力与以马鹞子、王参议、冯旅长为代表的国民党势力之间的残酷厮杀；二是"文革"时期人们的继续革命和残酷斗争；三是雪家与杭家之间的家族世仇。当然这其间也涉及抗日战争时期中日之间的民族矛盾，但在小说中，加入这一因素更多的是为表现国共两党各种势力之间既彼此利用又互相斗争的复杂关系服务。在这三种矛盾之上，还有笼罩全篇的两种文化上的冲突，一种是国共双方斗争中的暴力文化，另一种是雪家代表的基督文化——"善"与"宽容"的文化。

　　两位作家的三部作品有着十分相似的主题意蕴，都试图揭示革命对大别山人民造成的深重影响,在一定程度上解构了当代文学革命历史叙事中的传统话语模式。比较而言,何存中的创作在讴歌鄂东民魂和重叙革命之间还显得有些彷徨,刘醒龙则走得更远,他的《圣天门口》在解构现代暴力革命的基础之上,还进一步将质疑的目光投向中国历史深处,希冀以"善"和"宽容"的基督文化来重建民族信仰,重塑民族灵魂,其中体现出对基督教文化的青睐。

对革命的重新认识和反思,是自 20 世纪 80 年代"伤痕文学"、"反思文学"以来当代文学革命叙事中反复出现的主题。《古船》、《白鹿原》、《故乡天下黄花》、《受活》等革命历史小说更是将这种反思推向了一个新的高度。尽管如此,但像《圣天门口》这样,在纵向的时间维度上对革命进行重新书写,在当代文学的长篇创作中仍是极为罕见的。

许多评论家指出了《圣天门口》对中国现代革命的解构和建构意义。在重述革命的基础之上,作家进而提出了一个看似超越革命之上的救世方案,那就是依赖基督文化,依赖"爱"和"宽容"来建设一个和谐的世界。为了扩大和加深作品的内涵,作家在自己的叙述之外,还在小说中加入了另一个"文本"——那个由作家增补过的《黑暗传》。这一"文本"由说书人董重里和常天亮来叙述,将中国的历史编织进来,更进一步证实中国几千年的历史就是一部杀戮的历史。两个文本构成一种"互文"关系,从而从一个侧面来强化作家认识的正确性,进一步提高梅外婆所代表的基督文化的"伟大"意义。

在小说中这种意义不仅是跨越历史的,也是超越国界的,为此作品安排了一个对俄国革命进行反省,在返国途中滞留法国的俄国人乌拉的故事。作品还安排了梅外婆宽恕日本人,救赎日本人心灵的情节。日本人打来之时,梅外婆对男人们讨论的都是怎样抵抗怎样杀人的话题极为反感。为了表现基督文化的神圣,作家将梅外婆塑造得如同天外来人,有着如诸葛亮一样"智而近妖"的神力,她在临死前留下若干封信,让雪柠到一定的时间再拆看,无不一一应验。深受梅外婆影响的雪家女子雪柠从小便显示出不同于一般俗人的天性，满一岁做"抓周"之时，满桌子的各种物品都不要，却只要窗外的白云。还在婴儿的时候便见不得别人杀鱼，很小便提出"历史上第一个被杀的人是谁"这样具有哲理意味的问题。她觉得自己一生中最早听见的话，就是梅外婆说的："用人的眼光去看，普天之下全是人。用畜生的眼光看，普天之下全是畜生。"①这种超越性的"爱"与"宽容"的说教，以前的很多作家是在作品中安排一个道人来完成的，何存中的《姐儿门前一棵槐》、《太阳最红》两部小说中就都有道人的形象，贾平凹、张炜的作品中也常有这种仁者智者的形象，陈忠实笔下满肚子"仁爱"之学的朱先生，同样属于这一类人。这些人物的设置，在不同作家的不同作品中，尽管表达效果不一，毕竟还是中国文化的特产。在《圣天门口》中，作家不顾鄂东地域文化甚至中国文化的实际，干脆安排几个信仰基督的女人来完成这种说教。

不仅如此，《圣天门口》对基督教的理解也欠深入，正像有的评论家指出的那样，在三卷本的小说文本中，除了经常出现的"福音"之外，作家对基督文化再无别的更多阐释。事实上，西方许多基督教国家的作家，像托尔斯泰，早就指出教会不过是"有产者政权的婢女"。历史上的基督教在很长时期里，都与统治阶级相勾结，愚弄人民，为自己谋取私利。而无论是历史还是现实，宗教中的暴力从来就没有断绝过。复旦大学的张业松教授在关于《圣天门口》的讨论会上曾言："当基督教成为时髦的时候，我们习惯于把基督教想成一个善，把它放到革命的对立面，去观照革命史，然后反思。所以梅外婆出来的形象是超凡脱俗的，她是降临到我们这个混乱、暴力、污浊、残酷的革命史上的一盏灯。这是一个片面的理解。宗教也有暴力、混乱、污浊、残酷的东西，这些东西没有出现在作品里，这与作家出现的时间段有关系。另一方面，这部作品写了很多革命残暴的一面，可是，革命合理性的一面、人道的一面，普通人对革命的渴望与需求等，是不是就可以不去思考？我觉得，

---

① 刘醒龙：《圣天门口》，人民文学出版社 2005 年版，第 63 页。

154

《圣天门口》除了宗教方面狭隘的理解,还应该有一个理想,值得去开掘。"①

对于革命中的暴力问题,西方的许多文学家和思想家已经有过深入的论述,我们不妨试着做一比较。雨果、狄更斯、托尔斯泰等作家对革命中的暴力问题的认识通常是与他们的人道主义思想联系在一起的,人道主义是他们批判社会现实的共同的思想武器。正是站在人道主义的立场上,雨果对当时社会的不公进行深刻的揭示和批判,呼吁对贫困者伸出援助之手,但他并不完全否定暴力反抗。他认为既然弱者得到不公正对待,呼吁无效,反抗就是必然的,因为哪里有压迫,哪里就有反抗,压迫与反抗的对立斗争中必然会有流血牺牲。因而他在《悲惨世界》中对革命人民的英勇斗争进行热情讴歌,对法国大革命中的雅各宾党专政也始终持肯定态度。雨果有一个观点:"在绝对正确的革命之上,还有一个绝对正确的人道主义。"许多人只记住了后半句,而有意无意地忽略了前半句。雨果并不否定革命,只是认为革命不应以杀戮为目的。因此他在《九三年》中,让革命者放掉了杀人无数的反革命匪首,因为那个人是为救孩子而被捕的,因为"人道"已经战胜了那个人。托尔斯泰是人道主义思想的又一大家,他提倡"博爱"、"不以暴力抗恶"、"宽恕一切",强调人通过"道德的自我完善"来拯救灵魂。但他对自己的思想常常深感怀疑,他同情革命者,曾对革命表示欢迎,在1905年革命失败之后,他反对沙皇政府对革命者的残杀。

这些西方大文学家对暴力革命的思考是辩证的,他们一方面警惕暴力,另一方面大力呼唤社会公平和正义,提倡富人、权贵者善待穷人和弱者。他们对暴力革命的犹疑心态从另一方面也证明了他们对自己所提倡的"博爱"与"宽容"精神在改造社会、拯救人心上的审慎态度。比较而言,何存中、刘醒龙对暴力革命的思考还有待深入,他们的革命历史叙事没有分析暴力背后深刻的政治经济与文

---

① 复旦大学中文系与《文艺争鸣》杂志社:《追求历史的还原与建构——〈圣天门口〉座谈会纪要》,《文艺争鸣》2007年第4期。

化诱因，而是直接展示暴力革命、阶级斗争的惨烈后果。

对历史的书写常常寄托着现实的情怀。何存中和刘醒龙这两位作家，尤其是刘醒龙在鄂东革命历史叙事中，明显寄寓着忧思民族命运的宏大主题，刘醒龙就曾说过《圣天门口》是对他以前全部创作的总结。① 因而在分析这两位作家的作品时，我更多地着眼于从思想意义的角度指出其中的得失。他们创作的缺憾在一定意义上正来源于鄂东地域文化对他们的深刻影响，是他们身处其中的这块血染的土地，是他们经常听到和感受到的鄂东人民在革命斗争中的痛苦经历，使他们对暴力革命保持着高度的警惕，并进而将内心的救世激情转化为一种浪漫而诗意的想象。他们在书写先辈的斗争历史时也有彷徨，像何存中一方面在作品中大写革命的血腥和残忍，另一方面又将书名取为"太阳最红"，就表现了这种矛盾的心理。同样，他们一方面想讴歌鄂东民性的刚烈和豪迈，另一方面也让读者看到了这种刚烈和豪迈所产生的巨大破坏力。

对现实的焦灼关切，使这两位作家不避讳于"主旋律作家"之名，有时他们还乐意凭借国家意识形态的力量，让自己的思想和认识借助文学作品在更多的人中间产生共鸣。对此，刘醒龙有着明确的认识。在第七次全国作代会上，当《文艺报》的记者就文学如何创新的问题采访他时，刘醒龙的回答是："在我看来，在建设和谐社会的历史背景下，写作者对和谐精神的充分理解与实践，即为当前文学创作中最大的创新。中国历史上的各种暴力斗争一直为中国文学实践所痴迷，太多的写作莫不是既以暴力为开篇，又以暴力为终结。《圣天门口》正是对这类有着暴力传统写作的超越与反拨，

---

① 在曾军、李骞、余丽丽对刘醒龙所做的访谈中有这样一段对话。李：您现在着手写什么样的作品？刘：暂时还无可奉告。但我发现，我这么多年的写作都是为了下一部长篇作准备，我主要的心绪都放在下一部长篇上，它的书名叫《雪杭》（也就是《圣天门口》）。详见曾军，李骞，余丽丽：《分享"现实"的艰难——刘醒龙访谈录》，《长江文艺》1998 年第 6 期。

而在文学上契合了'和谐'这一中华历史上伟大的精神再造。"①

　　作为书写地域文化的小说创作,何存中、刘醒龙的小说文本在展示鄂东革命斗争的历史风云之时,自然会涉及鄂东自然地理与人文风俗的方方面面。比较而言,何存中的小说对鄂东地域文化的表现更加真实自然,鄂东独特的地域文化背景与小说的主要情节和人物命运紧密结合,增强了作品的艺术感染力。

　　《太阳最红》开头写大别山区的大旱,在一种干旱的、燥热的、亢奋的气氛中,开始了对大别山革命的叙述,安排得颇有匠心。这既是对大别山山地气候的写实,也预示着一场狂躁的革命风暴的来临,可惜作家没有在干旱与大别山革命暴动的关系上进一步展开。鄂东革命参与的人数既多,不同势力之间的斗争又十分惨烈,这里面固然有多方面的原因,但与鄂东民风的勇武好斗恐怕不无联系。何存中在小说叙事中注意到了这种地域民风与鄂东革命斗争之间的相互关系。《太阳最红》中,作家在详细叙述"麻城惨案"时,先有一段介绍鄂东民风的文字。"那一仗(指麻城县城攻防战)打得非常乱,乱成了一锅粥。准确地说不叫仗,更像家族之间的械斗。鄂东自古光黄之地,民风骠勇,家庭之间为水源,为土地,为婚姻,有时候什么都不为就是为了斗气,经常发生械斗。比方说大年三十斗火,两个家族住得近了,一个家族在另一个家族认为不该放火的地方烧了一堆火,就可能发生械斗。这样的时候哪些器械能用,哪些器械不能用,是有规矩的,人是六亲不认的,外甥打破舅爷的头是常有的,打破了就打破了,大年初一的早上外甥照常到舅爷家拜年,提一个糖果包加一块肉去,糖果包是拜年的,肉是赔礼。舅爷还是舅爷,外甥还是外甥。"②正是因为经常有六亲不认的械斗发生,因而这场如同又一次家族之间械斗的战争便显得顺理成章了。即使在现在,这种剽悍的民风仍然得到承续,这在林白主要写鄂东

　　① 周新民,刘醒龙:《和谐:当代文学的精神再造——刘醒龙访谈录》,《小说评论》2007年第1期。

　　② 何存中:《太阳最红》,解放军文艺出版社2009年版,第107页。

浠水县乡间生活的《妇女闲聊录》中就有详细的讲述。

何存中的鄂东革命历史叙事在与同类叙事文本的比较中，有一个突出的贡献，那就是生动书写了革命根据地的经济生活。在《太阳最红》里，为改善根据地经济状况，边区决定发行货币，傅素云负责设计边币样票。她把自己关在鄂豫皖苏区院子深处的一间屋子里，"有山风吹进来，有阳光透进来，通过小窗可见七里坪北面的连绵的群山，黛色的山影，画儿一样接着天空。秋往深里走，无际的秋风扫着松树上的松针，风一阵，松针一阵，松针像火一样飘到地上，满地赤红，满眼赤红。傅素云被那火红的景象感动了，日夜沉浸在创造的快感之中"①。这是一种创造历史的激情，也是一种燃烧着的青春激情，关于鄂东七里坪秋日环境的描写对烘托人物心情起了很好的作用。王幼勇在革命的艰难中，想到了母亲，想到了母亲为他催眠的童谣，然后想到制作"油布票"，这也是神来之笔。在梦中"娘拍着他哼起了催眠的童谣：亮光虫儿，亮溅溅。姐妹三个，纺线线。纺车儿摇，纺车儿转。纺线织布，做雨伞。描龙画凤，浸桐油。劈根竹子，做龙头。油伞一张，无风雨。儿女随我，外婆去"②。这在鄂东革命斗争的特殊年代出现的"油布票"竟与鄂东山间的童谣紧密相连，读来别有一番意味。

与何存中不同，刘醒龙在《圣天门口》的许多关键性内容上，背离了鄂东地域文化。本是在神农架地区传唱的《黑暗传》却出现在了鄂东，虽然作者在小说中补充交待了它是由董重里从神农架师傅那里学到后带至天门口的，但仍然给人拼贴之感。仁义宽和的雪家在天门口镇完全是一个孤立的存在，而梅外婆和她的外孙女更像是神仙一样突然降临于这个小镇，在她们身上不仅看不到鄂东地域文化的痕迹，甚至连人间的烟火气也没有了，给人一种不真实感。在作家笔下本是身心俱残的流氓革命者阿彩竟然能够说出"世

---

① 何存中：《太阳最红》，解放军文艺出版社 2009 年版，第 211 页。
② 何存中：《太阳最红》，解放军文艺出版社 2009 年版，第 214 页。

事真的很吊诡"这样文绉绉的话，这更是背离人物身份的替作家立言。《圣天门口》中这样的例子还能举出很多。没有地域文化提供的真实背景，小说中一切人物的活动就缺乏某种逻辑的起点和标准，就可能让读者对情节和故事的可信性产生严重怀疑。小说固然是虚构的文本，但虚拟中的真实感正是读者对小说的基本要求，如果做不到这一点，那么附着在小说文本上的其他一切漂亮说辞会变得毫无意义。刘醒龙并不是没有地域文化背景设计的意识，他早期创作的"大别山之谜"系列小说便是这方面较为成功的范例。只是他在创作《圣天门口》时，急于凸显一种被自己认为绝对正确的思想观念，忽视了对"背景"的关注，并最终因为这种忽视在很大程度上消解了作品的意义。

　　因为历史与现实的种种原因，对鄂东及鄂豫皖革命历史作全景展示的作品较少，何存中与刘醒龙注意发掘这一地域文化资源，将之运用于小说创作，是一种很明智的选择。然而他们因为地域文化的影响和限制，在小说主题意蕴追求上体现出的得与失，以及由于对地域文化的不同理解和具体运用中的差异对文学作品审美造成的不同影响，值得我们深长思之。

第三节　鄂东革命历史叙事(二)

　　鄂东的革命斗争使那里走出了一大批共和国的高级将领，他们分散在祖国各地，在异地生息繁衍，将鄂东人的血性和阳刚，在他们的后代身上延续下去。邓一光正是这样一位鄂东将军的后代。当他开始文学创作时，很自然地以崇敬的目光将父辈们的血性和阳刚贯注在他的作品之中。邓一光出生在重庆，按照一般的理解，他应该算是重庆人，但在创作简介中，邓一光也常称自己是"湖北麻城人"，可见他的思想里对鄂东麻城还有一种认祖归宗的意识。这种认祖归宗还体现在他对家族父辈英雄的崇拜中，如同他在一篇纪实性的小说中所言："我的家族是个男人的家族，我的家族中英雄辈出，这让我从小就养成了一种自豪感，我有太多英雄可以注目，我根本就没有心思去关注英雄之外的别的什么。"①对父辈英雄历史的深情回望和热情讴歌成为邓一光小说创作的主旋律，在对鄂东革命历史的书写上，形成了与刘醒龙差异明显的创作风貌。他笔下的鄂东革命历史叙事既包括在鄂东大地上发生的革命斗争，也包括鄂东人从家乡开始在全国各地展开的革命斗争生活。

对英雄的歌颂无疑是邓一光革命历史叙事中最引人注目的地方。无论是邓声连(《父亲是个兵》)、关山林(《我是太阳》)、赵得夫(《战将》)、桂全夫(《走出西草地》)，还是围绕在这些英雄身边的其他革命者，无不洋溢着一股勇往直前的豪迈之气。邓一光的这几部"兵"小说之所以能打动读者，很大程度上得力于对这几个英雄人物的着力塑造。英雄的品质，在邓一光的笔下主要体现在三个方面：一是无论在革命战争年代，还是在和平时期，这些人身上都有一种英勇无畏、勇往直前的精神；二是对尊严和荣誉的极力维护；三是忠诚于自己认定的法则和信仰。

战争中少不了暴力，与何存中、刘醒龙一样，邓一光也热衷于对杀戮的书写。不过前者更多地意在以此表现革命的残暴和荒诞，而邓一光却是为了凸显英雄的勇猛无畏的品质，是以一种欢欣的情绪对杀戮进行审美呈现。对战争场面的描写是邓一光全部作品中最吸引人的地方之一。《父亲是个兵》中的邓声连在东北雪原率部剿匪，在冰天雪地之中与李西江残匪殊死肉搏的场景，就被作家写得惊天动地、豪气万丈。

　　他像一头嗜血的老虎似地喘着粗气，他跳了起来，兴奋地咆哮了一声：打……(在最初的爆炸和射击结束之后)父亲差不多是第一个冲出马厩……三八式步枪的刺刀划破了他自己的下颏。绊倒他的是一个被齐颈炸断的马头，马还睁着眼睛，嘴里吐着白色的泡沫。警卫员和马夫抢上来扶父亲，父亲咒骂着

① 邓一光：《大妈》,《遍地菽麦》，长江文艺出版社 1997 年版，第 97 页。

一把将他们推开，大步杀入混战之中……父亲在结果了第四个
绺子之后气喘吁吁，他的刺刀被血烫弯了……父亲的两个耳孔
和鼻孔不断地流淌着鲜血，那是被剧烈的爆炸震出来的……父
亲扑进火堆中，捡起一挺被主人遗落了的机枪，踉跄着朝土围
子的断茬处奔去。父亲死死地扣动枪机，子弹将那十几个绺子
打得在雪地里跳舞……剩余的子弹则将深雪撒白面似地扬起，
深雪下的冻土立刻呈现出不规则的蜂窝状……①

　　那种被杀戮激发出的亢奋和激情，那种将生死置之度外的豪
迈，被作家以鬼斧神工之笔着意渲染，读来令人血脉贲张。《我是
太阳》中也有很多这样的战斗场面描绘，那个自称是"太阳"的关山
林，无论是与国民党军队作战，还是打日本鬼子、剿灭土匪，他都
身先士卒，勇猛无比，像出山的虎豹，所向披靡，俨然战神一般。
在攻打沈阳的战斗中，他身受重伤，昏迷数天后才苏醒过来，伤口
刚刚愈合，便急切地想重回战场，回到与敌人的厮杀之中。《大
妈》中的"我大伯"，在通江保卫战中，奉命驰援被敌军重兵包围的
我方一个团，"大伯"冲在队伍的最前面，"一只手齐手掌处被打得
粉碎"，"大伯"没有停下来，带领着他的士兵，"像一群亡命的角
马一样裹挟着烟火不顾一切地扑进敌阵之中，刀砍枪挑，手撕嘴
咬……大伯一连砍倒了四五名川军，他把他们砍得风吹叶儿倒，他
在那些矮小的川军堆里有如一名高大骁勇的战神，镔铁大刀舞过的
白光和四处飞溅的鲜血就像他身影外出神入化的光环"②。《战将》
中的赵得夫，陷入敌军重兵包围之中，身处绝境，他却临危不惧，
智用土匪"独手虎"，凭着自己的胆识、勇敢和智谋，杀出重围，
为自己，也为部队求得了生机。即使在那些并不以塑造英雄人物形

---

　　①　邓一光：《父亲是个兵》，《遍地菽麦》，长江文艺出版社 1997 年版，
第 26~27 页。
　　②　邓一光：《大妈》，《遍地菽麦》，长江文艺出版社 1997 年版，第 85
页。

象为主旨的作品中，作家也似乎喜欢让他的主人公在与死神搏斗的战斗场面中展示自己的风采。像《遍地菽麦》中的启子，他持两把镔铁大砍刀，在敌阵中如入无人之境。"启子被罩在人群中，却并不慌张，人是风叶儿一般灵活地转着，不让自己有弱处亮给对方……手中的两柄镔铁大刀，出神入化的舞动，半刻也不停息，舞到关键处，就只见两团透明的亮火，轮翼似的移来移去，让人头昏眼花。"①在这种书写中，我们似乎能感受到邓一光对战争的痴迷。而且邓一光在表现英雄人物在战斗中的豪气时，总是让人物拿刀搏杀，而不只是用枪，似乎非此不足以表现人物的英雄气概，因而他的作品在写到战争时，最后常常要安排拼刺刀的场面。

对于笔下英雄人物对战争及对战争中搏杀的狂热，邓一光有自己的思考，他认为"战争是人类生活的一种基本姿态，既是人类文明的最大灾难，也是人类文明前行的原动力。战争情结是人类与生俱来的本我的重要构成之一"②。正是将战争中的杀戮看做生命激情宣泄的一种方式(尽管这种方式显得血腥而让人难以接受)，所以邓一光才会浓墨重彩地予以描绘。其作品在对战争中血腥场面的单纯描写中常常并不包含丝毫的价值判断和善恶纠葛。当然喜欢在战争中表现英雄的高大形象，也与邓一光自己所受的家庭教育和家族遗传有关。在谈及自己创作中的革命英雄主义时，邓一光曾说过"(英雄主义)与其说是找到的，不如说是生命当中固有的"，因为"早在父辈的血液当中就有了"。③

当代小说家在书写历史之时，常常怀有一种浓厚的"史官情结"。他们怀着一种重写历史的冲动，常常企图以个人的感性认识来代替历史"真实"，以一种意识形态置换另一种意识形态。比较

---

① 邓一光：《遍地菽麦》，长江文艺出版社1997年版，第172页。

② 杨建兵，邓一光：《仰望星空，放飞心灵——邓一光访谈录》，《小说评论》2008年第1期。

③ 邓一光，韩小蕙：《关于长篇小说〈我是太阳〉的对话》，《当代》1997年第3期。

而言，邓一光似乎没有重写历史的抱负，他更加关注革命历史中的"人"、自由的人、有个性的人，以及"人"在历史潮流中的存在境况。如同上述邓一光写残酷杀戮中的英雄形象一样，他关注的不是英雄身上负载的政治、伦理和道义等方面的东西，而是直呈在生死存亡面前的一种生命状态，和这种生命状态体现出的美感。邓一光对鄂东人民积极参与革命的书写，同样似乎更加具有人性的真实。在《父亲是个兵》中他这样推测父亲闹革命的原因："父亲扛枪当兵这件事不是偶然，可以说它是顺理成章的。那个年头贫瘠的鄂东北大别山区成了农民的天下，有好几种政治力量都派出火种手到千里大别山来煽风点火，使庄稼不景气的乡下呈现另外一种欣欣向荣的朝气。农民们不知道点火的人要干什么，却知道自己想得到什么，一无所有的无论怎样折腾都无所谓失去，这就使他们有了源源不断的动力和无所畏惧的勇气。父亲那时还是个半大的孩子，多半是为聚众的习性很自然地参加了自卫队"，而且那些"革命的事都带有一些打破常规的刺激"，对年轻人有很大的吸引力。作家进一步分析"促使父亲最终成为造反者的原因并非是赤贫，而是自尊心"①，是富裕亲戚让这个少年穷鬼吃没有煮烂的猪肉，伤害了少年的自尊。从聚众的习性、从革命打破常规带给人的刺激、从对尊严的维护这些更体现人性的真实的角度，揭示革命者参加革命的缘由，更让人信服。这种对革命起源的处理，既不同于传统革命历史叙事中强调严重的阶级对立和贫富差别导致了革命，也不同于何存中、刘醒龙创作中对革命起源问题的竭力淡化和质疑。

革命的英雄主义和理想主义不仅存在于战争的年代，邓一光笔下父辈英雄的革命斗志和豪情至老犹存，老而弥坚(这一点又与刘醒龙笔下革命者对革命的忏悔不同)。在《父亲是个兵》中，"父亲"看到故乡的颓败，他希望"我"回到故乡老家领导农民再来一次革命，并已经准备在家乡给"我"找一个身体结实的媳妇。"父亲回乡

① 邓一光：《父亲是个兵》，《遍地菽麦》，长江文艺出版社 1997 年版，第 3~4 页。

怀着再度闹革命的强烈念头，他甚至为新一代的造反者带去了他们的领袖。父亲正是怀着这样的复杂心情大声叱骂他的那些堂兄弟和叔伯侄儿们，挨个儿指着鼻子把他们骂得狗血淋头。""父亲从心底深处痛恨家乡人那种与前辈完全不同的逆来顺受和心平气和。打仗死掉了几十万人，难道造反的骨气也死掉了吗？既然管理区的那些土皇帝们不把化肥指标分给东冲村，那就抢嘛！"①父亲真就组织"东冲村"的几百号人抢劫了运往管理区途中的一百吨日本尿素。这种做法也许偏激，但革命者在反抗不公正中表现出的英雄豪情，读来仍然令人荡气回肠。

对尊严和荣誉的极力维护是邓一光笔下英雄人物的第二个突出特质。《父亲是个兵》中的"父亲"细心珍藏他得到的所有荣誉勋章，"永远穿着军装，风纪扣扣得一丝不苟，在最热的季节里，他从不解开扣子，一任黑水白汗浸透军装"②。这种对尊严和荣誉的维护有时让父亲吃尽了苦头。东北战场上的山海关之战，"父亲"违抗军令，以八千之卒抗击装备精良的三万敌军(后来增至六万)，以致部队伤亡惨重，"父亲"因此受到降职处分，"父亲"在军中的仕途因此也大受影响。但"父亲"似乎并不为此后悔，我苦苦思索"究竟是什么驱使父亲做出了那个以卵击石的决定呢？在万般寻觅而又不得其解的情况下，我只能把它归结于男人的英雄主义和军人的荣誉感"③。

对荣誉和尊严的维护有时还让"父亲"显得极不近人情。《远离嫁稿》中的"四爷"三次当兵，三次被俘，这对于一生战功无数，把荣誉看做生命的"父亲"来讲，是难以容忍的。"父亲"表面上不说什么，可他在内心里觉得这是整个家族的"耻辱"。为了

---

① 邓一光：《父亲是个兵》，《遍地菽麦》，长江文艺出版社 1997 年版，第 11~12 页。

② 邓一光：《父亲是个兵》，《遍地菽麦》，长江文艺出版社 1997 年版，第 2 页。

③ 邓一光：《父亲是个兵》，《遍地菽麦》，长江文艺出版社 1997 年版，第 33 页。

维护家族荣誉，父亲将一生眷念着田园乡土的"四爷"送进军人休养所，名义上是照顾，实际上是要永远阻断"四爷"的回乡之路，不让"四爷"的"耻辱"扩散，从而保证家族荣誉的完整。《大妈》中的"父亲"，只因为"大妈"曾经改嫁给了他们与之斗争的地主，"父亲"便一直不肯原谅她，"父亲"未必不知道"大妈"对父母的尽心尽孝和"大妈"当年做出那种选择的迫不得已，但与"大妈"对家族的背叛比起来，这些在"父亲"心中可能都微不足道，英雄的家族不能接纳"四爷"这样的"软骨头"，当然也容不下"大妈"这样的"背叛者"。

邓一光笔下的英雄大多活在自己认定的法则和信仰之中，不因为外部条件的变化而轻易改变，这种有时候显得执拗的坚守常常有着震撼人心的力量。"父亲"一生对人从来没说过软话，唯独对"大婶"敬重有加，这只是因为他认为"大婶"为老邓家尽心尽孝，值得敬重。为此回乡的"父亲"，"在二月的阳光下，在老邓家遍地麦秸鸡屎的老宅的屋檐下，扑通一声给大婶跪下了。大婶说：'三毛快起来，三毛你快起来。'父亲说：'不!'父亲他眼眶里涌满了泪水。父亲他就这么跪着，说什么也不肯起来"(《父亲是个兵》)。

在《大妈》这篇小说中，面对同样是为自己家尽心尽孝的女人，"父亲"在"大妈"生前却始终不肯原谅她，只因为"大妈"曾经嫁给了简家与之斗争的人，只因为他认为这是"大妈"对简家的背叛，他认定了这一主要事实，便不愿去顾及历史中的复杂细节。"父亲"不顾周围人的议论(家乡几次来人，希望"父亲"给"大妈"以帮助，"父亲"都未答应)，执意按照自己的法则行事。而一旦"父亲"的认识发生转变，他的举止与此前一样震摄人心。随着历史真相的渐渐明晰，"大妈"死后，"父亲"带着"我"千里奔丧，在"大妈"坟前长跪不起。他以自己的方式向"大妈"表达了最深挚的敬意(也许还有悔意)。在"大妈"的新坟前，"父亲"站得笔直，这对于有满身伤痛的"父亲"来讲，极不容易。"父亲左腿膝盖骨中那颗弹头发出一声刺耳的响声……然后父亲倾金山倒玉柱，双膝一折，扑通一声跪倒在我的大妈的坟前。"①

在历经无数次的政治运动之后，"父亲"对自己的信仰毫不动摇，虽然社会现实与当时的革命理想渐行渐远，但风烛残年的"父亲"仍然悲怆地坚守着自己的信念，在八一建军节之时仍然高唱着革命战歌。"他"站在卧室里，"挺着胸，风纪扣扣得严严实实，他就那么情有独钟地唱着那支歌"(《父亲是个兵》)。

> 走上前去，
> 曙光在前头。
> 同志们奋斗！
> 用我们的刀和枪开自己的路，勇敢向前冲！
> ……
> 同志们赶快起来，
> 赶快起来同我们一起建立劳动共和国！
> 战斗的工人农友，少年先锋队，
> 是世界上的主人翁，
> 人类才能大同。
> ……②

这种法则还体现在对爱情婚姻的忠贞上。在《我是太阳》中，关山林和乌云各自的生活中都曾出现过强有力的"第三者"，却都未能影响到两个人的情感关系。乌云虽然对那位主动追求自己的苏联大尉颇为倾心，但当听到他对丈夫的不敬言辞时，乌云毫不犹豫地立即加以反击。"文革"时期，在乌云遭遇厄运的紧急关头，关山林能够不顾个人的政治前途，闯入造反派头头的密室，把妻子从

---

① 邓一光:《大妈》,《遍地菽麦》,长江文艺出版社 1997 年版,第 119 页。

② 邓一光:《父亲是个兵》,《遍地菽麦》,长江文艺出版社 1997 年版,第 51 页。

即将被处死的险境中救了出来。

邓一光笔下的英雄人物不仅止于男性革命者,他笔下的许多女性身上同样充溢着英雄主义的气质,具有与男性英雄一样的感人力量。这首先体现在女性对英雄男性的追慕和喜爱上,其次体现在女性同样对信仰法则毫不妥协的坚守上。邓一光在《父亲是个兵》中这样写"母亲":"母亲当然是因为组织上的决定才嫁给了父亲,成为我的母亲的,但这并不能说明一开始她没有被伟岸的父亲骑在高头骏马上的威风而诱惑得怦然心动。"①"母亲"虽然痛恨"父亲"身上的很多毛病,但这并不妨碍她对"父亲"的爱,她不允许自己的孩子看不起"父亲"。"母亲"对"父亲"也常常不满,但她"仅仅是说说而已,并不是要我们真的附和她"。一旦我们把她的意思弄拧了,表现出对"父亲"的不满,"母亲"便会"像一头护卫自己伴侣的骄傲的母豹"一样,大声地训斥我们:"你们有什么资格批评你们的父亲……除了人高马大之外,别的任何地方,你们半点不如你们的父亲……你们,连他的一个小拇指也够不上!"②《想起草原》中的"小姨"一开始就被英雄的革命者——满都固勒迷住了。满都固勒的伟岸英姿,英雄事迹都让她着迷,小姨毅然决定离开"小官吏","把自己送到满都固勒身边去",并愿意为满都固勒去做一切事情——"为他提刀守夜、缝纫战袍、筹备粮饷、高举火把、对准人的脑袋开枪,在没有弹药的时候丢下枪,扑过去,用牙齿把那个人的喉咙生生咬断"③。

可就是这个对满都固勒爱得死去活来的"小姨",当满都固勒为了自己的战友要掐死亲生儿子的时候,在那一瞬间,"小姨"对满都固勒的爱全部消失了。"小姨"爱英雄,爱强悍富有正义感的

---

① 邓一光:《父亲是个兵》,《遍地菽麦》,长江文艺出版社1997年版,第38页。

② 邓一光:《父亲是个兵》,《遍地菽麦》,长江文艺出版社1997年版,第42页。

③ 邓一光:《想起草原》,长江文艺出版社2002年版,第53页。

男人，她愿意为他们付出辛劳和自己全部的身心，她是一个真正的好妻子。可她爱其所爱，有自己爱的法则和信条。除了由不爱她的父亲做主嫁给的第一个不中用的男人之外，其他四位是"小姨"因爱而乐意选择和接受的；可一旦这些男人作出违背她爱情法则的举动时，"小姨"便决然地与他们分手，绝不藕断丝连，就像当初选择嫁给他们一样果决。这让周围的人们大感诧异，让她的那些视她为宝贝的丈夫们不能接受，久之，连"我"那最理解"小姨"不易的"母亲"也觉得她的不幸都是自己造成的。"小姨"最后成了一个"孤家寡人"。成了"孤家寡人"的"小姨"仍然不为周围的流言和亲人的误解所动，坚守着自己关于爱的理想，在怀想草原的孤寂中死去。

"大妈"也是邓一光笔下与任何一个男性英雄相比都毫不逊色的女英雄形象。她嫁给红军三天后就永远失去了丈夫，夫家男儿全部出征沙场，她在夫家对公公婆婆尽心尽孝，为了救公公婆婆和另外十七家红属，她不得不改嫁地主。为此，她被自己的亲生父母抛弃，被前夫家属所憎恨，在以后的历次政治运动中被当做地主婆批斗，蒙受屈辱，至死含冤（《大妈》）。这是一个悲剧英雄的形象，为他人作出了巨大牺牲却未得到丝毫回报，反而因此遭受终身的凌辱。她是邓一光笔下不同于那些在战场上厮杀的男性英雄的另一类英雄形象，她是平民英雄。

历史往往只把目光投向站在舞台中心的英雄人物，而事实上，常常正是家乡父老用血泪铺成了英雄的成功之路。在鄂东的革命历史中，几方势力的反复绞杀曾给鄂东人民造成了巨大伤害。红军主力转移后，仅鄂东乘顺地区就有11万人遭到杀害，许多红军的妻子和孩子被卖往白区，女人做别人的老婆，孩子做别人的后代，成为了当时轰动一时的买卖"匪儿""匪婆"事件。对于战争而言，那些智谋的指挥官和勇敢无畏的士兵都算不得什么，真正令人肃然起敬的，该是那些将士身后始终没有干过血水的土地。鄂东地区曾经有过许多红军寡妇，她们的丈夫都是当年外出闹红的，有的死了，有的没死，但无论是死了还是活着，他们都没有再回来，她们大多没有儿女，独自一人孤苦地生活着。邓一光曾以诗意的笔触为我们描写了大别山妇女在家乡守望丈夫归来时的情景，读来令人心痛。"大伯"战死之时，正当黄昏，"几千里之外的大别山麓，女人习惯性地站在自家门楼外的大槐树下，向远处眺望。夕阳在落下去的一刻突然燃烧了起来，整个天地和大槐树下的那个女人都被浸泡在如血的夕辉中了"。① 这大别山中大槐树下盼望丈夫归来的千万妇女，与沂蒙山区的"红嫂"一样，值得当代文学为她们写下浓墨重彩的一笔。

对于笔下的英雄人物，无论是男女革命者，还是革命者留在故乡的家属，邓一光都把他们写到极致。他力避平庸和琐碎，喜欢将笔下的英雄人物放在生死关头，放在大苦难、大诱惑面前进行考验，展示他们不同于常人的一面。这又不同于20世纪50年代至70年代革命历史和革命现实斗争题材中"高大全"式的人物形象。他笔下的人物并不担负说教的功能，常常是少思辨，多行动，让行动感染人。"父亲"就是这样的一个人，他"是个行为的强者，却从来不善于思维"。从鄂东走出，居住在北京的"将军们"也是这样，他们痛心于故乡的干旱，便调派军队设备，挖通长江引来水源，虽然耗费远在收成的几十倍之上，但这里面不同样显示着行动者的强力(《父亲是个兵》)？这样的"行动着"的英雄当然免不了会犯错误，当然常常是有缺陷的，像邓声连的褊狭固执，赵得夫的粗俗，都是如此。但唯其如此，才更显得真实，更让人喜爱，就像历史中的张飞、李逵等家喻户晓的英雄人物一样。

邓一光对英雄品质的敬慕，对革命英雄主义的追求有一个发展

---

① 邓一光：《大妈》，《遍地菽麦》，长江文艺出版社1997年版，第85页。

和逐渐强化的过程，这突出表现在他对两部作品的扩写中。① 一是《我是太阳》对《父亲是个兵》的改扩写，作家对一些体现了英雄主义精神的情节加以保留并放大。比如带领乡亲们哄抢尿素的细节，两部作品中的叙述文字几乎完全一致，这样不忌雷同地反复书写同一细节，无疑表明了邓一光认为这一细节极能表现人物至老弥坚的英雄主义情结。还有两部作品都写到了搬家上火车时，列车长不许已快临产的"母亲"（乌云）上车，"父亲"（关山林）让警卫员把"母亲"（乌云）从车窗口塞了进去，当列车长和列车员反对时，警卫员掏出枪来威胁才得以成行。还有"父亲"（关山林）返回家乡召集会议的细节也重复出现。

　　对于那些不利于或减损了革命英雄主义精神的细节则加以删减。《父亲是个兵》中的"父亲"，晚年虽然仍坚持革命信仰，但人至暮年，有时对往昔的岁月又常常表现出一种十分矛盾的心理，一方面他为自己的戎马生涯而自豪，另一方面又时常表现出对军队和军队历史的不屑。他从不参加座谈会、报告会一类的活动，坚决反

---

　　① 重写在邓一光的小说创作中是一个突出的问题。小说基本要素（故事、情节、人物、细节、语言）的几个方面在邓一光的创作中都有类型各有差异、形式各自不同的重写或者重复。仅就主题而言，英雄主义、理想主义是邓一光作品中反复得到彰显的精神指向，成了统摄他许多作品的灵魂，分别被不同文本中的人物故事所演绎。相似主题的反复出现，就像音乐作品中的主旋律一样，能起到强化主题和增强冲击力的作用，但倘若为表现主题的其他小说构成要素也大同小异，则起码反映出了作家想象力的枯萎。蔚蓝在论述邓一光的专著中，专门用一章来讨论这一问题。详见蔚蓝：《血脉、父辈、英雄——邓一光论》，湖北人民出版社 2000 年版，第 213～237 页。与当代文学中的许多作品在 20 世纪五六十年代因为政治原因重写不同，当前许多作家的重写似乎另有原因，这种现象似乎比较普遍，仅就湖北作家而言，除邓一光外，重写至少存在于如下一些作家的创作中：何存中的《太阳最红》与《姐儿门前一棵槐》，刘醒龙的《痛失》与《分享艰难》，陈应松的《到天边收割》与《望粮山》、《猎人峰》与《到天边收割》，叶梅的《青云衣》与《厮守》，等等，这些作品存在程度不同、形式各异的重写。这是一个值得单独研究的文学现象。

对他的孩子们当兵。当三位在对越自卫反击战中身受重伤的大院子弟，在鲜花和掌声中被人抬着推着回到院子时，"父亲"的情绪突然变坏了，"将母亲刚种下的月季花连根拔掉，说月季开花时会有满院子残血似的花瓣，让人心烦"。① 这里的"父亲"似乎对战争流露出了一种反感的情绪。发展到关山林身上，则变成对战争近乎宗教般的狂热，他一辈子恪守职业军人的天职和信条，他认为："对于军人来说，最重要的是战争，是勇气、力量、谋略、胆识、决断、武器、兵力、搏击和胜利！没有什么比这些更让一个职业军人倾心和自豪的了。"② 在《父亲是个兵》中，"父亲"还只是个晚年对战争杀戮表现出复杂情绪的"兵"，到了《我是太阳》之中，这个革命的"兵"，有了一种以太阳自居的光荣感和神圣感、与太阳一般的英雄豪情。"四八年打长春时老关负了伤，伤愈归队……站在白雪皑皑的大地上，他指着地平线上刚刚升起的那一轮红日说，我是太阳！今天把我打下去，明天我照样能再升起来！"③ 这里的"太阳"显然是对老关身上所体现的革命英雄主义精神的隐喻。选择"太阳"这一象征物也指明了这种精神的神圣性和不可争辩性。

从《父亲是个兵》到《我是太阳》，作家修改和扩写所遵循的尺度正是革命的英雄主义，有利于表现这一点，则加以放大和扩写，无助于或影响到表现这一点，则加以缩小和删减。这一做法同样表现在从《挑夫》到《走出西草地》的扩写中。《走出西草地》中的桂全夫是一个接近完美的英雄形象，他身陷囹圄，依然意志坚定，革命信念毫不动摇。战斗中英勇顽强，而且足智多谋，在指挥攻克大岗山的战斗中表现了他卓越的军事才能，而百丈关战斗的失利不仅没有丝毫减损他的英雄魅力，反而更凸显了他料敌如神的智慧和放眼全局的胸襟。为渲染其英雄主义风采，小说还描写了他以火疗伤、

① 邓一光:《父亲是个兵》,《遍地菽麦》,长江文艺出版社 1997 年版,第 29 页。

② 邓一光:《我是太阳》,人民文学出版社 1997 年版,第 144 页。

③ 邓一光:《我是太阳》,人民文学出版社 1997 年版,第 322 页。

在没有麻药的情况下动手术的情景，俨然一副关公刮骨疗伤、谈笑自若的气派。这些情节大部分是作家在《挑夫》的基础上增加的，如同将桂全夫的结局由自己人杀死改为深陷泥潭牺牲一样，增添这些表现人物英雄主义精神的细节多少冲淡了《挑夫》中的悲剧气氛。

邓一光笔下那些来自鄂东的革命者，大多英武雄强、豪气干云，将鄂东人热烈狂放的民性表现得淋漓尽致。他们多生活在自己的法则之中，忠实于自己的意愿和生命感受，不遵规矩，不依附和受制于外力的压制，也不会因为外力轻易地改变自己。赵得夫用兵时挥洒自如，不受常规的制约，惩治逃兵和地主恶霸时，也不死执政策和纪律，率性而为，却又常常恰到好处。这种率性和执拗有时又给他们带来屈辱，邓声连和关山林在战场上都曾因为意气用事，不严格执行上级命令，遭到降职处分，在他们军旅生涯中留下了令人遗憾的一笔。"父亲"邓声连，刚加入红军时，第一个想杀掉的竟不是敌人，而是自己的连长向高，因为他对士兵总是拳脚相加，年少的"父亲"不能忍受这种压制。"文革"期间，在集体进京晋见统帅的活动中，"父亲"因为老王的死而大发雷霆，还骂了娘，这样的举动在那样的年月，在那样一个与统帅相连的活动中，还是要些胆气的。如果没有一种刚烈性格和伟岸人格的支撑，"父亲"恐怕不会也不敢那样做。

邓一光以一系列"兵"小说而为文坛所关注(其中《父亲是个兵》还在 1997 年以最高票数获得了中篇小说创作大奖——"鲁迅文学奖")，其实就小说技法而言，他的这类作品仍显得比较粗糙，它们能为文坛内外的专家和普通读者所喜爱，与当时文坛的总体状况不无关系。20 世纪 90 年代前期，紧随"新写实主义"审丑溢恶之作，在文坛独领风骚的是王朔充满了调侃味的"京痞"小说，以反思和亵渎崇高的方式，赢得评论界和读者的喝彩。1995 年，世妇会在北京召开，一批女性作家总体上充满阴柔之气的创作成为了文坛上的一股重要力量。与此同时，"新历史主义小说"创作泛起，"一切历史都是当代史"的克氏观点像魔咒一样缠附住了许多"新历史主义小说"作家，他们在作品中任意解构历史，随意将历史作碎片化呈现，陷入了将历史游戏化的泥潭之中。在这样的情境之下，邓一光的创作重写了"父亲"——革命者的形象，对"父亲"的革命属性再次做出了肯定性的确认。作品对理想主义和英雄主义的张扬，构成了对自20世纪80年代中期以来，当代文学创作中抹平崇高与卑下、放逐意义和灵魂的文学现实的强有力的冲击，并且以其强烈的教喻色彩，汇入了20世纪90年代后半期当代中国文学的主旋律之中，受到主流意识形态的肯定和欢迎。

作家还将这种对英雄崇高品质的追求延伸到21世纪，在他最新出版的长篇《我是我的神》中，理想、英雄主义等崇高品质仍是这部作品最打动人的地方。这部作品主要表现了20世纪50年代出生的一代人的生活，系统书写了他们从20世纪50年代到21世纪的精神成长历程。但它不像"知青文学"中的许多作品，目的不是为了表现这代人在某一历史时段的彷徨、失落和疯狂，而是通过乌力天赫、乌力天扬、简雨槐等人对理想的坚持不懈的追求，对爱情的忠贞，以及在错综复杂、不可预料的命运面前所表现出来的毅力、责任和担当精神，来高扬一种在现时代日渐稀薄、只能用"英雄"来概括的情怀和品质。

当前人们对多元性话语的认同，很多时候正是逃避责任的一种借口，人们常常在多样的选择面前徘徊，而不愿去努力实践其中的任何一种，沉溺于关于世界的"感性"和"偶然"的想象之中。其实，既往对"理性"的解构并不是要完全否定"理性"，而是对"理性"压制"感性"、"必然"无视"偶然"的补充。现代主义的荒诞美学曾将西绪弗斯神话中西绪弗斯反复地推动石头上山，当做人类荒诞命运的最佳写照。能识破荒诞固然是一种智慧，但在识破了荒诞之后，不在虚妄中沉沦，不在种种"生命中不能承受之轻"的状态中挣扎，毅然重新推起圆石上路，不也有一种崇高而动人的力量？邓一光在对英雄主义持续和愈益强化的书写中，强调了信仰的力量，强调对某种法则的坚守，正是让人看到了这种力量。

盛产英雄的风云年代已经过去，但人类的浪漫情怀却注定要通过弘扬英雄主义的文学作品得到一次次激动人心的展现。英雄的传奇之所以不朽，便在于想象性地满足了人类渴望超越平庸的冲动，它是人类的自由梦想和伟大理想的象征。人类心中永远的英雄情结，在那些弘扬英雄主义精神的影视剧(像《亮剑》、《历史的天空》等)广受观众的欢迎中可以得到证明，在美国好莱坞电影对英雄形象不厌其烦的、近似重复的制作中也可以得到证明。

邓一光的"兵"系列小说开始于，也成功于他对鄂东革命历史的书写，在他的笔下，回溯革命历史成为文学追寻意义的一种重要而有效的方式，让革命历史还原其理性本相，凭借其价值感和崇高感，展示了在当下的启蒙意义。这种启蒙的意义与何存中、刘醒龙笔下革命历史叙事有很大不同，表现出了文学创作对相同地域文化资源进行不同解释的种种可能。

第四节　"王榨"故事——鄂东地域文化的文学样本

2004年，林白发表了她的新作《妇女闲聊录》，这部作品以新颖独特的形式，在文坛内外引起不小震动。小说以一种口述实录的方式，书写鄂东一隅——"王榨"的乡村生活，广泛涉及乡村政治、经济、精神信仰、伦理道德、风俗习惯等方方面面的内容，像一幅多彩的画卷，生动展示了鄂东具体地域人们芜杂、热烈、活泼的生命状态。"王榨"故事也成为鄂东地域文化的一个最为典型的文学样本，从而具备了文学、民俗学、乡村政治经济学等多方面的意义。

中国传统文学观念中，最早对小说的理解就是"街谈巷语，道听途说"，这其实就是"闲聊"。从这个意义上讲，《妇女闲聊录》恰是回到了中国小说的本源上。因为是"闲聊"，它与具体的生活发生直接的联系，直接从生活中获取感性的材料，而不是带着某一问题，或某一先在的观念进行文学创作。在木珍的讲述中，"王榨"地域文化的丰富内容得以最大限度地真实再现，正是这种独特的地域文化内容构成了小说文本的主体，同样，最后吸引读者的也是"王榨"那种与人们日常生活经验不一样的独特而丰富的风土人情和生活图景。

"王榨"是一个游离于法律、科学与道德的"非正常世界"。迷奸女孩,绑架杀人在"王榨"并不算犯罪,只是给人们增加笑料。逞凶斗狠、打架斗殴在"王榨"是最寻常的事。迷信在"王榨"大行其道,有病时,求巫婆问神汉,心甘情愿地把钱送到庙上。男女之间的关系盘根错节,村人都不在意,男人找了相好,还跟老婆说,女人偷汉子,被捉了现行,也很坦然。"王榨"又是一个"狂欢的世界",任何令人触目惊心的事,都能在人们的哈哈一笑中转化为消遣,他们把偷窃当娱乐,被偷的人也不在意。他们在打麻将时能忘掉整个世界,包括自己。村里人几乎都有滑稽的外号(像"三类苗"、"线儿火"、"天不收"等),女人们在相互恶毒的咒骂中取乐。这样的狂欢世界,虽然粗俗却不乏趣味。

《妇女闲聊录》不像某些地域文化小说文本,着意突出和强化地域文化的某一方面特征,而是对所要表现的对象不做任何修饰和裁剪地原样呈现,表现在小说文本中的"王榨"地域文化既丰富也芜杂。我们试着将"王榨"的故事分成几个大类,从"王榨人"对男女关系的认识、"王榨人"的娱乐生活、"王榨人"粗蛮勇悍的性格、"王榨人"的精神信仰等几个方面进行分析,力求在一片混沌之中把握住"王榨人"的基本精神特征。

在男女关系上,"王榨人"极为随意。性爱故事在小说中占的篇幅最长,一方面可能是村中这样的故事太多,另一方面可能是木珍觉得这些故事最能给人带来乐趣,所以她也愿意讲述。通过她的讲述,我们看到,在"王榨"不仅男女关系混乱而随意,而且人们对此都不以为然,并没有觉得有什么大不了,并没有因此看不起乱搞男女关系的人。

学智与一个叫"二姐"的女人好上了,在男女混睡的大通铺上,当着大家的面做那事,他并无半点惶愧。"和尚"爱打扮爱俏,她丈夫因为"严打"坐牢后,全"王榨"的男人都想她,跟她搞的全是村子里没结婚的年轻小伙子。"和尚"的丈夫回来后知道了全部事情,可他并不在意。冬梅在村里跟过各种男人,在跟一个60多岁的老头做那事时被自己的公公婆婆堵在床上，最初"我们还想着她出来怎么见人啊"，结果，路上碰到了，她仍然"笑眯眯地跟你打招呼，跟没事一样"，而且村里的男女还都喜欢跟她一起玩。木珍的丈夫就是冬梅的相好之一，木珍一点也不吃醋，大年初一，丈夫想见冬梅，木珍就提醒丈夫快去，"免得你老想着"。

福贵跟香桂睡觉还告诉自己的老婆莲儿，后来福贵与香桂关系断了后，莲儿与香桂又成了好朋友。"线儿火"跟小王的哥哥"天不收"（村治保主任）相好，村里人都知道，"天不收"的老婆也知道，他们也不怕人议论。后来"天不收"又跟一个叫刘巧的女人好上了，"线儿火"还跟踪，村人并不同情她，还笑话说，"天不收的老婆都没跟她倒跟上了"①。"线儿火"并不是痴情，她在村里大概有六七个男人。村中的很多年轻女孩，无论是到外地打工的，还是在家里待着的，"都是没嫁就怀孕了，没什么见不得人的，谁家都有女儿"②。村里人对这种事都很理解，没人说闲话。

不仅年轻人这样，"王榨"的老年人在这个事情上也很疯狂。姓刘的老头，七八十岁了，最初想扒大媳妇的灰，媳妇不干，他就恨死了媳妇。在一次村中演戏的间隙，他跑到戏台上公开发表了"要找婆婆"的宣言。后来跟一个刚死了老头的老太太好上了，再后来就是趴在老太太的身上死掉了。"木匠"跟双红搞，要花钱，"木匠妈心疼钱，当着木匠，还有二儿媳的面跟三儿子媳妇喜儿说，你大哥跟别人好还要花钱，不如跟你好算了，你闲着也是闲着，他大哥也不用给别人钱"③，然后做母亲的就为木匠和喜儿在一起睡创造条件。男女关系的随意还表现在一些让人吃惊的玩笑上。"细铁他爸"是村里最"野"的人，在别人的怂恿下，他敢在武汉的菜市场抱着孩子的舅母娘亲嘴，而且那孩子的舅母娘还是一个有身份的人，孩子舅舅是武汉的干部。干部的身份并不能阻挡"细

---

① 林白：《妇女闲聊录》，新星出版社 2008 年版，第 126 页。
② 林白：《妇女闲聊录》，新星出版社 2008 年版，第 37 页。
③ 林白：《妇女闲聊录》，新星出版社 2008 年版，第 104 页。

铁他爸"率性而为的冲动。

男女关系这样混乱，受伤者未必没有不满和怨愤。"木匠"的三弟打工回家知道了事情的真相后叫着要跳河，但终究也没怎么闹，事情不了了之。"天不收"与相好做好事时被人堵在了屋子里，村人都等着看一场好戏，结果"天不收"的老婆去现场领人，还帮着丈夫说话，坦然得很，大家也觉得没有闹的必要了。当然也会有人想到离婚，"离婚这个话在王榨一点都不新鲜，总是有人说离婚，年年都有。不太离得成，只有一个最老实的离成了，他那是女的要离"①。真正离婚的很少，这也说明人们在心底里默认了这种混乱的男女关系。

"王榨人"在男女关系上恣意放任，无拘无束，在日常生活中也达观洒脱，"快活了还想再快活"，表现出一种热烈狂放的"酒神精神"。"王榨人"花钱最厉害，没钱就借着花，"细牛皮"在新疆，出门就打的，买包烟都打的。"村里人上厕所都骑摩托，厕所就在村口。村里觉得，这过的才是日子。"②

在日常娱乐活动中，"王榨人"经常玩得昏天黑地，毫无节制。"王榨的人都挺会享受，有点钱就不干活了，就玩麻将，谁不会玩就会被人看不起。""那时候打牌，整夜打，一直打，不知道打了几天呢，昏天黑地的……宁可不吃饭，也要打牌。"③木珍给自己的儿女取名，就是用的麻将牌的名称，儿子小名叫七筒，女儿叫八筒。迷醉在麻将之中，既顾不了自己的身体，也顾不上照料孩子。木珍打麻将时，"不做饭，不下地。要是小王做了饭，端给我，我就吃，不端，我就不吃。两个孩子，一儿一女，从小就喝凉水，饥一顿饱一顿。"④玩麻将的在"王榨"都有"职称"，像"泰山北斗"、"牌圣"、"大师"、"教授"、"教练"、"两条龙"、"天光"、"东方

① 林白：《妇女闲聊录》，新星出版社 2008 年版，第 39 页。
② 林白：《妇女闲聊录》，新星出版社 2008 年版，第 148 页。
③ 林白：《妇女闲聊录》，新星出版社 2008 年版，第 25 页。
④ 林白：《妇女闲聊录》，新星出版社 2008 年版，第 100 页。

红"等，都是根据玩麻将水平高低来称呼的。

在家种地的人，除了农忙时节，集中做完农活之外，剩下的日子就是玩，也不搞家庭养殖业或其他副业，连狗和鸡都不养了，能不种的东西就不种，没有了就去偷。偷东西在"王榨"甚至被当成了娱乐方式，"每天晚上都有人商量搞什么活动，或者偷花生，或者偷鱼，或者偷甘蔗"。村中有几个人三番五次去药鱼，由于"技术"不过关，几次都没弄到鱼，"大家都笑得不得了"。① 在这种频繁的偷窃活动中，"王榨人"既没有侵害了别人利益的负罪感，也没有偷窃目的未能实现的失望，一切像小孩的游戏一样，好玩而已。"王榨人"玩起来酣畅淋漓，吃起来也极为豪放，村中的女人们常常几个人围坐一起吃卤鸡蛋，一次煮一百多个，装一大盆，一口气吃完。其实，前文谈及的乱搞男女关系，在"王榨"也不过是一种娱乐，不仅当事人觉得是娱乐(因为相好的人之间真正有感情的极少)，就是置身事外的看客，也不过是把那当做一种茶余饭后的笑料。

热烈豪放、恣意妄为的"王榨人"，在家庭日常生活中，在与他人相处时常常表现得蛮横粗野，言语粗俗，行为蛮霸，细致、优雅、含蓄似乎与"王榨人"无缘。村中女人日常说话"逼不离口"。"我们村女的说话都是这样说：狗婆子逼，打牌吧？谁是逼？你不是狗婆子逼你是什么？打就打吧，你干嘛骂人(拿到一张牌)。她大的逼我不要了(不要牌)。你不要我要。逼你都吃(大家都笑)。"②(这些村女多像"汉味小说"中的那些言必以"婊子养的"、"抱妈日的"开始的武汉市民)村人骂人的话也极为粗俗，骂女孩为"贱逼"、"狗婆子逼"、"细逼"、"卖逼去"，亲生母亲也这样骂自己的女儿。男人有时也用这些话来骂自己的老婆、儿女，甚至母亲。

"王榨人"不仅语言粗俗，而且蛮横好斗，动辄出手伤人，男

---

① 林白：《妇女闲聊录》，新星出版社2008年版，第114页。
② 林白：《妇女闲聊录》，新星出版社2008年版，第166页。

人在家打老婆即是这种表现之一。福贵平时总打媳妇，拿着大棍子往死里打。木蓝姐也经常无缘无故地遭到 60 多岁的丈夫打骂。"王榨"的一些女人在家里也像男人一样凶狠。桂娇打孩子不让人扯，非要打个痛快，有一次"她拿镰刀往女儿的头上啄，头上砍出一个大窟窿，还不让人帮助处理包扎伤口"①。桂娇是高中毕业，在农村也算有文化的人，这样打骂孩子多少表现出一些病态的虐待狂倾向。木珍的丈夫也打木珍，打过一次，木珍大概觉得与村中其他男人比起来，丈夫打得还算很少，因而她在讲述别人的故事时，很满意地特意强调了这一点。

"王榨人"的凶狠在当地是出了名的，这名声是在同其他村的人打架中打出来的。第 179 段的标题就是"打架"，大概由于村中打架的事常发生，要讲的打架故事太多，小说分了三节来写。木珍对打架的认识在讲述打架故事开始就亮了出来，"我们村每年都要打架，不打就不行，觉得不好玩，打架好玩"。② 年轻人爱打架，老人也有一股血性，好冲动。河南人小赵觉得自己有功夫，到"王榨"来挑衅，还未进村，就被村中一个 60 多岁的老头跳起来打了一巴掌。"王榨"的女人也喜欢打架，在与江湾打架时，"我们四个女的，一人一把锄头，扛着就跑"。与江湾的械斗打了一次还不过瘾，"王榨人"准备再打，"都拿好了工具，有锄头、叉子、钉耙、土铳、冲担、菜刀，还有木工用的凿子"，结果不知什么原因没打成，"王榨人都觉得可惜"。③

"王榨人"打架出手很重，似乎不计后果，只图一时痛快。河南人小赵被打成内伤，只活了两年就死了。在与江湾的械斗中，"细铁把人的头打出一个大窟窿还打"。因为一次偶然车祸，"王榨"与"鸭子嘴"两个村发生械斗，"细铁"吃了亏，结果过去了好长时间，"细铁"从老家追到北京，又从北京追到太原，还是找到了

① 林白：《妇女闲聊录》，新星出版社 2008 年版，第 144 页。
② 林白：《妇女闲聊录》，新星出版社 2008 年版，第 173 页。
③ 林白：《妇女闲聊录》，新星出版社 2008 年版，第 174~175 页。

"仇人"，用斧头把人家的肠子砍出来了。当"细铁"的故事在村里被说起时，"大家听得笑得东倒西歪的，站都站不住"。① 其实这故事里的许多打斗，并不是因为有什么大矛盾，像与江湾的械斗，不过是"龙头"走左边还是右边的问题。但王榨人喜欢用暴力来解决，他们不耐烦慢条斯理地磨蹭。"细铁"给人干活，工头没有及时给钱，他就绑架了工头的情人，结果为此去蹲了几年监狱。而村里人并不认为细铁有什么错，木珍就觉得"没把那个被他绑架的女人杀掉，杀了肯定没事"②。

　　不仅村子之间互相斗，王榨的人连"公家人"也打。"公家"的食品站管生猪屠宰，农民杀一头猪要上缴 120 元钱，"小王"做帮人家杀猪的生意，只收人家 40 元手工钱，但食品站的人不让他干。于是"小王"、"三类苗"、"牛皮客"就去把食品站的"公家人"打了一顿，满村的人都去追着打。为此，警察来村里抓人，村里人把派出所的人痛骂一顿，木珍的婆婆还上去把"传票"撕了，冲到警车上去坐着不下来，村里人甚至想把警车推下河渠。最后因为当村官的"二哥"出面，警察才得以解围，赶紧跑了。③ "小王"的二哥当了三年治保主任，有一年全黄冈的治保主任都来参观。木珍没有细述这其中的原因，既然是来"参观"，无外乎是因为"王榨"的治安搞得好吧，这样逞凶斗狠也可以做"标兵"，可见民风粗蛮剽悍在黄冈极普遍。

　　在这样的民情风俗之下，一切文明社会宣扬的法则似乎失去了力量。"王榨人"在夏天的晚上，几乎每天都出去偷西瓜，有时去的人太多，能将看瓜人吓昏。不只偷瓜，他们还偷秧苗，偷成熟的稻穗，偷学校的建筑材料，偷花生，偷鱼，偷甘蔗，偷狗，偷一切可偷的东西。有时要偷东西了，还先告诉东西的主人一声，"老壳"想偷木珍家的狗，他先跟小王说："我迟早要把你家的狗弄吃

---

① 林白：《妇女闲聊录》，新星出版社 2008 年版，第 174~176 页。
② 林白：《妇女闲聊录》，新星出版社 2008 年版，第 38 页。
③ 林白：《妇女闲聊录》，新星出版社 2008 年版，第 88 页。

了。过了几天他又跟我说,我要把你家黄狗药了。"狗主人好像也并不很在意,没把他当坏人。后来木珍家的大黄狗还是被他药死了,煮狗肉吃的时候,大家都去吃,也没把他怎么样。大概大家觉得这狗迟早是要被偷的,还不如让熟悉的人偷去好。木珍在讲述这个故事时说:"老壳不是坏人,他就是爱偷狗,他不偷别的东西。"①我们听不到她对"老壳"的丝毫不满。

"王榨人"把偷窃当做娱乐,甚至由偷窃发展到抢劫(像前面偷瓜的故事已经是抢劫了),让人触目惊心。可在"王榨",无论是行窃者,还是被偷的人,都觉得生活似乎本来如此,并没有多少怨愤,连讲述故事的木珍也没有半点反思和痛恨之情。其实,木珍还不是一般的乡下妇女,她是村子少有的喜欢看书的几个人之一,她的叔叔是中宣部的干部,哥哥是部队的工程兵,哥哥的英雄事迹和照片至今还在"滴水县"博物馆里展示和收藏着。木珍对偷窃就是这样的态度,遑论其他村民。"王榨人"性情中的粗蛮,不守规矩,坦荡放任到麻木的精神状态,不禁让人想起池莉、方方笔下武汉底层市民的人生。"王榨"所在的"滴水县"其实就是鄂东的浠水县,浠水与武汉并不遥远,描写两地人民生活的小说文本中所体现出来的共同文化特征,也正好证明了荆楚"蛮风"对这一地域人民影响之深。

"王榨人"这样逞强斗狠,无法无天,肆意妄为,与他们对人生的认识,与他们的生死观不无联系。木珍的讲述中曾谈到几个人的死,对于村中在同一年死去的两个老太太,木珍就有不同的评价,其中一个老太太"又没钱花,又得干活,又没钱玩牌,成天地干活,死了也就算了,没什么可惜的,活着也挺磨的",而另一个老太太的一个儿子是村官,一个儿子在银行工作,木珍认为她是一个享福的人,认为"她死了就可惜,福就不能享了"。同样的道理,她觉得"绍芳死了也不可惜,她活着太苦了",虽然绍芳只有50

---

① 林白:《妇女闲聊录》,新星出版社2008年版,第113页。

多岁。①

　　活着有没有意思，是活着还是死去，是以享不享福、快不快活为标准的。这样对于生死的认识，对于人生价值的感受未尝不会影响到"王榨人"的性情。木珍的丈夫小王打食品站的"公家人"时未必不知道会被"公家"惩罚，但当他不满于"公家"的行为，心中感到不平时，这些担心便抛在脑后了。既然他们认为对于在痛苦中活着的人而言，死是一种解脱，那么为了追求一种快意人生，打一架又算得了什么，偷点东西又算得了什么，与法定配偶之外的男女相好又算得了什么！

　　"王榨人"的精神世界中不是没有恐惧，不过这种恐惧更多的不是朝向外部的强制力量，而是朝向自己的内心，朝向冥冥中不可知的命运和鬼神世界。由此，"王榨"的鬼神信仰之风便特别浓厚，七月半过"鬼节"，在"王榨"比较普遍。七月半那天，家家要泼水饭，在"煮熟的饭上，放一点水，给没人管的鬼吃，泼在村口"。"一到七月半，村口一地都是泼水饭。七月半还要烧包袱，把往生钱叠好，封好，写上收的人和寄的人，在家烧，有的在坟前烧。"②鄂东骂人的话中有这样一句"你抢抢抢，抢包袱啊！"这话就与人们在"鬼节"烧包袱的习俗有关（关于鄂东七月半的习俗，何存中在《太阳最红》中也用了很大的篇幅来描述）。因为鬼多，王榨人还有治鬼的方法，用牛赶犁，绕村子犁上三圈，可以除鬼气。拿土铳晚上朝天放几枪，也能吓鬼。

　　木珍因为自己睡觉的屋子以前埋过死人，所以小时候的晚上，她常感觉有鬼捏她的脚腕和手腕。木珍的大哥因病被部队安排在大医院治疗，而她的父母同时也在家求神拜佛。"我妈在家信迷信。我伯（就是父亲）从杭州坐火车到南京，一路给我大哥叫魂。叫魂在老家得用一根棍子在水缸里正着搅三圈，反着搅三圈。在火车上

---

　　①　林白：《妇女闲聊录》，新星出版社 2008 年版，第 17~19 页。
　　②　林白：《妇女闲聊录》，新星出版社 2008 年版，第 123 页。

不能搅，就叫大哥的乳名。从杭州一路叫到南京。"①

　　鬼神信仰浓厚的地方容易出巫婆神汉，80多户人家的"王榨"就有两个能与鬼神相通的人。被人们称做"李师傅"的楚敏，管下界，管捉生魂，会看相，十分灵验。他曾说"小王"的大哥要升官，果然就升了村长(本来做的是治保主任)。被人们称做"林师傅"的林细容管上界，能与菩萨交流，人们遇到难事就找她。她替人看病也很灵，"吃奶的孩子发烧，吃药老不好，抱到她那里让摸一下就好了"②。当然她替人看病是要收钱的，"往生钱多少，救苦钱多少，玉皇钱多少"，不同的方子，收不同的钱。林师傅过生日时，村人都送钱物祝贺，以此接近于神灵，寻求神灵庇佑。其实这种做法很像是一种敛财行为，但"王榨人"却不这样看，他们参与的积极性很高。

　　"王榨人"对这些鬼神之事的重视，还表现在踊跃出钱唱庙戏、吃庙饭等活动中。孩子不好了要请道士念童子经，二月十九有观音会，大灾大难时念黄经，举行复杂的求黄幡活动。与"王榨"庙会的兴盛相比，给孩子进行现代文明教育的学校则显得衰败，孩子们越来越少，学校关停并撤，残破不全。学校对孩子的教育也似乎没什么效果，木珍的儿子"七筒"15岁了，除了加减法什么都不会。在给孩子进行教育的文明场所，竟然"有人将大便拉在学校食堂的大锅里"。孩子们也不愿意上学。在"王榨人"眼中，"当教师没什么好"(第213段标题)，远不如那些自称能通鬼神的"师傅"。

　　这部小说因为是"闲聊实录"，没有经过作家特别地提纯，因而表现出的民情风俗显得丰富而复杂，通过对上述"王榨"地域文化四个方面的梳理，我们仍然可以大致看出"王榨"地域文化风习的主要特征，那就是自然、狂放、热烈的生命态度，剽悍勇武的民风和浓厚的鬼神信仰。这一特征正延续并契合了荆楚大地崇信巫鬼的远古遗风和这块土地上的人们自古以来的狂放热烈的生命情怀。

---

① 林白：《妇女闲聊录》，新星出版社2008年版，第58页。
② 林白：《妇女闲聊录》，新星出版社2008年版，第163页。

《史记》中曾言："西楚俗剽，轻易发怒。"《陈书》中论及楚人"率多劲悍决裂，天性然也"。《隋书·地理志》称蕲春人"性躁劲"。司马光说："闽人狡险，楚人轻易。"①这些古人的评说指明了楚人剽悍、狂放、浮躁的民性特征，这种民性既体现着一种自由精神和浪漫品格，又可以表现为放诞不羁，表现为粗俗好斗和对暴力的狂热。张正明在论述楚人的鬼神信仰时说：楚人"惯于用超凡的想象来弥补知识的缺陷。正是在想象中，他们成了火神的子孙，有了顶天立地的勇气和信心"，"周人……事鬼敬神而远之"，"楚人就不同了，他们的态度是事鬼敬神而近之。他们也怕鬼神，然而更爱鬼神"。② 崇巫信鬼的心态与他们性格中的放任决绝是鄂东人浪漫气质的表现，也是楚人好幻想、惯奇思品格的显示。"王榨"故事与本书所论及的其他新时期湖北文学一起，共同展示了湖北地域文化的斑斓面貌和精彩神韵。

《妇女闲聊录》独特的文本形式，很容易让人想起与它差不多同时出版的贾平凹的长篇小说《秦腔》。《秦腔》以"密实流年"的方法，来写"一堆鸡零狗碎的泼烦日子"，像记"流水账"一样。全书45万字，没有章节的划分，没有明确的叙事线索和明显的骨架，贾平凹也没有着意去刻画鲜明的人物性格，去编织生动离奇的情节。整部作品就像是对生活的原样复制，日子流到哪儿，笔就写到哪儿。正如有人对林白将一个村妇的"闲聊"加以实录，能否算做文学作品表示疑虑一样，记"流水账"的方式也曾是写叙事性文章的大忌，这几个字常常是被人们用来指责拙劣的文学作品时使用的，但贾平凹却认为非此不足以表现故乡真实的生活状况。

年龄不同、性别有异，以前风格差异明显的两位作家，不约而同地在创作中表现出相同的倾向，这是耐人寻味的。它表明了昔日

---

① 转引自周积明主编：《湖北文化史》，湖北教育出版社2006年版，第1453页。

② 张正明：《楚文化史》，南天书局有限公司1990年版，第112、118页。

创作中对乡村整体性的清晰认识，正日益显露出危机。无论是以启蒙的眼光对待乡村，以革命的、改革的眼光热情讴歌乡村变化，还是以浪漫的眼光把优美的乡村作为污浊城市参照物的态度，都不足以把握当下纷繁复杂的乡村现状。这时，散漫的、闲聊式的，几乎与现实生活同构的叙述方式，可以更加真实地直面乡村的灵魂。而这样的直面又必然是与具体地域相联系的，是在对具体地域文化的书写中展开的，它不是在对乡村的某种笼统认识的基础之上，加入某种时髦的观念进行创作。这样，"深入生活"这一传统的指引文学创作的观念在当下便有了延伸其意义的新的可能。同样是"深入生活"，林白与贾平凹的不同在于，贾平凹将目光投向故乡商洛山中，林白则把目光投向湖北浠水的一个具体村庄。而且林白的"深入生活"不是走出去，而是认真"倾听"（这不同于她先前创作中的"倾诉"），让具体的"生活"走进来，这也是一种可行的方式。

林白将他人的口述故事加以实录的文学创作方式，早自20世纪80年代就有作家尝试过。1985年张辛欣与桑晔共同创作的"口述实录文学"《北京人》，在国内5个文学期刊同时刊出，在当时的文坛曾引起很大反响。2003年冯骥才又以这种方式推出了《100个人的十年》，这部作品以其对"文革"详细真实的记录而为文坛内外所关注。与他们相比，林白的《妇女闲聊录》更具有鲜明的地方风味，这也体现了作家对于丰富多彩的民间的重视。曾以书写女性内心隐秘世界闻名的林白，将目光转向具体地域的民间生活，是耐人寻味的，这是否昭示着当代文学正在摆脱各种不切实际的宏大话语和捉摸不定的内心体验，正在走向更加具体更加坚实的大地。我宁愿相信是这样！

附录一

荆楚文化视野下的新时期湖北文学①

全球化的概念是相对于地域化而言的，这二者之间并不构成相互否定的关系，事实上，在全球化迅速发展的今天，地域文化的个性既在淡化也在凸显。以中国新文学而论，在全球化这一概念提出之前，中国文学的地域性早已有之，即使是在全球化方兴未艾的新时期，也正是一大批作家的带有浓厚地域文化特色的小说创作成为这一时期小说创作的主流倾向，代表了中国小说的成熟和飞跃。基于这样的文学史实，自 20 世纪 90 年代以来，从区域文化的角度来探讨 20 世纪中国文学，成为一个新的重要研究视角和研究途径，取得了很多重要的研究成果。这不仅使人们对 20 世纪中国文学的认识获得了进一步的深入和拓展，反过来，也加深了人们对不同区域文化特质的理解，因为文学是文化最完整最鲜活最深层的表现形式之一。

新时期的湖北文学是中国新时期当代文学的重要一支，无论是作家队伍还是创作实绩，在全国都处于重要的地位。湖北又是楚文化的发祥地之一，有着丰富多彩的地域文化资源和深厚的荆楚传统文化积淀，这一切必将或隐或显地影响到湖北作家的性格气质、审美情趣、艺术思维方式和作品的人生内容、艺术风格、表现手法，这在那些优秀的湖北作家身上表现得尤为明显。具体到从荆楚文化的角度来研究新时期的湖北文学，首先面临的问题就是，什么是荆

---

① 该文曾发表于《文艺新观察》2009 年第 1 期。

楚文化？或者说荆楚文化有哪些不同于其他地域文化的特质？面对
一种历经辉煌、延续数千年的文化形态，尽管各领域的研究者从自
己的专业出发对它的特征有着大致类似或不尽相同的看法，但要用
三言两语加以概括仍是一件十分困难，而且在学理上未必能够行得
通的事。笔者认为，荆楚文化是一种有着辉煌的过去，又在历史的
发展过程中不断融入了新的精神，逐渐积淀起来的文化形态，我们
考察它与该地域文学之间的关系，不必也不可能穷尽它本身的所有
内涵，而是只需寻找在这种文化形态中的确存在，并且又确实影响
到新时期湖北文学，使之具有不同于其他地域文学的特征。在此基
础之上，考察它们之间影响与呈现、承续与阐扬的内在联系，以及
对于当代文学创作、对于当代文化发展的有益启示。

一

湖北新时期有许多以楚人后裔自居，具有鲜明的荆楚文化意识
的作家，他们各自在自己的文学创作和文化活动中常常自觉不自觉
地做着表现荆楚文化、弘扬荆楚文化的工作。熊召政曾经坦言，为
了写《张居正》，他深研明史，考究现实，费时十年。面对朋友的
质疑和自己内心的彷徨，他常以自己是一个湖北人来自我激励。他
想："我这么做因为我是一个湖北人，我身上有楚人鲜明的特点。"
卞和献玉而身残，屡被耻笑，仍坚持不辍，只为证明自己的正确，
伍子胥以十七年的时间复仇，才得以成功，屈原为坚持自己认定的
理想，"虽九死其犹未悔"，这些楚地先贤身上表现出的坚忍、担
当的精神和感时忧世、怜人问天的情怀无不感召着他。① 他的《张
居正》虽是一部写古人的书，但其对现实的观照却是显而易见的，
同样是改革的年代，同样是困难重重，危机四伏。通过这种创作，
作家要实现的是与历史与古人的一次精神遇合，是借历史来表达他
对现实的忧思。

————————

① 熊召政：《楚人的文化精神——在北京大学的演讲》，《作家》2007 年
第 1 期。

　　类似借历史来表达现实关怀的作家还有邓一光。他的《父亲是个兵》、《追赶太阳》、《走出西草地》等作品，以一曲曲理想之歌唱响于信仰缺失、人文精神匮乏的20世纪90年代，有着振聋发聩的意义，给人温暖和力量。而他笔下的仍然带有浓厚农民习气的"本色"英雄，也极大地冲击了以往文学作品中对革命英雄的虚饰模式，比起后来通过影视红起来的《历史的天空》、《亮剑》等同类作品早了若干年，表现出一种追寻历史真相的执著。与邓一光等作家一样向历史开掘，而且开掘得更为深远的还有映泉。这位在80年代以创作表现农村现实变革的作品而著名的作家，近年也将目光投向了楚国的历史。他有感于楚国先祖"筚路蓝缕，以启山林"，艰苦创业的精神，以病痛之躯，历经寒暑，写成了"楚王三部曲"（《和氏璧》、《先王剑》、《鸟之声》）。在这部带有"寻根"色彩的历史小说中，作家浓墨重彩地描写了春秋时期彪炳楚史的楚武王、楚文王和楚庄王，励精图治，开疆拓土，使楚国不断发展壮大，跻身于春秋霸主地位的辉煌历史，通过发掘楚国的历史文化之根，以文学的方式，将楚国先民的创业精神，转化为激励今人奋发图强的精神力量。

　　与这种和历史人物发生交流、产生精神遇合不同，许多新时期的湖北作家满怀深情地表现脚下这块现实中的土地，同样表现出一种感时忧世、"忧愤深广"的情怀，即使在那些以弘扬主旋律为主，最初获得全国大奖的短篇小说中，这样的情怀也有曲折的显露。楚良的《抢劫即将发生》表面歌颂了一位新提拔上来的好干部制止农民哄抢尿素的时代故事，背后暗含的是几乎官逼民反的社会现实，作家的忧思尽在其中，这样对农村现实问题的大胆揭露在当时是十分罕见的。湖北是一个农业大省，农业、农村和农民问题一直是湖北作家关注的一个重点，这其中刘醒龙的成就尤为突出，他一直坚持对农村变革的追踪，其代表作品《秋风醉了》、《凤凰琴》、《分享艰难》、《生命是劳动和仁慈》、《挑担茶叶上北京》等，不以艺术技巧取胜，而是直面社会重大问题，表现了作家对于农民命运的深切忧虑和一个知识分子的社会担当意识。

新时期以来，尤其是 90 年代以后，城市化迅速发展，表现城市生活的作品也逐渐多了起来。胡发云最初就是以一篇写城市生活的作品《高层公寓》而为人们广泛关注的，在这个短篇中，他较早地写出了现代都市中，空间的切割、时间的规范化、生活方式的固定有序，给人带来的孤独、沉重和异化感。这种对现代生活的反思在他的中篇《老海失踪》里，具体化为人与自然关系的思考。作品中的老海，为了坚守自己的理想，"众人皆醉我独醒"，抛开都市现代生活的诱惑，甘愿生活在原始森林之中。老海的坚持和执著，让每一个人动容，他对现代社会的忧虑有着让人警醒的力量。胡发云是一个热切关注社会，承担意识很浓的作家，近年他又推出新作《如焉》，以极大的勇气，对非典问题和国家管理体制，对知识分子自身进行反思。他的作品以其关注社会问题的敏锐和揭示人性悖论的深刻而表现出一个人文知识分子忧愤深广的情怀。

陈应松是湖北作家中成名较晚的一位，但他的创作从多方面体现了荆楚文化的特点，是最能表现荆楚文化神韵的作家之一。仅就作品格调而言，从 80 年代写压抑的往事，像《黑艄楼》、《大寒立碑》；到 90 年代透视稳定后面的不详，"小康时代"的绝望，像《一个，一个，和另一个》、《乌鸦》；再到后来神农架系列小说中的酷烈人生，像《马嘶岭血案》、《豹子最后的舞蹈》，压抑绝望的主题、忧郁愤懑的情绪一直贯穿着他的作品。

湖北新时期作家笔下表现出的这种忧愤深广的情怀固然是中国传统知识分子的固有特点，但是发展到新时期，这种情怀在告别革命、反对崇高、质疑启蒙的思潮中很大程度地被弱化了，在这样的情势之下，湖北作家的坚守便显得尤为可贵。对此，我们虽然不能简单地将其归因于是受荆楚文化传统的影响，但其间的联系却是不可否认的。方方对荆楚地域文化的喜爱和阐扬是为人熟知的，她曾写过许多关于武汉地域文化特色的文章，也出版过这一方面内容的专著。她创作中的"残酷"和"宽容"也能在楚文化的"狂放"和"热烈"中找到源头，她的小说《一波三折》在内在气质上就有着《天问》的遗风，她甚至直接引用《天问》中的句子"何阖而晦何开而明？角宿未旦曜灵安藏"作为题记。陈应松曾说过："对'楚辞',楚地发掘的文物,有关这一切的各种图书资料,当然是我过去,也是我现在热衷于搜集阅读和思考的东西。"①那么他自然会自觉或不自觉地受到楚辞的影响。同样楚人从卞和、伍子胥、屈原等人身上遗传下来的执著、担当的人格精神和文化品格也会感染和影响着陈应松、胡发云、邓一光、刘醒龙等众多湖北优秀作家吧!

二

陈应松在谈到自己的个性时说,他绝不看人眼色行事,有点执拗犯犟。② 这不正是楚人先祖卞和、伍子胥、屈原等人的性格特征吗?这种人格特征表现在创作上,则无论是语言还是情绪都喜欢推至极处。陈应松在谈到公安派对他文学创作的影响时,他感兴趣的不是公安派抒写性灵的平和冲淡,而是推崇袁宏道的极致风格,他将袁宏道的作品概括为"笔飞语烫,如虎出涧,放肆果断,绚烂摇曳,盖世无双"。③ 这种对传统文学中热烈狂放一面的接受不正是以《楚辞》为代表的楚人浪漫风骨的遗响吗!鲁迅曾经这样概括《楚辞》的特色:"较之于《诗》,则其言甚长,其思甚幻,其文甚丽,其旨甚明,凭心而言,不遵矩度。……其影响于后来文章,乃甚或在三百篇以上。"④这种评鉴准确地指出了《楚辞》体现的自由精魂和唯美品格。皇皇《楚辞》,千载而下,影响深远,生活在《楚辞》诞生之地的湖北作家同样感受着荆楚自然山川的灵气,楚魂的浪漫和雄放仍流淌在他们的血液之中。许多湖北作家的作品有着神奇诡谲、"惊采绝艳"的一面,想象瑰丽,语言绚丽多姿,充满了巫风

---

① 樊星:《与语言和灵魂之灾搏斗——陈应松访谈录》,《大街上的水手》,长江文艺出版社 1999 年版,第 310 页。

② 樊星:《与语言和灵魂之灾搏斗——陈应松访谈录》,《大街上的水手》,长江文艺出版社 1999 年版,第 317 页。

③ 樊星:《与语言和灵魂之灾搏斗——陈应松访谈录》,《大街上的水手》,长江文艺出版社 1999 年版,第 309 页。

④ 鲁迅:《汉文学史纲要》,人民文学出版社 1973 年版,第 20 页。

灵幻之气。

首先，让我们来看王振武的小说。他的《关于原始社会的札记小说》(包括《火神的祭品》、《那引向死灭的生命古歌》、《生命闪过刃口》三篇，其中《火神的祭品》未及发表)是楚地先民热烈人生的神奇传说，字里行间涌动着狂放的生命激情。《生命闪过刃口》仅由几则关于陶器的考古材料便衍化出那样一篇瑰丽奇诡的文字，想象丰富，情感浓烈，融神话、舞蹈、音乐于一体，极好地再现了蒙昧时期楚地先民的思想和情绪，是一篇当代文坛上不可多得的奇文。我们看下面这段文字：

> 东天那一片火红色使她感到血潮在周身内翻腾……同时，她又清楚看到那是一大片鲜红的血，从自己身内、从聚落身内涌出的血，上面还鼓起、破裂着热腾腾的气泡，既是生命之潮，又似死亡之流，期待中混和了恐惧……于是她学着巫姝曾经用过的类似办法——把结果系在这一点上：若圆足陶盘似的太阳今天出来了，她的生命必将有阳光照耀，若飘忽不定的雨云缠住了陶盘，生命就会面临狂风暴雨的袭击。

这样"惊采绝艳"的文字在文中俯拾皆是：像对巫姝之美的描写，对杀戮激情的渲染，对杀戮的激情与巫姝诱导出的生命冲动和迷狂相胶着时迷茫思绪的细腻呈现，想象奇幻，辞藻丰富华美。王振武的这组小说，较之任何寻根作品都毫不逊色，可惜他来不及像韩少功、郑万隆那样发表宣言，生命之花便过早地枯萎了。

陈应松近年来以其在神农架系列小说(《松鸦为什么鸣叫》、《云彩擦过悬崖》、《豹子最后的舞蹈》、《马嘶岭血案》等)中表现出的奇诡特色为文坛所瞩目。其实作为一个湖北人，一个楚地的后裔，他创作中的楚风品格在早期的诗歌和江汉水乡系列小说(《黑艄楼》、《黑藻》、《镇河兽》、《旧歌的骸骨》等)中已露端倪。他的组诗《楚人招魂歌》、《楚国浪漫曲》是他弘扬楚魂的诗歌结晶。《楚国浪漫曲》就充满了瑰丽的想象，"他是被火刺激的祖先，太阳的骄子/生命之源的最初形式/只有在醉意半酣后，看夕阳散为流霞/他拖着巨大的影子从远方归来/说：天空不过一卵而已"，"宇宙不过一卵而已"，"他在眼睛西沉的河岸上坐着/召引谁？冥想中流贯出/花之精、兽之血、鸟之影、风之波/笔尖掣动血管，一滴为永恒/生死无界，一切都会归来/以庄重华贵的车辇/隆隆地驰过环廊，到达永生之门"。在这些想象奇丽、激情燃烧的诗句中，表达了他对楚骚精神的认同。他的那些江汉水乡系列小说有着自己人生体验的真切记录，也放射着神秘的异彩。在《旧歌的骸骨》中，他这样写一个两岁小孩扑向火堆前的幻觉：

> 神秘像一张面纱，迎风飘扬；神秘像一张蛛网，一触即溃；神秘像一团云烟，一吹即散。神孩快接近天堂了，他在十月的河岸撩水而歌，鱼鳍轻点如卵之红日，青山隐隐雾里藏花，鹅颈高唱大江东去，龟背悬托一片桨声。神孩看到了人身兽首之神驾驭飞帆而来，神即为父，父追其母，在大气磅礴的皇天湖上空劲走风云。一阵子敲碎水底银月，化为点点浮萍。椰子大叔醉卧海滩，有千种风情，一管芦笛，半船渔火。神孩红衣红帽红鞋儿，惊起平沙落雁，苇荡飞花，乡风正白。

陈应松后来的神农架系列小说，延续了他早期小说创作的特点，诗情浓烈。这种诗情不是偶尔的流露，而是漫灌全篇，即使在叙事时也左连右带，注重内心情绪的表达和感情的倾泻。这样他的这组小说整体上便有了诗化的韵味，但这种诗意又绝不同于汪曾祺笔下的温润和淡雅，而是表现为一种大气淋漓的壮美，一种与荆楚故地高山大川相匹配的汪洋恣肆。这种情绪的出现离不开荆楚自然山水和人文传统对作家的哺育。我们读陈应松的神农架系列小说，会发现他在作品中写了很多动物和植物，作家表现出的对植物知识的丰富常常让人惊异，他对山地林区千变万化的自然物象，对风雨云霭、雾雪阴晴的自然交替都有着充满诗意的描绘。熟悉《楚辞》的读者，由陈应松的小说，很容易想到《离骚》中对香草、椒兰的

192

吟唱,《九歌》中对楚地山川风物、湖光山色的礼赞。

正是由于楚地奇丽的山水、浩瀚的大江孕育了楚人的狂放情绪和艺术气质,正是由于《楚辞》的浪漫气息和自由精魂的影响,许多新时期湖北作家养成了以艺术的眼光来看待所要表现的对象,艺术地看待楚地的巫风民俗,乐于在作品中表现那些丰富多彩的,张扬着楚人自由天性、多情品格、艺术气质和热烈活泼生命力的民俗风情。方方在《闲聊宦子塌》中就记述了荆州人善歌善舞的风采:

> 楚人善舞善歌。古书上也都记得有。
>
> "下里""巴人"唱起来,和者数千……打硪、搬运、划船、赶马、采茶、放牛、榨油、抬轿、栽秧薅草,口里都唱,号子打得地动山摇,五句子喊得遍野回音。连女将们做衣、绣花、纳鞋也是手上做起,嘴上哼起,一支支的小曲,叹四季,想五更,十二月对花,十二月想郎,十爱十恨十怨十骂,哀哀切切凄凄婉婉,唱得一个个的男将们心里麻酥哒。

陈应松的神农架系列小说中写了许多山地灵异事件,像岩包精、马嘶岭的马鸣和枪战、通过喊魂就治好了官九叔的高热等。在《将军柱》中他详细地写了桂二嫂用巫术为人祛病招魂的过程:

> 她能用一支毛笔蘸了恶臭的墨汁在少妇乳头上画符催奶,能用癞蛤蟆治毒疗烂疮,能用一种虎渡河滩叫做鸡心的嫩石磨成粉捣苋菜连同甲鱼煮烂治癌症……让他的头对着门外——对着虎渡河,门和窗户全部打开。熄灯。身上盖十二床又硬又潮的棉被,然后用瓦片在盛了半缸水的缸内刮,刮一声喊一声他的名字:"五爹,回来啊!五爹,回来啊!"苍凉、恐怖、幽远。她说是他的魂失落了,魂招回来就好了。

原始的巫术和民俗风习就是这样以不可思议的力量从古至今影响着楚人的生活。这些奇异的信仰,奇幻的仪式营造了一种奇幻的生存氛围。奇妙的传说、奇崛的想象和奇丽的山水相映生辉，共同为神秘浪漫楚风的形成提供了充足的养分。这种浪漫和奇谲即使在一些以现实主义手法见长的湖北作家笔下也时有显露。刘醒龙的"大别山之谜"系列，就写了许多大山里稀奇古怪的事情和有着奇思异想的人物。他在这组小说中还虚构了一条西河，写出了一部西河的地理志和西河的人文史，这个虚构中的地理的西河正是蕴含着荆楚文化丰厚韵味的文化的西河。与刘醒龙一样，姜天民的不少小说也充满神奇怪诞的想象和荒诞的情节，充满着魔幻的气息。他的短篇《自然木手杖》、中篇《佛子》都在传奇的讲述中跃动着一种浪漫主义激情，而他的《白门楼系列》则以怪诞的人物形象，荒诞变形的现代手法为人所关注。

三

上面两个部分，我们论述新时期湖北文学吸收荆楚文化传统，对地域文化的方方面面加以精彩呈现的时候，我们看到作家们要么沉浸于对远古先民生活的想象，要么在僻远的山地林区、平原水乡寻找遗落的传统精魂。新时期出现的葛川江系列、异乡异闻系列、商州系列、湘西风情系列、高邮系列等地域文化小说走的多是这个路数。

在市场经济强力渗透，城市化迅速发展，曾在一个很长时段内保持稳定的传统文化形态正被破坏的情势之下，人们对地域文学的前途表示担忧。人们疑惑的是，在同样的钢筋水泥丛林之中，是否还有文化差异存在的可能？城市文学发展的现状告诉我们，即使同在现代城市之中，地域文化的差异性也明显存在着。新老京派文学（这里当然是指京派文学中的城市书写，像老舍、邓友梅、刘心武、陈建功、王朔、邱华栋等人的创作）与新老海派的差别自不必说。苏州文学自陆文夫到范小青、朱文颖、燕华君就勾勒出了一部不同于其他城市的苏州市民文化心态的变迁史。而主要由一批女作家谱写的深圳特区文学，像缪永的《驶出欲望街》、《爱情组合》，文夕的《野兰花》、《罂粟花》、《海棠花》，央歌儿的《我在B镇的

194

岁月》等，在表现特区人的紧张生活、激烈竞争、紊乱情感方面又写出了各自的特色，它们有着不同于"海派文学"和"苏州文学"的意味，充满了特区特有的青春期的激情与苦闷、现代生活的喧哗与躁动。而以冯骥才(如"怪世奇谈"系列小说)、林希(如《蛐蛐四爷》)为代表的"天津文学"则以凸显老天津的奇风异俗为特色，其中方言土语的运用，人物性情的夸张气势，又使它迥异于同处北方的"京派文学"。

自80年代中期以来，方方、池莉创作的一些表现武汉人生活，带有浓厚武汉地域文化特色的汉味小说(像方方的《风景》、《黑洞》、《落日》，池莉的《烦恼人生》、《不谈爱情》、《太阳出世》、《冷也好热也好活着就好》、《生活秀》等作品)异军突起，又为城市文学的地域文化风景线增添了新的景观。也许是受到方方、池莉的影响和评论家的启发，更多武汉本土的作家加入到武汉地域文化的书写中来。

何祚欢不仅写有大量表现武汉历史文化掌故的散文，还有许多小说创作，他的作品大多用武汉方言写成，较之池莉和方方，地域色彩更加浓厚。何祚欢以说评书和湖北大鼓名世，特别擅长以语言来刻画人物，表现世情世态。他小说中的人物语言极多，对汉正街及汉口市面的民俗风尚常有多处的大段叙述和议论。他笔下的人物语言和叙述语言常常也不是为了情节推进的需要，而是借语言和这些言语操持者的活动来表现汉口风情。他的作品中充满了带有浓郁地域文化特色的俗语俚谚、饮食起居、婚丧嫁娶、五行八作等方面的内容。像在《失踪的儿子》中，作家写云香定居汉口接风宴上的劝酒活动，就用了十几页的篇幅，其中的程式、作派是每个武汉人都熟悉的。在这篇小说的后记中，作家自己坦言："汉正街不仅仅是一条街，它蕴含着江汉之滨的地域文化。"①表现这一地域的文化特色，表现生活于这一方水土的人们的脾性气质，似乎正是作家最

---

① 何祚欢：《我写汉正街》，《养命的儿子》，武汉出版社2006年版，第448页。

高的目标。

同样用武汉方言创作，深具武汉地域文化风味的还有彭建新的创作。他在总名为《红尘》三部曲(《孕城》、《招魂》、《娩世》)的系列长篇中，以比较有典型意义的历史时段为中心，追寻城市发展变化的足迹，写尽了武汉这座城市的历史沧桑，也写活了生活于这座城市的楚地子民的民情民性。书中的人物上至达官贵人、富商巨贾、军阀政客、文人雅士，下到贩夫走卒、说书相命、跑堂打杂，乃至流氓地痞、窃贼盗匪、娼妓乞丐，可谓三教九流、五行八作，无一不在作家笔下得到了淋漓尽致的表现。全书有一种"清明上河图"式的宏阔气势，鲜活地表现出了武汉这一地域民情风俗的风采和神韵。

这些汉味作家的作品中经常有对武汉及其周边地区地方风景、民俗民风、历史掌故、特产器物的精彩描写，注重在作品中营造浓郁的地域文化氛围。方方、池莉笔下的江汉路、花楼街、江汉关、民众乐园、东湖宾馆、河南棚子，吕运斌、何祚欢笔下的汉正街，杜为政的水陆街、候补街，这些是凝结着武汉百年文化的地方，作家们寻访留在这些地方的历史陈迹，呼吸这里的历史气息，捕捉那些浸透在武汉人骨子里的汉腔楚韵。他们笔下的人物依然葆有从祖先那里遗传下来的泼辣热烈、勇武好斗、宽容洒脱的性格。

他们笔下的武汉人脾气暴躁，喜欢骂人。《落日》中丁家母子之间、夫妻之间、兄弟之间、祖孙之间，整天骂骂咧咧地过日子。方方的《行云流水》、《桃花灿烂》，池莉的《太阳出世》就都以吵架骂人开始。武汉人又喜欢逞凶斗狠，骂之不足，就开打，并且打骂起来不择时机，不顾场合。《生活秀》中的来双扬与嫂子论理，广场之上，讲着讲着便互相撕扯起来。《太阳出世》中的赵胜天、李小兰在婚礼游行的路上就与另一对婚礼游行的新人发生冲突，大打出手。但这婚姻开头的闹剧似乎并不影响他们的关系，恩爱起来照样如胶似漆，吵起架来就闹着要离婚，情绪大起大落。

武汉人这种性格的热烈、夸张还表现在汉味小说的语言上。魏光焰在《街衢巷陌》中这样写顾婶：

　　顾婶要算麻绳巷里一位人物，号称"三大代表"，第一是嗓门大，要她喊个人，别说街上了，九重天都听得见。第二是脚大，一双鞋子赛龙舟，安上桨就能漂洋过海到外国。第三是命大，几次寻死都死不了，最后选择在长江大桥跳江，又被守桥兵抓获。

方方在《白驹》中这样写夏春秋冬的头痛：

　　休假之时，夏本想借睡觉让自己放松放松，结果却将头睡得宛若有人装了炸弹随时可能起爆般的痛。便又去吃去痛片又抹风油精又刮痧按摩热水袋敷凉毛巾浸，用尽世间去痛方法，仍未将炸弹取出。

这种大喜大怒的性格，这样夸张的语言在汉味小说作家的笔下还能找到许多。这种性格语言也许不唯武汉人独有，但武汉人将此张扬得最为厉害却也是事实，武汉的一般市民常以骂语作口头禅。服务行业的员工，即使是女性员工也常是出口脏话，恶语相向，方方、池莉笔下就有很多这样的女司机、女售票员、邮电所女职工。武汉人常将情绪推到极致，但骂归骂，打归打，他们又是洒脱的，许多严肃的事情，他们常能以轻松玩笑的态度对待。屈原之死，在文学的表述中，一般会赋予沉重严肃的意义，但彭建新的叙述却是：一个人经常给领导提意见，领导总是不听，于是很怄气，怄不过就跳水死了（《招魂》）。这种叙述的笔调和语气，就颇有解构主义的味道。《落日》中的太与汉琴经常恶骂，汉琴的丈夫成成从不为此烦恼。方方这样写成成：

　　成成性情豁达开朗，不管祖母跟汉琴吵到什么地步，都影响不了他的情绪。成成觉得女人在一起天生就是吵架的命，就跟好斗的公鸡关到一起一样。成成想女人若不吵架肯定会浑身

197

筋骨酸痛，所以一旦吵开来，成成便只当她们在治疗自身的筋骨。既如此，有什么可烦恼的？成成很善于为别人着想。这样的洒脱和宽容，都快近似于麻木了。可不如此又能怎样呢？

不如此又能怎样呢？这个反问句就像是一个提示音，在读方方、池莉作品的时候经常会在耳边响起。表现在她们作品中的生活现实经常是十分严峻的，为了生存的挑战，或者为了所谓的自我实现，她们笔下的主人公常常有超越道德底线的不凡之举。无论是《风景》中七哥与水果湖女人的残酷对话，还是《落日》中丁家兄弟将老母活着送入火葬场，抑或是《一去永不回》中的温泉为了得到自己的所爱，不惜诬陷李志祥强奸自己，使其入狱，毁掉了爱人的名声，作家们对这些人物都怀有理解之同情，无意指责他们，以致一些评论家指出她们缺失了对彼岸世界的观照。

评论家的批评也许是对的，但他们只看到了问题的一个方面。如果我们换一个角度来看，就会有另一种发现。当"上帝死了"，"人也死了"，悲凉之雾弥漫于那些先锋文学作品的时候，方方、池莉等一批汉味小说作家，却为我们展现了一幅幅虽不崇高，但仍然过得认认真真、红红火火的小市民生活图景。这不禁让人生出一种对生命的感动，不禁让人想到余华《活着》中的那种乐观的坚韧和《许三观卖血记》中的那种博大宽容的精神。

萧兵在论及楚辞时指出："《离骚》尽管庄重、典丽、飘逸，但更有一重热烈，一种放浪，一阵嘶喊，那来由也不仅是个性的，而也有那个'时代'的大胆，那个'地方'的狂放，那个'民风'的强悍。"①这个狂放的地域，这种强悍的民风不仅影响到《离骚》，也影响到当代的汉味作家。他们笔下呈现的那样一种热爱人生、宽容洒脱的态度，不正是楚魂蓬勃生命力的体现吗？虽然这里面有生的芜杂和粗粝，但"冷也好热也好活着就好"的生的"热烈"和"狂放"不正在这种芜杂和粗粝之中？

---

① 萧兵：《楚辞文化》，中国社会科学出版社1990年版，第264页。

以上我从荆楚文化的视野对新时期湖北文学作了一番匆匆的检视。在这个检视的过程中，一种疑惑一直困扰着我，湖北地处祖国中部，荆楚文化在其发展过程中，又一直以其开放宽容的胸怀容纳着四面八方文化的汇入，今天在历史的重重迷雾之中，我们似乎很难非常准确地厘清呈现于湖北大地的文化面貌何种属于巴蜀，何种属于吴越，何种又属于荆楚？它们之间又如何相互交融，如何主次有序、前后有别地影响了湖北文学创作？这些是我们今后还要深入钻研的课题。拙文笼统地从荆楚文化的视野考察之，以期起到一种抛砖引玉的作用。但与这种疑惑一样鲜明的是一种感觉，即新时期湖北作家的优秀作品多与本地域的传统文化有着千丝万缕的联系，表现出鲜明的地域文化特征，无论全球化发展到何种程度，地域文化对作家的影响总是或隐或显地存在着。事实上，文学作为一种特殊的精神文化产品，其经验和情感的根仍需扎在特定地域的山川地理、社会历史、民情风俗之中，即便是现代文学所追求的那些普世性的思想观念，也要通过特定地域的社会生活，才能得到真实而具体的表现。湖北新时期文学所取得的成就启示我们，只有深入开掘本地域本民族优秀的文化传统，在优秀文化传统的根系之上才能长出湖北文学的参天大树。

宽容下的纵恶，坚忍中的麻木

——"汉味小说"中武汉市民文化精神的一种状态①

20 世纪 80 年代中期以来，新写实主义的代表作家方方、池莉，写出了大量以武汉为背景的小说。她们的小说不同于湖北的前辈作家们弘扬主旋律，进行宏大叙事的传统现实主义作品，而是对生活进行原生态的展现，这种被表现的生活"原生态"，带有浓厚的武汉地域文化特色。因而她们的作品和彭建新、何祚欢等武汉本土作家的作品一起，被一些评论家称为"汉味小说"。汉味的文化性格被归纳为既精明又泼辣，既务实又洒脱。② 这种分析是极有见地的。然而，湖北地处华中，风俗民性东西南北兼有，省会武汉乃九省通衢之地，民风杂糅的特色最为明显。精明算计，泼辣粗鄙之外，武汉人还有宽容坚忍、麻木依赖的一面。这种精神状况在何祚欢的"儿子"系列小说中表现得最为鲜明。

一、宽容坚忍，勇于担当的儿女们

何祚欢自 1987 年起陆续发表和出版的中长篇小说《养命的儿子》、《失踪的儿子》、《舍命的儿子》，都用武汉方言写成，较之池莉、方方的作品，地域色彩更加浓厚。何祚欢以说评书和湖北大鼓

---

① 该文曾发表于《郧阳师范高等专科学校学报》2009 年第 1 期。
② 樊星：《当代文学与地域文化》，武汉大学出版社 2005 年版，第 36~37 页。

名世，特别擅长以语言来刻画人物，表现世情世态。这几部小说的人物语言极多，对汉正街及汉口市面的民俗风尚有多处的大段叙述和议论。他笔下的人物语言和叙述语言常常不是为了情节推进的需要，作家不过是借语言和这些言语操持者的活动来表现汉口风情。他的作品中充满了带有浓郁地域文化特色的俗语俚谚、饮食起居、婚丧嫁娶、五行八作等方面的内容。像在《失踪的儿子》中，作家写云香定居汉口接风宴上的劝酒活动，就用了十几页的篇幅，其中的程式、作派是每个武汉人都熟悉的。在这篇小说的后记中，作家自己坦言："汉正街不仅仅是一条街，它蕴含着江汉之滨的地域文化。"①表现这一地域的文化特色，表现生活于这一方水土的人们的脾性气质，似乎成了作家最高的目标。

三部小说中，最早写出的是中篇《养命的儿子》，发表于《芳草》1987 年第 2 期，最后写成的是长篇《舍命的儿子》，完成于1996 年 7 月。几乎是同一主题的三部小说，前后跨度近十年，可见"儿子们"在作家心目中的分量。这是几个怎样的"儿子"呢？

《养命的儿子》中的何昌农，一生勤劳谨慎，生意场上兢兢业业，如履薄冰，却仍不免遭同行倾轧，被排挤出汉正街。这些他可以忍受，因为他想着自己还有个家，他还可以在那里解脱羁绊，平复创伤，重获温暖的力量。可得到的只是被赶出家门的结果。自己为家人撑门面盖起的新房，却不能住。因为怕二嫂生事，辛苦一年回家，还不能给妻子带一件像样的礼物。他对于家庭的承担在老太爷看来，全是理所当然的，而二哥给家庭带来的屈辱，却都要算在他的头上。这一切只因为老太爷喜欢儿子何昌武，只因为"老太爷对于子女，并不在乎你做了多少，而在于他本来是怎么看的"②。然而，何昌农对兄弟的算计，对老太爷的苛刻，似乎全不记恨，相

---

① 何祚欢：《我写汉正街》，《养命的儿子》，武汉出版社 2006 年版，第 448 页。

② 何祚欢：《养命的儿子》，武汉出版社 2006 年版，第 39 页。以下引用小说人物语言不再一一注明页码。

反还总希望得到老太爷的谅解，直到临离家之前，还托姐姐给老太爷带去一百块银洋。面对家人的一再伤害，他选择了容忍和担当。

"养命的儿子"何昌农被父亲逼迫着漂泊到异域他乡。"失踪的儿子"韩春泰，十年后却被亲戚在汉正街上撞见了。家人团聚，本该有很多喜悦。哪知接踵而来的却是无尽的烦恼。先是发妻云香要搬来与他同住，接着又要干涉茶庄的生意。一个云香还好容忍，可云香的后面还有为其撑腰的一帮娘家人，有自己昏昧不清的父母亲。这些家人亲戚或是为了自己的眼前利益，或是为了面子，像条条绳索一样将韩春泰紧紧地困缚住，让他施展不开手脚。直到最后亲眼看着自己苦心经营的茶庄在家人的折腾下一天天衰败下去。他能够做的，要么回到家族亲人形成的那个"酱缸"中，要么再一次失踪，失踪到远离家乡、远离亲人的上海。这是一种怎样的人生图景！家人亲戚本应互相帮衬，可为什么韩春泰的宽容和努力，总得不到亲人们的理解。亲戚们为什么把精明和小算计都用到了家族杰出的人物身上？仅仅是"窝里斗"能解释这一切吗？

远走南洋和上海的"儿子们"毕竟只是极少数，大多数的"儿子们"还得在本乡本土打拼，还得生活在家人亲戚的包围之中。他们又都经历着怎样的故事呢？何祚欢在长篇小说《舍命的儿子》中，为他的主人公刘怡庭编织了一张更大更复杂的网。在这张由亲戚结成的网中，刘怡庭百般容忍，左冲右突，最后仍落得个凄凉而死的下场。刘怡庭至死都没有明白"好生生的亲戚，为什么关照关照总是关照成了仇人"？为什么"一升米养个恩人，一斗米养个仇人"？外甥被人当了"红帽坨"，他替外甥抹平。外甥越狱逃跑，他替外甥坐牢。姐姐一家人不但不感激他，还将怨恨种在他头上。他死了，外甥还要赶回来，想在他身上踩上几脚。二哥刘怡宾与连襟王厚成合伙骗他的钱，到外面私开"九万年分号"。自认为有恩于弟弟的巧云，"自己屋里一塌糊涂，管弟弟的事却生怕抢不到头功"，一再干涉刘怡庭的家庭生活，骂走表妹韩笑梅，骂走账房先生胡仁范。可刘怡庭"明晓得兄弟在害他，还要念兄弟之情，吃了亏只肯自己生闷气"，不仅对亲兄弟是这样，对三叔刘仁广，对堂兄弟刘怡宏，他都想荫庇着，最终都是不欢而散。

在汉味小说给读者提供的人物群像中，何祚欢笔下的这几个"儿子"是少有的让人感动的人物。儿子之外，何祚欢还塑造了几位杰出的女性形象——玉秀、文竹和吴奶奶。她们在一定程度上是"儿子们"的启蒙者和引导者。她们有生意人的精明，有女人的美丽和柔情，有宽容大度的心态，有洞若观火的聪慧。这一切对文竹而言，似乎无需惊异，因为她出身书香门第。玉秀却是从"弹子女郎"做起，生意上的精明不在韩春泰之下，生活中对云香的侮辱百般容忍礼让。吴奶奶本是一个守着孤女的寡母，靠着给人剖鸡鸭，洗下水，缝补衣服维持生活，积累财富。她以自己的智慧、温情、宽爱赢得了刘怡庭的心，赢得了本是情敌的文竹的友情和尊重。这是一个多么了不起的女人！

"儿子"系列中的这几个女人，在方方、池莉笔下的众多城市女性中，似乎只有来双扬才可一比。来双扬16岁起便担起了养家糊口的重担，以在街上卖鸭脖子为生，辛苦地拉扯弟妹长大。她不但得不到身边亲人的点滴帮助，还受尽了他们的伤害。以老婆为中心的哥哥在老婆的怂恿下总想从妹妹身上捞点什么油水；她深爱着的吸毒的弟弟只会不断掏空她的钱财和精力，不能给她任何的心灵慰藉；母亲去世就另娶女人的父亲在岁月的流逝中变得懦弱无能；一直注视着她的男人希望从她这里得到的不过是云雨之欢。尽管有这么多的屈辱和不公，她都默默承受着，活出了自己的价值和尊严。

二、宽容下的纵恶，坚忍中的麻木

家族的创业者，奉献者与家族的乞食者之间的矛盾纠葛，是"儿子"系列小说共同的情节主线。因而三部小说在集中表现儿子们的坚忍担当时，也花费了很大的篇幅来表现亲戚家人们的自私、算计、粗鄙和无赖。何家老太爷仅仅为了自己的面子，就将待产的儿媳赶出家门，直接导致了两个人的死亡。何家二哥与刘家二弟把自家兄弟的帮助看做理所当然。得了好处，还嫌不足，还要搞垮兄弟。刘怡宾不仅自己拆兄弟的台，还伙同妻子细毛、汉香，连襟王厚成来"打劫"刘怡庭。围绕在"儿子们"身边的这些亲人，就像方方、池莉笔下那些无处不在的恶男俗女一样，构成了小说人物群像的主体。也许作家正是意在用他们的放纵、麻木来反衬"儿子们"的宽容和坚忍，来烘托一种让人尊敬、令人慨叹的人格精神。可反过来讲，是否正是"儿子们"的宽容坚忍才养成了亲戚们依赖的心理、麻木的心态？

有容乃大，宽容待人，坚忍处世，既可成全别人，也能成就自己，然而过度的宽容和洒脱，便是放纵，过多的担当，反而让身边的人不思进取。就像吴奶奶分析的那样："刘怡庭雄心勃勃，不失为一个男子汉，但他那种上托着爹娘，下荫着亲戚六眷的'胸怀'，实在博大得大而无当。它让很多人无须付出就可收获，却使他自己在'泽被一方'的陶醉里失去自己。"是的，像刘怡庭这样出身乡下的生意人，一旦小有所成，便马上想着要荫庇家人。这一方面是因为家人的期盼，一方面也是自己的"面子"心理在作怪，正所谓"富贵须回故乡"。韩春泰和刘怡庭倒是都有把事业做大的意愿，可他们的行动最终都是由玉秀和吴奶奶促成的。他们对家人亲戚的宽容，不但没有得到应有的亲情回报，反而助长了亲戚的依赖心理。刘巧云一家就把对刘怡庭的依赖看做理所应当。曾宪前在舅爷面前不断惹祸，"小祸也晓得自己搪塞过去了，搪不过去的时候，就搬舅爷"。亲戚们的想法是："刘怡庭接受外甥学生意，好坏都要带一把，才是合情合理的，刘怡庭居然开了曾宪前的革，把亲外甥从店里赶回家来，那便是恩将仇报。"谁叫你刘怡庭是舅舅呢？哪怕自己被拖垮，你也得受着。

"儿子"系列中的宽容是对亲人的宽容，表现新时期生活的"汉味小说"中的宽容，更多的是对生活环境、对生存状态的宽容，对身边人物猥琐精神状态的认同。生活对《烦恼人生》中的印家厚而言是平庸、凡俗、单调而沉重的。他也想有所改变，他也想工资多点，房子大点，上班的地点离家近点，也向往理想的爱情生活。但他很快又开始嘲笑自己的痴心妄想，觉得这样的"烦恼人生"也还不错，陷入随遇而安的自我满足之中。《落日》中的成成把祖母和汉琴经常争吵当成是她们在治疗自身的筋骨。成成是"汉口街上常能见到的那种最不知忧愁的一类人……对什么都无所谓，什么事都能想得开"。与成成一样的所谓善解人意和洒脱开朗，何尝不也是一种精神麻木呢！

宽容和担当体现了一种生的顽强和坚韧，这大概是楚国先祖筚路蓝缕精神的遗传吧！但过度的宽容和洒脱则变成了放任和低效，便成了随遇而安，不思进取，变成了"冷也好热也好，只要活着就好"，变成了对生存环境的消极适应，麻木顺从。最终走向了以丑为美，走向了溢俗贬雅。

如果说汉味小说写的多是个体户、下岗工人、司机等底层小市民的生活，展现了作为小市民的灰色人生，那么知识分子的形象是否光彩一些呢？答案是否定的。《白梦》中大牛、皮匠、老头儿、丝瓜等一帮文化人，整天浑浑噩噩，困顿猥琐，不思进取。作为小说的主角——家伙，也全无女性的细致和婉丽。《不谈爱情》中的庄家父母，庄建非的妹妹，都缺少人情味，可一旦涉及庄建非的利益前途时又毫不犹豫地挺身而出。作为高级知识分子的美丽女人梅莹，背着丈夫与还是小伙子的庄建非乱搞。这里没有爱情，只有肉欲。池莉笔下的武汉根本就没有爱情，所以她也"不谈爱情"。《你以为你是谁》中的李老师做事都要用一套大道理给自己撑脸面，行小人事，放君子言。这些知识分子精神的猥琐、人格的卑下与小市民何异！难道武汉的市民文化精神中只有这些丑恶的东西？显然不是。这里涉及一个作家选择的问题，涉及一个作家对表现对象的认知态度，涉及作家自身的文化情趣的问题。

三、从作品中的武汉市民到同是武汉市民的作家

在审美的领域中，美丑是共生共存的。作家对生活的审美通常也表现出两种情况。有的作家着力去发现生活中的美，或者是通过虚构的手法，创作出和现实生活有着一定距离的"美丽"世界，以幻想中的海市蜃楼给平庸卑微的生活增添一些希望、喜悦和诗意。

有的作家则善于描绘生活的阴暗面，将"丑"作为审美对象，在作品中予以暴露，向人们显示美好中包裹的丑陋，崇高伟大后面躲藏的猥琐和庸俗。这样的审丑活动可以帮助人们认识生活中的丑，从而否定生活中的丑，从反面引起人们对美的呼唤与追求。许多汉味小说作家们的情形与这两者又不相同。他们在作品中大量表现丑，表现粗鄙、庸俗的人生形式，尴尬无奈、困厄无聊的凡人俗事，丑陋、病态、卑污的生活细节。他们表现丑不是为了要引向美，而是在对丑的展示中不渗入自己的情感态度和价值评判，有时甚至将审丑变为包容丑，认同丑，以丑为美。

读他们的文章，似乎耳边常有一个声音：看，这就是生活，生活原本就是这样，生活也只能这样。许多汉味小说作家人文情怀的诡异让人困惑。以方方的《落日》为例。可以说，这篇小说尽显了人生的卑污和人性的沉沦。作为家庭最长一辈的婆婆、王母，作为儿女的丁家兄弟、王医生，作为孙辈的成成、汉琴、秀秀、建建，似乎都是作恶者。这其中如龙、汉琴最为可恶。作家似乎对他们并无批判和谴责，小说反复交待如龙面临的家庭困境，以欣赏的笔调写了秀秀在汉琴教唆下以身体换取财物的实践，并且这实践证明汉琴的说教是入理的，是成功的。这样，所有被卷入将自己的亲人活着送入火葬场的不伦事件中的人们，作家似乎无意指责其中的任何一个。如果说这些人可以宽恕，那么究竟谁来为丁家婆婆的死负责呢？小说对此采取了开放式的结局。据说，当有读者向方方提及这个问题时，方方的答案是：环境。难怪有评论者指责新写实主义作家人性观念错位，丧失了道德批评的尺度，缺乏对理想彼岸的观照。表现在这篇小说里，连谋杀老母的罪过也可以宽容，也可以洒脱地推给"环境"。作家和作家笔下人物的道德标准、价值尺度哪里去了？

也许正是道德情感的迷失和彼岸关怀的缺席，才使得方方、池莉等湖北作家大写庸常的凡俗人生，尽显人性和生活的丑陋，以宽容和近乎欣赏的笔调刻画生活中的作恶者形象，将一面新写实主义的大旗高高擎起。虽然新写实主义在一段时间里蔚为潮流，有社会文化、大众心理变迁的宏大背景(比如告别革命、质疑启蒙的思潮),虽然新写实主义作家在一段时间内也人数众多,但它却独以武汉为重镇,独由武汉作家一直将这面旗帜扛至今日(刘震云、刘恒等最初的新写实主义作家都迅速转向)),这实在是值得人深长思之的问题。

个中缘由,研究者可以从不同的角度去探究。笔者以为武汉独有的地域文化精神是造成这一状况的重要原因。放眼国内市民文化精神比较鲜明的几个大城市:北京和西安自有长期作为国都形成的深厚文化氛围和雍容大度的气派。广州地处南部沿海,连通域外,最得风气之先,较多地受到欧风美雨的熏染,有着自己的严谨、高效和秩序。在城市的发展史上,武汉与上海最为相近,这两座城市在自晚清以来的城市快速扩张中,都有大量的移民进入。但"武汉的移民除少数外省商人外,多来自本省周边农村破产农民和小商小贩、手工业者"①,这一点不同于上海移民的状况。上海移民类似武汉的后者数量也很多,但与这同样多的是内地避难于上海的望族富户,士子文人。这后一类人对于维持上海较高的城市品位起了关键作用,形成了上海人精明高效、精细雅致的精神风貌。武汉的市民来源和构成,决定了"汉味"的粗鄙和俚俗,决定了武汉人宽容又恶俗、坚忍又麻木、泼辣又算计的民风民性。这一文化特色,这一民风民性必然同样浸润着生于斯、长于斯的"汉味"作家,影响到作家笔下的人物样貌。

但是,文化是一种生成,城与人可以相互影响,相互发现。地域文化作家不应只是一个地域文化的表现者,还应该是这一地域文化优秀传统的阐扬者和地域文化精神糟粕的批判者。何祚欢在"儿子"系列小说中,就不仅为读者贡献了几个少有的人格精神高扬的人物,而且还怀着对乡土文化的挚爱之情,对他的主人公进行了批判。《失踪的儿子》中就借刘静庵的话分析了汉口人的目光短浅。

---

① 周积明主编:《湖北文化史》,湖北教育出版社2006年版,第1460页。

他把上海和南洋作为笔下主人公的理想之地。这种批判还通过"儿子们"的下一代来进行,《舍命的儿子》中的刘安杰就认为"正是父亲的宽容和财富,酿造了家族里浓郁如酒的依赖,塑造了人心的贪婪险恶,对他们这一代绝不是什么幸事"。发掘武汉市民文化中有价值的内容,引恶向善,贬丑溢美,以文学的手段表现更加丰富多彩的武汉地域文化特色,这是汉味作家创作的一个方向。

附录三

论方方小说的宿命意识①

　　作为新时期的代表作家之一，方方的小说创作与池莉、刘震云、刘恒等作家的创作一起构成了 20 世纪 80 年代后期中国文坛的新写实主义文学景观。80 年代后期以来对于方方小说的研究着重于对所谓的"新写实主义"加以理论的提升，探寻其诸如"零度写作"、"自然主义"、"存在主义"、"原生态"、"日常生活"等方面的特质，② 或者着重阐发其在世俗化时代对知识分子坚持人文操守的深度意义，或者从地域文化的角度，剖析方方小说创作呈现的地域文化景观。比较而言，对方方小说创作的宿命意识及其相应的文化内涵的阐释还是一个有待深入的领域。

　　宿命意识在新时期创作中的兴起并不是个别的现象，它作为当代神秘主义思潮中的一种观念，与气功热、信教热、星座热、血型热一起，同整个社会文化思潮的变迁息息相关。20 世纪 90 年代以来，西方后现代主义文化理论的大量涌入，其中对理性的怀疑，解构主义的兴起，与中国社会转型时期"告别革命"、"质疑启蒙"的思潮相结合，对人们尤其是知识分子的思想变化具有颠覆性的力量。转型时期，人们的生活被抛出了熟悉的既定的运行轨道，生命无根的失重感和生命没有方向的漂泊感，比以往任何时候都要强

---

　　① 　该文曾发表于《北华大学学报》2010 年第 1 期。
　　② 　方方：《风景》，《湖北新时期文学大系》(中篇小说卷)，长江文艺出版社 1999 年版，第 458 页。

烈。而从某种意义上讲，宿命意识正是人在不能把握自己命运时的一种生存策略和智慧，它尤其适用于社会资源贫乏的一般民众（包括被日益推向社会边缘的人文知识分子）。正是在这样的社会文化和新时期文学的大背景之下，方方将生命的不确定性当做她看待人生的最佳角度，在创作中以其深厚的同情，描绘了芸芸众生多姿多彩的生存形态，探索着不同人生命运的难解之谜。她从乐观的憧憬中起步，得到的是悲观与绝望，以及从悲观与绝望中升起的超脱和对宿命的皈依。

一

《风景》是最早给方方带来巨大声誉的作品之一，许多研究者注意到了七哥为改变自己悲苦命运所作的反抗，将七哥解读为一个不惜利用一切手段向命运抗争的复仇者形象。细读文本，我们发现七哥之所以能够复仇成功，改变自己的人生面貌，有两个关键的事件，一是上大学，二是娶了水果湖女人。"七哥觉得他活着的目的就是为了改变命运。他想象不出如果不上大学他将是什么样子。"[1]也就是说到北京大学读书在他改变命运的征途中起着至关重要的作用。可他能上北京大学却并不是个人主观努力抗争的结果，恰恰相反，这出人意料的结果才正像是命运在冥冥中的安排，他之所以能上北京大学，只是由于他插队所在的那个村子中的人害怕他的"梦游症"，希望他早点离开，由于那个自七哥出生那天起就与他为敌的父亲，有着码头工人的出身。七哥想改变自己命运的意志固然重要，可如果没有这些似乎是前世命定的机缘，他怎么可能上北京大学，他如何在自上海返回武汉的轮船上遇到水果湖女人，他的人生计划又如何能够实现呢？与父亲的其他儿子比起来，七哥的不幸源自哪里？源自父亲偶然离家去了一趟安庆，源自父亲想当然地认为他是母亲偷来的种子。七哥的"改变命运"又究竟指向何方？小说

---

[1] 方方：《我写小说：从内心出发》，王尧，林建法主编：《我为什么写作——当代著名作家讲演集》，郑州大学出版社2005年版，第145页。

中的故事结束了，可七哥的人生并没有完结，故事明确地告诉我们七哥已经不可能有自己的孩子了。面对这样的人生结局，如果说他以前是不幸的，那么在他所谓的"改变命运"之后，他就幸福了吗？看着父亲的其他儿女们孩子绕膝、安宁满足的生活状态，某一天，七哥是否会怀疑自己的命运真正改变过，绕了一个圈子之后，自己是否真正摆脱了命运的戏弄？

与《风景》同一年问世的《船的沉没》，也是方方的小说"由单纯变得复杂"之后的最重要的作品之一。它写的是两个人的爱情故事，这两个人的名字似乎早已暗含了某种玄机，一个是"楚楚可怜"，一个是"吴（无）早晨"，还有徐楚楚第一次见到吴早晨时同时看到的那两个粗黑的意为"宿命"的法文字母，都似乎隐藏着某种神秘的无法言说的命运，像黑色的影子追随着他们。还有那个一再折磨着"我"的可怕梦境，而且噩梦竟然真的在姨妈的身上应验了，这一切透着一股神秘的气氛，找不到答案，也许只能用"命"来解释。

这个小说的主题显然是象征性的，两个年轻人偶然邂逅后的一段铭心刻骨的爱情，却落得个无言的结局，"船的沉没"在某种意义上就是一个命中注定的隐喻，只是他们两个都没有想到，爱情之舟沉没了，而此后的伤痛竟会存留得那么长久！在《暗示》中，这种宿命的因子似乎是由上一辈人遗传的。叶桑怀疑丈夫不忠，愤而离家出走，回到娘家。二妹大学时被男友抛弃导致精神失常。小妹与曾对叶桑表示过好感的父亲的学生宁克即将结婚。父亲年轻时不得不娶叶桑现在的母亲为妻，而他一辈子所爱的女人是叶桑的姨妈。临返家的前一夜，叶桑与小妹的未婚夫宁克在外面成鱼水之欢。从故事层面看，《暗示》可以解析为某种女性宿命的再演。母亲、姨母、叶桑、二妹、小妹互为镜像，而镜后是她们各自已然分裂的精神世界。叶桑不愿如母亲般只满足于婚姻的契约形式，叶桑又如自杀的姨妈一样对自己的姊妹心存愧疚，叶桑同时还感受到如精神分裂的二妹所显示出的另一种生命境地的召唤，那蹈向死地的幻觉正是命运对她的最后暗示。在回家的路上，当家遥遥在望时，叶桑跳水身亡。

《在我开始的地方就是我的结束》中的黄苏子是一个美丽且智慧超群的女子。她轻易地考取了大学的计算机专业，毫不费力地进了许多人想进的机关，游刃有余地打点着"丽港"女装公司的事务，仿佛没有什么可以难倒她。可是这样一个天上的谪仙，愿意倾其所有来换取人间一份最简单的爱，却历尽曲折迷苦而终于不得。这不幸的种子，在她生命开始的时候似乎就已经注定，她出生时，没有亲人急切的期盼，父亲还无端对她生出几分厌倦，在她成长的岁月中，经常被哥哥姐姐们欺负，被母亲怒骂，没有谁怜惜她呵护她。彻骨的寒意，让她将全部的身心交给曾给她伤害的许红兵，并最终许身风尘。表面看来，这也是一个关于美的毁灭的故事，它写出了人性深处可怕的丑恶和阴毒，在黄苏子的生活中，父亲是自私的粗暴的独裁的，不懂得责任温情与关爱；同学是无聊的浮躁的漠然的，仅仅为了口舌之快而飞短流长；同事与上司更是毫不遮掩，肆无忌惮地恶语伤人，以此给自己的生活添些乐趣，或哗众取宠，或发泄那无法言说的嫉妒。人与人之间，从亲人、同学到同事，都冷漠无情，争先恐后对柔弱的她割上一刀。这样小说要揭示的就不仅是一个关于美丽女人的个人命运，而是人类社会的原罪，是人性深处的丑恶难以剔除的宿命。

这种宿命不仅仅是个人和群体的，有时它还是一种历史的意识。按照辩证法关于矛盾的对立面相互转化的法则，人类历史也常常呈现为一种宿命式的辩证过程。文明进步的每一种积极结果都伴随着消极的影响和后果，像"一战"、"二战"这样的人类大灾难和深植于现代人心中的核恐慌，正是人类社会飞速发展的伴生物。方方的《祖父在父亲心中》和《乌泥湖年谱 1957—1966》对一代知识分子命运的反思，正是将个体的命运与国家的命运放置于历史的宿命式辩证发展过程之中加以思考的。《祖父在父亲心中》的父亲接受新思想的影响，从追求婚姻自由到迎接祖国解放，从浪漫的学生时代到艰苦的中年岁月，及至新中国成立后的生活、工作和学习，父亲都是热情、开朗、积极、乐观、富于理想和追求的，"是祖父的健壮活泼充满幽默和自信心的儿子",可是,后来日趋频繁的政治运动特别是"文革"的浩劫,从肉体到精神逐渐改变了父亲的形象。他变得愈加谨小慎微愈加战战兢兢,总觉得"有一支在弦之箭永远永远地架在他的正前方,自己这个'的'随时都会遭到那飞来一击而致死"。父亲终于变成了一个形容憔悴、脾气古怪的老头,一辈子郁郁寡欢,最后猝然而死,空负了一身的学问。从祖父的光明磊落、敢作敢为,到父亲的瞻前顾后、胆小如鼠,方方写出了时代环境对个体的制约,但她无意对那段历史作简单的批判,那样的批判在新时期的文学中已经太多了。她着力表现的是命运之神的不可捉摸,对一个人是这样,对一个国家的历史也是这样。这样的意图,我们还可以在她的其他小说中寻到注脚。《幸福之人》中的林可也,同样也是那个"不幸"年代的知识分子,他却在劳改农场中实现了自己读工科前的理科梦,在数学王国中无心插柳柳成荫。这样的结局,大概只能归结于命运的眷顾吧!

造化弄人,命不可知,方方似乎对命运之谜情有独钟,她曾在一组侦探题材的小说中集中地表现了这一主题。《过程》中的重案组探员李亦东无论从哪方面看都像是天生吃警察这碗饭的,而靠关系塞进重案组的南方人江白帆作为一个警察的素质很差,而且他也没想好好干,一心指望着下海开歌舞厅挣钱。可在抓捕通缉要犯"强盗"时,阴错阳差,偏偏让江白帆逮着了,他因此立了功,得了奖,并被调任局宣传处处长。用力最多的李亦东却被弄得老婆下岗,女儿被耽误了中考,他愤而辞职,盘下了江白帆表姐开办的"南方水妖"歌舞厅。这出人意料、违背常理的结局不仅仅在于江白帆偶然抓住了罪犯,更在于这个偶然得来的结果给江白帆和李亦东带来的让人哭笑不得、近似荒诞的人生境遇。正是这一系列的结果,让人体味到宿命力量的强大和可怕。在这个故事中,偶然的结果重于一切过程,必然变得毫不可靠,而且这样的荒诞似乎正在日益变成生活的常态。这时,李亦东还能相信什么,只能信命!

《埋伏》表面上也是一个关于"偶然"的故事,犯罪集团的首犯

213

"智者"故意让杨高抓去了所有手下，以混淆公安部门的视线，再伺机返回自己的真正窝点——鹤立山。这一计划本来已经产生作用，杨高已经通知撤去所有埋伏点包括鹤立山，只因负责传达撤退命令的联防队长邱建国借机使坏，没有通知在鹤立山蹲守的叶民主和工厂保卫科长，最后狡猾的"智者"终于落入法网。在这场埋伏中，杨高的成功只能说来自运气，来自于"偶然"不经意的介入和拨弄。还是这个叫"杨高"的人（同一个人物在不同的小说中出现，这是先锋小说惯用的方式）在《行为艺术》中身负父亲被杀的血仇，在这个故事里，命运给他开了一个残酷的玩笑。温文尔雅的马白驹因为杨高的父亲在住院期间强奸了他马上就要与其成婚的未婚妻文竹，马白驹后来向黑帮势力揭露了正在做卧底的杨高父亲的身份，直接导致了杨高父亲的惨死。"我"的父亲与杨高的父亲是战友，他参与侦破此案，并将线索集中在马白驹身上，可是没有证据，这是父亲未了的心愿。本不愿做公安的"我"，却使此案有了迅速进展。真相大白的那一天，马白驹十分平静，他对杨高说，你的父亲在世人面前是一个英雄，而在我面前却是一个十足的恶人，我在大家面前是公认的好人，在你眼里却是一个罪犯，一个杀父的仇人。案子破了，杨高唯一可以相依的母亲也自杀了，谁是胜利者呢？杨高一夜之间似乎老了十岁。小说自始至终穿插着一个热衷行为艺术的女孩的故事，她是"我"的女朋友，她的故事，与马白驹的故事，与杨高的故事，与"我"的故事，恰好形成互文阐释的关系。对于冥冥不可知的命运而言，人的挣扎痛苦，欢笑和歌哭，不都只是一次次行为艺术吗？

二

随着年龄的增长，方方似乎对人生的困境和不确定性，表现出越来越大的兴趣，她对人生苦难的探求越来越鲜明地集中到命运这一枢纽之上。她在刚过"天命之年"写出的长篇《水在时间之下》，在更广阔的时空背景下，在主人公与命运更激烈的抗争之中，表达了宿命难以超越的悲凉意绪。方方在这部小说的后记中说："这是

214

一本有关尖锐的书。我在写作之前，曾经先写下这样一句话。"①可见"尖锐"是这部小说的基调，这"尖锐"的意思至少应该指向水上灯面对悲剧命运时的不屈和反抗，这样决绝反抗的人物与她先前刻画的七哥、黄苏子、马白驹等人一样，最终都未能逃脱宿命的安排。在她关于"命运"的创作中，水上灯的故事有着更大的张力，具有特别的意义。

水上灯的抗争宿命之路主要从三个方面展开，一是反抗她的"煞星"命，二是拒绝重走玫瑰红的老路，三是向水家复仇，这三个方面常常又错综复杂地纠结在一起。水上灯出生时哭声极大，大娘刘金荣说："不亏是戏子屋里的丫头，好像硬要把屋里哭死个人才罢休似的。"一语成谶，父亲水成旺果然在当天因为红喜人洪胜失手致死，小哥哥水武也被吓傻。这出生头一天的偶然变故，决定了水上灯一生的命运，她刚满月便被菊妈抱去送给了下河洗马桶的杨二堂，可这并没有改变她的"煞星"命，甚至也没能让水家免去血光之灾。此后一连串的人因为她而死去。她告诉了养母慧如关于吉宝的真相，结果要了慧如的命；她邀请余天啸参加抗日义演，要了余天啸的命；她因为对日本人撒谎，保住了陈仁厚，却要了水文的命，要了水文母亲的命，也让水武彻底傻了，让生母李翠沦落街头，成为挑担女子。因为她，张晋生设计害死了肖锦富，为了得到她，水文又借机除掉了张晋生。因为她当众打了玫瑰红耳光，致使玫瑰红精神受挫，变得疯狂，被送进精神病院，最后被美国人的飞机炸死。因她为报"父兄之仇"的隐善扬恶，有恩于她的陈一大也自杀于狱中。这么多人的死，不能说全都出于水上灯的原因，但都无一例外地与她有着千丝万缕的联系，如果说在这个为使自己免受屈辱的反抗复仇过程中，最初她还有一些快意的话，那么越到后来，她越是感到疲倦和悔恨，面对别人称她为"煞星"的议论，她自己也深感忧虑。随着仇家的衰败，面对自己一生抗争中的内心伤痛，还有命中注定的水家血脉，她逐渐地改变了自己。她需要重新

---

① 方方：《水在时间之下·后记》，上海文艺出版社 2009 年版。

寻找一个活下去的理由，这个理由先是林上红，后来是水武，就是那个她曾要复仇的对象成了她活下去的理由，她为了照顾水武而活着，她亲近水文的儿子水一安，主动要求承担水一安的学习费用。她将变卖张晋生房子的钱送给张晋生的原配夫人，连姓名也改回了杨水滴，而水滴的名字是她以前最不愿听到的。抗争了一生的水上灯，又从终点回到了起点！

　　这种难以逃脱宿命的悲剧还具体体现在水上灯与玫瑰红的关系中。她参与并目睹了玫瑰红与万江亭订婚、毁约，玫瑰红风光嫁入豪门，万江亭凄凉而死的全过程，对玫瑰红充满了鄙夷之情，她为这样的女人感到羞耻。在红遍汉口之后，她努力避免重蹈玫瑰红的覆辙，在抗日战争的洪流中，她积极参与田汉等人组织的街头义演和募捐活动。可在日本人即将进入武汉，危机来临之时，一直鄙视玫瑰红的水上灯在与陈仁厚、张晋生的三角关系中也选择了能给她带来安宁舒适生活的张晋生。当其他的汉剧演员随着后撤的部队去往后方时，她却留了下来，生活在张晋生的庇护之下，她给自己的理由是：张晋生能够让她继续唱戏，而且能够让她不给日本人唱戏，可心底里她也明白她习惯了张晋生提供的这种安定舒适的生活。究竟哪一种原因更重要，她自己可能也分不清楚。对于这样的结局，她不是没有困惑，可是不管她怎样挣扎，还是命定地朝那条道路上滑去：舍弃陈仁厚，嫁给张晋生，做了笼中鸟，吸食鸦片，做了寡妇。当然相对于玫瑰红，她有些变异，但其间面临的人生抉择和人性考验却几乎是一样的。时间让心性高傲的水上灯彻底败下阵来。作为当红的艺人，她重复地走上了前辈玫瑰红的老路，作为一个戏子的女儿，她也重复地走上了她深为不耻的母亲所走的老路，做的也还是人家的姨太太。

　　这不是对人生的极大讽刺吗？是时间和岁月改变了水上灯，正如作家在小说结尾的慨叹："其实这世上，最是时间残酷无情。"时间是什么？时间在这里不就是难以摆脱的宿命吗！对此，生母李翠看得很清楚："她知道，许多的事情，并不是现在才发生的，它老早就开了头。那个将命运开头的人，何曾知道它后面的走向？就好比玫瑰红的死，或许就在她李翠生下这孩子时就已经注定，又或许那只铁矛飞向水成旺时就决定了今天，更或许在她拎壶倒茶被水成旺一眼看中时，便无法更改。既然如此，又能怪谁？"①

　　能够怪谁呢？谁也不能怪，每个人都在自己命定的人生轨道上滑行。许多人对水上灯在艺术生涯的巅峰之时突然谢幕感到迷惑不解，他们何曾想到，错过了陈仁厚的爱，水上灯的心"顷刻间破碎成瓦砾"，"快乐和幸福也永远离开了她"。活动在舞台上光彩照人的水上灯身心俱疲，就像一个灵魂已失的木偶一样，急流勇退，退出炫目的舞台，让时间来平复内心的伤痛，这才是她命定的归宿。这样的归宿既是小说人物的选择，也可以理解成是作家对宿命的皈依。与徐迟同是写汉剧艺人的小说《牡丹》作一比较，这样的感受会更加清晰。《牡丹》中的汉剧名旦魏紫与水上灯的人生经历有许多相同的地方，她们都经历过"饱受磨难，一夜成名，然后被权势之人聘娶或包养，过着笼中小鸟的生活，内心仍存登台演出的渴望"这样的人生和心路历程。魏紫也是一直在反抗着，不过她将这种反抗一直持续到新中国成立以后，她与李印光离了婚，重新开始了自己的艺术生涯，将自己的艺术人生再次引向辉煌。魏紫的反抗借助了政治的力量，或者说徐迟在他的这篇"报告小说"中强化了政治的力量，带有那个时代创作中普遍存在的浓厚的主旋律意味。而水上灯的反抗却没能持续，她在时间和命运面前选择了屈服。虽然张晋生伤害了她，可张晋生也给了她庇护和温暖，听到和看到林上红等姐妹们逃往后方的惨痛遭遇，水上灯内心是明白这一点的。放弃了对命运的反抗，水上灯的内心反而变得明澈和通达，她将张晋生送给她的房子卖掉，用这笔钱让张晋生的孩子们快乐地生活。事实上魏紫从姚黄的遭遇中也应该感受到这一点，因为正是李印光在动荡的岁月中给了她安宁。可她在自己翻身之时，却决然地抛弃了李印光。同样的命运故事，就人物表现的真实性和丰富性而言，方方超过了徐迟，正是这种真实和丰富才更契合爱恨情仇复杂纠结

_____

　　①　方方：《水在时间之下》，《收获》2008 年第 6 期，第 188 页。

的现实人生，这也是方方小说的魅力所在吧！同样是写汉剧名旦的作品，从徐迟的"主旋律"到方方的"宿命意识"，我们似乎也能感受到当代文学发展变化的某些轨迹。

命运主题和命运悲剧是古希腊艺术中常见的内容，它是人类在蒙昧时代面对未知世界时把握外在世界和人类自身的一种艺术想象方式。在人类社会的漫长发展过程中，随着科学技术的进步，人类对世界的认知也日渐明晰，无论是对个体命运，还是对历史命运，人类都具有比以往任何时代都充足的自信，世界发展变化的"逻各斯"似乎已被人类紧握手中。可资本主义社会严重的异化问题，第一、二次世界大战的可怕后果，把人们从理性时代的迷梦中惊醒过来。世界荒诞和非理性的一面被人们重新认识，人与人、人与外在世界的紧张对立关系引导人们思考人之为人的意义所在。"我从哪里来"，"我要到哪里去"的苦闷和呼喊遍及现代主义的各种艺术形式之中。人们对个体以及整个人类历史的命运充满忧虑，蒙昧时代命运不可捉摸的焦灼重新成为文学艺术关注的核心之一。

新时期的中国文学最早对这股文艺潮流产生呼应的是先锋小说。先锋文本的故事里常常安排许多令人费解、前后不一、因果错乱的事件，人物也常跳出正常的逻辑做出一些异常的举动。在故事的讲述中常常利用叙事"空缺"或"重复"来建构小说结构迷宫，充分表露了先锋派对世界可知论的彻底背叛。面对眼前这个不可知的非理性世界，失去主体性的人根本无力认识与把握它，更不用说去征服它。个体的人在强大的世界、社会与整体面前是渺小的、孤独的，无法主宰自己，只能听任命运的摆布。先锋作家群中的余华对这种人在宿命的安排下的无力感表现得最为突出。他甚至不无巧合地与方方一样在《河边的错误》、《难逃劫数》等小说中，也采用侦探故事的形式来表达命运的主题。

面对共同的后现代社会文化背景，方方对世界的感受与先锋作家并无根本差异，她对人生与世界的体验同样是悲剧性的，表现在她小说中的命运主题同样指向对人生及世界本质的终极追问。相对于先锋小说直接追求哲理深度的显在意图而言，方方的小说在总体上要平实得多。尽管在现代派大潮裹挟之下，她也写出过《风景》、《在我开始的地方是我的结束》这样比较"酷烈"的小说，但这类作品在她的全部创作中毕竟只占少数，而且她的平实不仅指讲述故事的方式和语言，更重要的是她不走极端的情感态度，以及在对人生和世界悲剧性体验之后的超脱和通达(余华关于命运主题的后期创作也回到平实的风格上来)。她本人与现实之间的关系不似先锋作家们那样紧张，她的小说与读者之间的关系也比先锋文本更加紧密，她不仅赢得了学院派的赞誉，也赢得了学院外读者的广泛认同。这应该是方方命运主题小说的独特魅力所在吧！

参 考 文 献

一、著作类

1. 张正明：《楚史》，湖北教育出版社 1995 年版。
2. 张正明：《楚文化史》，南天书局有限公司 1990 年版。
3. 张正明：《楚文化志》，湖北人民出版社 1988 年版。
4. 周积明主编：《湖北文化史》，湖北教育出版社 2006 年版。
5. 蔡靖泉：《楚文学史》，湖北教育出版社 1996 年版。
6. 蔡靖泉：《楚文化流变史》，湖北人民出版社 2001 年版。
7. 皮远长主编：《荆楚文化》，武汉大学出版社 2000 年版。
8. 萧兵：《楚辞文化》，中国社会科学出版社 1990 年版。
9. 刘保昌：《荆楚文化哲学与中国现代文学》，湖北人民出版社 2005 年版。
10. 罗昌智：《二十世纪中国作家与荆楚文化》，湖北人民出版社 2004 年版。
11. 靳明全：《区域文化与文学》，中国社会科学出版社 2003 年版。
12. 张晓虹：《文化区域的分异与整合》，上海书店 2004 年版。
13. 陈庆元：《文学：地域的观照》，上海远东出版社 2003 年版。
14. 冷成金：《文学与文化的张力》，上海学林出版社 2002 年版。
15. 邓晓芒：《文学与文化三论》，湖北人民出版社 2005 年版。
16. 陶东风：《社会理论视野中的文学与文化》，暨南大学出版社 2002 年版。
17. 叶舒宪：《文学与人类学：知识全球化时代的文学研究》，社会

220

科学文献出版社 2003 年版。

18. 林惠祥：《文化人类学》，商务印书馆 1991 年版。

19. 钟敬文：《民俗学概论》，上海文艺出版社 1998 年版。

20. 樊星：《当代文学与多维文化》，武汉大学出版社 2005 年版。

21. 樊星：《世纪末文化思潮史》，湖北教育出版社 1999 年版。

22. 昌切：《思之思：20 世纪中国文艺思潮论》，武汉大学出版社 1994 年版。

23. 陈国恩：《浪漫主义与 20 世纪中国文学》，安徽教育出版社 2000 年版。

24. 杨东平：《城市季风：北京和上海的文化精神》，新星出版社 2006 年版。

25. 赵园：《北京：城与人》，上海人民出版社 1991 年版。

26. 高丙中：《民俗文化与民俗生活》，中国社会科学出版社 1994 年版。

27. 田中阳：《区域文化与当代小说——对中国当代小说一个侧面的审视》，湖南师范大学出版社 1996 年版。

28. 张继华：《北京地域文学语言研究》，四川人民出版社 1999 年版。

29. 周振鹤，游汝杰：《方言与中国文化》，上海人民出版社 1986 年版。

30. 陈思和：《中国当代文学关键词十讲》，复旦大学出版社 2002 年版。

31. 於可训：《中国当代文学概论》（修订版），武汉大学出版社 2003 年版。

32. 於可训：《当代文学：建构与释阐》，武汉大学出版社 2005 年版。

33. 陈思和主编：《中国当代文学史教程》，复旦大学出版社 2005 年版。

34. 洪子诚：《中国当代文学史》，北京大学出版社 1999 年版。

35. 温儒敏等：《中国现当代文学学科概要》，北京大学出版社

2005 年版。

36. 钱理群，温儒敏，吴福辉：《中国现代文学三十年》（修订本），北京大学出版社 1998 年版。

37. 唐小兵：《英雄与凡人的时代——解读 20 世纪》，上海文艺出版社 2001 年版。

38. 张京媛主编：《新历史主义与文学批评》，北京大学出版社 1997 年版。

39. 肖云儒：《中国西部文学论》，青海人民出版社 1989 年版。

40. 陈方竞：《鲁迅与浙东文化》，吉林大学出版社 1999 年版。

41. 王文英主编：《上海现代文学史》，上海人民出版社 1999 年版。

42. 陈书良主编：《湖南文学史》，湖南教育出版社 1998 年版。

43. 王嘉良主编：《浙江 20 世纪文学史》，中国社会科学出版社 2000 年版。

44. 崔洪勋，傅如一主编：《山西文学史》，北岳文艺出版社 1993 年版。

45. 王齐洲，王泽龙：《湖北文学史》，华中理工大学出版社 1995 年版。

46. 马清福：《东北文学史》，春风文艺出版社 1992 年版。

47. 高松年：《当代吴越小说概论》，上海学林出版社 1999 年版。

48. 邓经武：《二十世纪巴蜀文学》，电子科技大学出版社 1999 年版。

49. 刘川鄂：《小市民名作家——池莉论》，湖北人民出版社 2000 年版。

50. 李俊国：《在绝望中涅槃——方方论》，湖北人民出版社 2000 年版。

51. 蔚蓝：《血脉父辈英雄——邓一光论》，湖北人民出版社 2000 年版。

52. 启良：《中国文明史》，花城出版社 2001 年版。

53. 聂运伟：《最后的守望者——陈应松论》，湖北人民出版社 2000 年版。

54. 程世洲：《血脉在乡村一侧——刘醒龙论》，湖北人民出版社 2000 年版。

55. 梁艳萍：《古典诗意赤子情怀——叶大春论》，湖北人民出版社 2000 年版。

56. 葛红兵：《颓废者及其对立物——刘继明论》，湖北人民出版社 2000 年版。

57. 王文初等：《新时期湖北文学流变》，华中师范大学出版社 2002 年版。

58. 李阳春：《湘楚文化与文学湘军》，中国文史出版社 2003 年版。

59. 田中阳：《湖湘文化精神与二十世纪湖南文学》，岳麓书社 2000 年版。

60. 刘洪涛：《湖南乡土文学与湘楚文化》，湖南教育出版社 1997 年版。

61. 魏建，贾振勇：《齐鲁文化与山东新文学》，湖南教育出版社 1995 年版。

62. 李怡，肖伟胜主编：《中国现代文学的巴蜀视野》，巴蜀书社 2006 年版。

63. 李大明主编：《巴蜀文学与文化研究》，商务印书馆 2005 年版。

64. 逄增玉：《黑土地文化与东北作家群》，湖南教育出版社 1995 年版。

65. 朱晓进：《山药蛋派与三晋文化》，湖南教育出版社 1995 年版。

66. 费振钟：《江南士风与江苏文学》，湖南教育出版社 1995 年版。

67. 马丽华：《雪域文化与西藏文学》，湖南教育出版社 1998 年版。

68. 邓晓芒：《灵魂之旅——九十年代文学的生存境界》，湖北人民出版社 1998 年版。

69. 张颖主编：《海派文化概览》，上海人民出版社 2008 年版。

70. 郭锡良：《中国历代文论选》，上海古籍出版社 1979 年版。

71. 马新国主编：《西方文论史》，高等教育出版社 2002 年版。

72. 程文超、郭冰如主编：《中国当代小说叙事演变史》，中国社会科学出版社 2006 年版。

73. 白烨主编：《中国文情报告》（共 5 本），社会科学文献出版社 2005—2009 年版。

74. 郭绍虞，罗根泽主编：《中国近代文论选》，人民文学出版社 1959 年版。

75. 茅盾：《小说研究 ABC》，上海世界书局 1929 年版。

76. 董国振：《池莉一本通》，中国国际出版社 2007 年版。

77. 陈国安：《土家族近百年史（1840—1949）》，贵州民族出版社 1999 年版。

78. 周积明主编：《湖北文化史》，湖北教育出版社 2006 年版。

79. 湖北省鹤峰县史志编纂委员会：《鹤峰县志》，湖北人民出版社 1997 年版。

80. 萧志华主编：《湖北社会大观》，上海书店 2000 年版。

81. 彭英明主编：《土家族文化通志新编》，民族出版社 2001 年版。

82. 徐明庭辑校：《武汉竹枝词·叶调元著·汉口竹枝词·卷一市廛》，湖北人民出版社 1999 年版。

83. 刘富道：《天下第一街：武汉汉正街》，解放军文艺出版社 2001 年版。

84. 刘继明：《我的激情时代》，三联书店 2003 年版。

85. 易中天：《读城记》，上海文艺出版社 2000 年版。

86. 冯天瑜：《冯天瑜文集》，武汉大学出版社 2009 年版。

87. 方方等著：《那些城，那些事》，武汉出版社 2009 年版。

88. 方方：《阅读武汉》，南方日报出版社 2005 年版。

89. 许纪霖主编：《帝国、都市与现代性》，江苏人民出版社 2006 年版。

90. 吴道毅：《南方民族作家文学创作论》，民族出版社 2006 年版。

91. [法]让·波德里亚著，刘成富、全志钢译：《消费社会》，南京大学出版社 2001 年版。

92. [法]斯达尔夫人著，徐继曾译：《论文学》，人民文学出版社 1986 年版。

93. [法]泰纳著，傅雷译：《艺术哲学》，人民文学出版社 1981

年版。

94. [英]迈克·克朗著，杨淑华、宋慧敏译：《文化地理学》，南京大学出版社 2005 年版。

95. [德]恩斯特·卡西尔著，甘阳译：《人论》，上海译文出版社1985 年版。

96. [法]阿·德芒戎著，葛以德译：《人文地理学问题》，商务印书馆 1999 年版。

97. [保]瓦西列夫著，赵永穆等译：《情爱论》，三联书店 1997年版。

98. [美]约翰·R. 霍尔、玛丽·乔·尼兹著，周晓虹、徐彬译：《文化：社会学的视野》，商务印书馆 2002 年版。

99. [美]苏珊·朗格著，刘大基等译：《情感与形式》，中国社会科学出版社 1986 年版。

100. [美]露丝·本尼迪克特著，王炜等译：《文化模式》，社会科学文献出版社 2009 年版。

101. [美]沃伦、韦勒克著，刘象愚等译：《文学理论》，江苏教育出版社 2005 年版。

102. [德]赖纳特·茨拉夫主编，吴志成等译：《全球化压力下的世界文化》，江西人民出版社 2001 年版。

103. [英]爱德华·泰勒著，连树声译：《人类学》，广西师范大学出版社 2004 年版。

104. [奥地利]西格蒙雷·弗洛伊德著，傅雅芳等译：《文明及其缺憾》，安徽文艺出版社 1987 年版。

105. [英]汤林森著，冯建三译：《文化帝国主义》，上海人民出版社 1999 年版。

106. [美]马泰·卡林内斯库著，顾爱彬、李瑞华译：《现代性的五幅面孔》，商务印书馆 2004 年版。

107. [法]阿尔都塞著，陈越编译：《哲学与政治：阿尔都塞读本》，吉林人民出版社 2003 年版。

108. [法]福柯著，刘北成、杨远婴译：《规训与惩罚》，三联书店

1999 年版。

109. ［法］安托瓦纳·贡巴尼翁著，许钧译：《现代性的五个悖论》，商务印书馆 2005 年版。

110. ［美］杰姆逊著，唐小兵译：《后现代主义与文化理论》，北京大学出版社 2005 年版。

二、重要学位论文及期刊论文

1. 霍晶晶：《来来往往的风景》，华中师范大学 2004 年硕士论文。

2. 汤中秋：《武汉的城市风情画》，华中师范大学 2002 年硕士论文。

3. 欧元华：《地域文化视野中的池莉小说》，东北师范大学 2009 年硕士论文。

4. 郑煦：《李传锋小说研究》，中央民族大学 2008 年硕士论文。

5. 韩春燕：《当代东北地域文化小说论》，吉林大学 2007 年博士论文。

6. 丁帆：《20 世纪中国地域文化小说简论》，《学术月刊》1997 年第 9 期。

7. 吴道毅：《崛起中的鄂西民族文学》，《民族文学研究》2004 年第 2 期。

8. 姚晓雷：《从地域视角到民间视角——关于 20 世纪末文学话语范式转变的一种思索》，《当代文坛》2006 年第 5 期。

9. 於可训：《湖北的文学资源版图与近期文学创作》，《山花》2007 年第 7 期。

10. 樊星：《当代文学与地域文化》，《文学评论》1996 年第 4 期。

11. 樊星：《楚魂之歌——陈应松小说论》，《江汉大学学报》1995 年第 2 期。

12. 樊星：《二十世纪中国城市文学的风景》，《湖南城市学院学报》2004 年第 1 期。

13. 樊星，陈应松：《陈应松访谈录》，《创作评谭》1999 年第 4 期。

14. 周新民，陈应松：《灵魂的守望与救赎——陈应松访谈录》，

226

《小说评论》2007 年第 5 期。

15. 李俊国，叶梅：《诗性在生命与文化的碰撞中绽放——叶梅访谈录》，《民族文学》2005 年第 4 期。

16. 李骞，方方：《世俗化时代的人文操守——方方访谈录》，《长江文艺》1998 年第 1 期。

17. 李骞，池莉：《浩瀚时空与卑微生命的对照性书写——池莉访谈录》，《长江文艺》1998 年第 2 期。

18. 杨建兵，邓一光：《仰望星空，放飞心灵——邓一光访谈录》，《小说评论》2008 年第 1 期。

19. 邓一光，韩小蕙：《关于长篇小说〈我是太阳〉的对话》，《当代》1997 年第 3 期。

20. 周新民，刘醒龙：《和谐：当代文学的精神再造——刘醒龙访谈录》，《小说评论》2007 年第 1 期。

21. 曾军，刘醒龙：《分享"现实"的艰难——刘醒龙访谈录》，《长江文艺》1998 年第 6 期。

22. 何言宏：《当代中国文学的"再政治化"问题》，《南京师范大学文学院学报》2004 年第 1 期。

23. 复旦大学中文系与《文艺争鸣》杂志社：《追求历史的还原与建构——〈圣天门口〉座谈会纪要》，《文艺争鸣》2007 年第 4 期。

24. 金宏宇：《刘醒龙"大别山之谜"系列小说述略》，《黄冈师专学报》1991 年第 1 期。

25. 戴锦华：《池莉：神圣的烦恼人生》，《文学评论》1995 年第 6 期。

26. 梁艳萍：《文化的缺失：新时期湖北作家创作检讨》，《湖北大学学报》2000 年第 3 期。

27. 李遇春：《破碎的英雄与英雄的破碎——论邓一光"兵系小说"中的英雄系列》，《当代作家评论》1998 年第 4 期。

三、论文涉及的新时期湖北作家的主要作品

1. 李传锋：小说自选集《定风草》，湖北长江文艺出版社 2006

年版。

2. 李传锋：《林莽英雄》，湖北少年儿童出版社 2002 年版。

3. 李传锋：《动物小说选》，作家出版社 1993 年版。

4. 叶梅：《妹娃要过河》，作家出版社 2009 年版。

5. 叶梅：《五月飞蛾》，中国文联出版社 2004 年版。

6. 叶梅：《我的西兰卡普》，中央民族大学出版社 2008 年版。

7. 陈应松：《松鸦为什么鸣叫》，长江文艺出版社 2005 年版。

8. 陈应松：《大街上的水手》，长江文艺出版社 2001 年版。

9. 陈应松：《到天边收割》，江苏文艺出版社 2008 年版。

10. 陈应松：《猎人峰》，上海文艺出版社 2008 年版。

11. 池莉：《池莉文集》（共 4 册），江苏文艺出版社 1998 年版。

12. 池莉：《池莉近作精选》，长江文艺出版社 2003 年版。

13. 池莉：《太阳出世》，长江文艺出版社 1992 年版。

14. 方方：《奔跑的火光》，新世界出版社 2002 年版。

15. 方方：《行云流水》，长江文艺出版社 1992 年版。

16. 方方：《方方自选集》，海南出版社 2008 年版。

17. 方方：《水在时间之下》，上海文艺出版社 2008 年版。

18. 方方：《方方文集》（共 5 册），江苏文艺出版社 1995 年版。

19. 魏光焰：《大雪流萤》，长江文艺出版社 2003 年版。

20. 魏光焰：《轻魂》，上海文艺出版社 2004 年版。

21. 何祚欢：《养命的儿子》，武汉出版社 2006 年版。

22. 何祚欢：《舍命的儿子》，武汉出版社 2006 年版。

23. 何祚欢：《江城民谣》，武汉出版社 2006 年版。

24. 彭建新：《孕城》，武汉出版社 1996 年版。

25. 彭建新：《招魂》，武汉出版社 1999 年版。

26. 彭建新：《武汉老行当》，武汉出版社 2008 年版。

27. 彭建新：《武汉老街巷》，武汉出版社 2008 年版。

28. 胡发云：《如焉》，中国国际广播出版社 2006 年版。

29. 胡发云：小说集《死于合唱》，武汉出版社 2006 年版。

30. 刘醒龙：《刘醒龙文集》（共 4 册），群众出版社 1997 年版。

31. 刘醒龙：《圣天门口》，人民文学出版社 2005 年版。

32. 刘醒龙：《刘醒龙自选集》，海南出版社 2008 年版。

33. 何存中：《太阳最红》，解放军文艺出版社 2009 年版。

34. 何存中：《姐儿门前一棵槐》，解放军文艺出版社 2008 年版。

35. 邓一光：小说集《遍地菽麦》，长江文艺出版社 1997 年版。

36. 邓一光：《想起草原》，长江文艺出版社 2002 年版。

37. 邓一光：《我是太阳》，人民文学出版社 1997 年版。

38. 林白：《妇女闲聊录》，新星出版社 2008 年版。

39. 叶大春：小说集《胭脂河》，中国文学出版社 1994 年版。

40. 湖北作家协会编：《湖北新时期文学大系》（共 10 册），长江文艺出版社 1999 年版。

41. 邓斌：《巴人河》，长江文艺出版社 2007 年版。

42. 甘茂华：《鄂西风情录》，作家出版社 1999 年版。

43. 刘小平：《鄂西倒影》，作家出版社 1999 年版。

44. 刘小平：《巴山夷水》，贵州民族出版社 2002 年版。

余论(代后记)

　　1994 年，我离开湖北老家到浙北萧山工作，至今仍记得初到那里时，有两个印象最为深刻：一是萧山发达的经济，二是不同的饮食习惯、民情风俗。一个典型的例子是，在那里很少见到老家经常会有的打架场面。这些感受让我对地域文化的差异性产生了兴趣。后来在阅读文学作品时，我也特别留意其中带有丰富地域文化知识的内容，注意感受来自不同地域的作家作品的不同风格。大概正是由于这样一些来自生活的直接经验，我经常对那些动辄囊括古今、统摄八方的宏论深感怀疑。因而当我读到著名历史地理学家谭其骧先生下面的这段话时，便深有同感。他说："把中国文化看成一种亘古不变且广被于全国的以儒学为核心的文化，而忽视了中国文化既有时代差异，又有其他地域差异，这对于深刻理解中国文化当然极为不利。"①

　　谭先生讲的是文化研究中存在的弊端，事实上这种大而化之的"笼统之论"也广泛存在于政治、经济及社会生活的各个领域，政治、经济、文化各领域发展中脱离地情、民情而一再出现的失误就是这方面的教训。具体到中国文学研究，以前我们谈乡土文学，谈城市文学，往往总是将它们当做一个整体，总希望于其中概括出一个基本的特征或规律，然后在这个基础上言说。中国地域辽阔，城市文学各有不同的面貌，乡土文学更是精彩纷呈，那种追求同一

---

　　①　谭其骧：《中国文化的时代差异和地域差异》，《中国传统文化的再估计》，上海人民出版社 1987 年版，第 41 页。

性、均质化的研究忽视了繁纷复杂的文学现实。

正是这些认识，促使我选择了将"地域文化与新时期湖北文学"作为研究内容。在本书的前期准备和具体书写中，如何力避论述的空泛和大而不当，是我经常考虑的问题。在总体结构上，我改变了最初对湖北地域文化特征进行总体概括，然后以之笼罩湖北各地方文学创作的思路。将湖北文化分为三个亚文化圈，不在具体地域文化总特征的探究上过多用力，不特意强调某个地区地域文化的独特性，而是具体分析作家创作与当地地域文化的实实在在的多方面联系。同时，我也不持地域文化影响决定论，充分认识到主流文化、时代思潮、民族特性对于作家的重要影响，尽量厘清地域环境、时代主潮、民族文化与文学之间交叉影响的复杂关系。

尽管有了这样一些明确的认识，本书写成之后，我仍然感到有很多不足，未能达到最初希望的样子。具体来说，有两个方面的问题有待在以后的研究中继续深入。

一是对不同地域作家创作的横向比较不够。通过比较，不仅能够感受不同地域作家创作的不同面貌，更可以从其他地域文化与文学的复杂关系中探究地域文化影响于文学的不同方式。比如同属楚文化圈的湖北文学与湖南文学，湖南作家中继承沈从文传统和周立波传统的大有其人，湖北作家中的废名特色却无传人。在对楚文化的研究和利用上，湖南作家，比如韩少功，做得就比较深入。湖北的前辈作家中也有很好借鉴和利用楚文化资源而取得突出成就者，性灵派、竟陵派都深得庄屈之神韵，废名小说自成一家，很大程度上是由于他接受了家乡黄梅禅风的影响。新时期的湖北作家在这一方面还有待加强。

二是地域文化对湖北作家创作的制约谈得较少。本书在论述湖北地域文化对作家的影响时，主要着眼于其积极的一面，像作家对地域文化资源的成功运用（比如土家族的狩猎生活和动物图腾崇拜对李传锋的动物小说的影响，叶梅小说对土家地域文化的表现），作家创作与地域文化相得益彰的关系（比如陈应松的小说与神农架文化）等。关于地域文化对湖北新时期文学的消极影响，论文偶有涉及，但论述不多。湖北地域文化中，务实而又过于讲究时效、计较现时利益的世俗精神气质，聪慧、机敏而又过于狡猾、善变、工于心计的"九头鸟"文化心理，对新时期湖北作家的创作都有影响。在时代大潮的激荡下，"汉味小说"于20世纪80年代后期兴起，正是由于地域文化的催生，而此后池莉对琐碎人生故事书写的沉溺，又多少影响到其创作向更高阶段迈进。英山作家群对现实政治的切近，曾使他们的创作经常产生轰动效应，但在恒久的文化韵味上却有待提高。

新时期湖北文坛作家辈出，取得了很大成绩，但总体而言，在思想的力度和艺术的冲击力上，与贾平凹、张炜、张承志、余华、王安忆等国内著名作家相比，还有不小差距。如何承续楚文学浪漫超越的品格，深入研究老庄哲学、道禅思想，加深作品的内涵和哲理深度，这是湖北作家和湖北文学研究者应该重视的问题。

此外，新时期湖北文学创作中出现的风俗化倾向也值得关注。何祚欢的"儿子系列小说"，彭建新的"《红尘》三部曲"，映泉的"《楚王》三部曲"，方方、池莉的部分中短篇小说，这些作品在对湖北地域文化历史与现实的书写中，打通雅俗，体现了文学风俗化的可能。这种风俗文学在地域文化面貌形成中的建构作用，应该引起重视，很多读者正是通过对这类风俗小说的阅读，才看到了一个丰富多彩的武汉、一个历史文化悠久的湖北。文化与文学是相互影响、相互生成的，地域文化小说在地方文化建设和人们精神家园的建构中起到了怎样的作用，也是一个有意义的话题。

图书在版编目(CIP)数据

地域文化与新时期湖北文学/黄道友著.—武汉：武汉大学出版社，
2014.4
 ISBN 978-7-307-12894-1

 Ⅰ.地…　　Ⅱ.黄…　　Ⅲ.地方文化—影响—文学创作—研究—湖北省
Ⅳ.①I206.7　②G127.63

 中国版本图书馆 CIP 数据核字(2014)第 043320 号

责任编辑:李　琼　　　责任校对:鄢春梅　　　版式设计:马　佳

出版发行:**武汉大学出版社**　　(430072　武昌　珞珈山)
　　　　(电子邮件:cbs22@ whu. edu. cn　网址:www. wdp. com. cn)
印刷:湖北恒泰印务有限公司
开本:720×1000　　1/16　　印张:15　　字数:206 千字　　插页:1
版次:2014 年 4 月第 1 版　　2014 年 4 月第 1 次印刷
ISBN 978-7-307-12894-1　　　　定价:39.00 元